JN043811

創元日本SF叢書 20

わたしたちの怪獣

Kaiju Within

久永実木彦

Mikihiko Hisanaga

東京創元社

目次

Kaiju Within

by

Mikihiko Hisanaga

2023

わたしたちの怪獣

わたしたちの怪獣

1

運転免許証のわたしが、わたしをじっとにらみつけている。

昨日、近所の美容院で毛先をととのえたばかりのベリー・ショートが、一日たってぼさぼさになってしまったことについては目をつぶろう。ハートなのかお尻なのかわからないワンポイントのついた黒いTシャツだって、決して華やかなものではないけれど、わたしらしくて悪くない。ただし、このあいだ見たアメリカのクライム・ドラマで凶器につかわれていたアラビアのナイフのように鋭く吊《つ》りあがった目と、わかりやすく「へ」の字に曲がった口は、さすがにひどいといわざるをえない。

　せっかく免許をとれたのだから、もう少し晴れやかな顔ができたらよかったのだけれど、撮影の瞬間にお父さんのことが思い浮かんで、こんな具合になってしまった。三年後の更新まで、運転免許証のわたしはこうして見るものすべてをにらみつけるのだろう。

　いっそ仏頂面《ぶっちょうづら》の写真の上に、笑顔の写真を貼りつけてもいいかもしれない。それくらいならやってもいいはずだ。それともなんらかの偽造《ぎぞう》の罪に問われるのだろうか？　公的機関に提示を求められたら、剝《は》がして見せればいいだけなのだから問題なんてないに決まっている。嘘の写真はあくまで友だちに見せるときだとか、社交の場にむけたものだ。よそゆきの運転免許証のなかで、いやなことなんてなにひとつなかったかのように、一〇〇均のスポンジでホワイトニングした歯を見せるわたし。

真夏の午後の日差しが、肌をじりじりと焼いていた。御洞町《みどうまち》にはジャングルジムより高い建物なんてひとつもないから、わたしはまるでフライパンの上にいるみたいだった。試験を受ける前にコンビニエンス・ストアで買ったペットボトルの水は、もう一滴も残っていない。あと少ししたら、ふてくされ女のカリカリベーコンが出来あがるだろう。さっさと帰ればいいのだけれど、わたしは児童公園のブランコに揺られながら、とりたての免許証とにらめっこをつづけている。

公園のまんなかに立つポール型の時計の針は、午後三時二〇分を指していた。鴻巣《こうのす》免許センターで念願の普通自動車運転免許をとったのが二時間前。わが家の最寄り駅である御洞町駅までは油を売らずにまっすぐもどってきたから、もう三〇分くらいここでこうしていることになる。

スマートフォンから妖精の転んだときのような音が鳴って、クラスメイトのグループ・チャットに新しいメッセージが届いたことを知らせた。東京湾にオーロラが出たらしい。小さな熊のキャラクターがびっくりして尻もちをついているスタンプまで添えられている。これだけ暑いのだから、そんなこともあるのかもしれない。でも、オーロラは寒いところに出るものだったような気もする。

別のクラスメイトが白玉のような幽霊のスタンプといっしょに、お盆だからか？　と反応した。わたしはしばらく画面を見つめてから、返信せずにスマホを閉じた。クラスメイトたちに免許のことを自慢してもよかったけれど、しばらくはオーロラの話題がつづきそうだったし、なによりお父さんやあゆむにも黙ってとったものだからうしろめたかった。アルバイト先のプレハブカフェのマスターにも、学費の足しにするとかなんとかいって、免許の資金であることは隠しておいてある。知っている人にうっかり目撃されないように、あえて三つ隣の駅の自動車教習所を選んだ。だれにも秘密にしておいたほうが、いざ運転できるようになったときにどこへでも自由に行けるような気がしたからだ。それに、わたしには温めている計画だってある。

気がつくと、あゆむよりふたつか三つほど下の、おそらく小学三年生くらいの女の子がわたしをじっと見つめていた。大人がブランコを占拠するのは不当です、とでもいいたげな顔をしている。たしかに今年から一八歳は法的な成年になったけれど、わたしだってまだ高校生なんだからブランコくらいゆっくり漕《こ》いでもいいでしょう？　という思いをこめて微笑《ほほえ》みを返してみても、彼女は表情ひとつ変えない。わたしはため息をついて運転免許証を財布にしまい、ブランコから立ちあがった。女の子は満足したらしく、鉄棒のあるあたりへ駆けていった。乗らないんだ、ブランコ。

ペットボトルをごみ箱に捨てに行くと、ベビーカーを押す母親たちが房総《ぼうそう》半島沖にアメリカの原子力潜水艦が来ているとか来ていないとか、そんなことで盛りあがっていた。みんな埼玉に関係のない話ばかりしている。そういうものだ。とりわけここ比企《ひき》郡《ぐん》の御洞町には、話題にあがるようなことなんてなにひとつ起きないのだから。なんなら、ほとんどの住民は自分たちが暮らす町の名前さえ忘れてしまっているにちがいない。

先ほどの女の子がさかあがりに失敗して鉄棒から落ち、お腹を押すと鳴くチキンの人形みたいな声で泣きはじめた。やれやれ。そろそろ帰る頃合いか。わたしはもう一度時計を見て、公園をあとにした。

2

わたしの家は公園から五分ほどのところにある、二階建てアパートの一階だった。全六戸《こ》を擁《よう》するこの木造建築物は、以前に住んでいた西葛西《にしかさい》のマンションとちがって、室内に洗濯機を置くスペースがないほどつつましいつくりだけれど、正面には一丁前に駐車場が完備されていて、二台の自動車が駐《と》めてあった。

太陽の光を浴びて艶《つや》やかな光沢を放つ真紅《しんく》のアウディ・A3は、二階でひとり暮らしをしている大学生のものだ。車のローンの支払いがあるからこんな安アパートに住んでいるのだと、なぜか自慢げにいわれたことがある。その隣にあるトヨタ・カローラAE110型——つまり三〇年くらいむかしのモデルのおんぼろが、悲しいことにうちの車だった。長らく洗車していないことが一目瞭然の車体は、砂埃《すなぼこり》に覆《おお》われて黄色っぽくなっているが、本来は雪のように白かったはずだ。

わたしが免許をとったらゆずってくれるとお父さんはいっていたから、いまやこの古ぼけたセダンはわたしのものということになるのだけれど、約束したのはもう一〇年も前のことだし、きっと覚えていないだろう。でも、約束は約束だ。

わたしは駐車場を横切って、一階の隅《すみ》にあるうちの部屋の前まで行き、スチール製のドアに耳を近づけた。きこえてくるのはかすかに漏れるテレビの音だけ。おそらく午後の情報バラエティ番組だ。鍵をあけてなかにはいると、MCの男性の笑い声がした。「こんなに投げて、こんなに打つなんて、そんなことあります？　それもメジャー・リーグで、ですよ」どうやら、話題はアメリカで活躍している若い日本人野球選手についてらしい。ピッチャーなのに、ホームランもたくさん打つとか、そういう感じの。わたしはそんなに詳しくないけれど、たしかチャーミングな顔をしていたはずだ。

そんなことを考えつつスニーカーを脱ぎおえたあたりで、なかのようすがおかしいことに気がついた。観覧車のゴンドラにくらべたらいくらか広いわが家は、玄関からすぐのキッチンはもちろん、その先のリビングまでひと目で見わたせる。横倒しになったフェイクレザーの座椅子のかたわらに無造作に転がっていたのは、蓋《ふた》のとれかかった炊飯器と、頭から血を流したお父さんだった。コメンテーターの女性が「プレーのすばらしさだけじゃなく、紳士的なところもいいのよ」と楽しそうな声でいった。

リビングの壁にもたれて、あゆむが膝を抱えてすわっていた。白いブラウスがところどころ血で汚れている。わたしのあちこち跳ねたベリー・ショートとは対照的な、あゆむのまっすぐなロング・ヘアが顔面を覆い隠すように垂れ下がっていて、わずかな隙間からのぞいた目は数センチ先の虚空《こくう》をじっと見つめていた。

「ただいま」

いってしまってから、ただいまはちがうと思った。あゆむは返事をしなかったし、ぴくりとも動かなかった。時間が進んでいるのは、テレビの画面のなかだけみたいだった。

わたしはおそるおそるお父さんに近づいて、ようすを確かめた。頭から流れた血がフローリングの上にねっとりたまっている。カーペットだったらきっと掃除が大変になっただろうから、よかったと思った。座椅子も思ったほど汚れていない。首には炊飯器からとりはずされたらしい電源コードが巻きついている。指先でとんとんと肩を叩いてみても反応はない。クライム・ドラマに出てくる捜査官の真似をして、頸動脈《けいどうみゃく》のあたりに手をあてがってみる。ああ——まったく、すっかり、まちがいなく、お父さんは死んでいた。

「なにがあったの?」

あゆむは答えない。テレビは若き日本人野球選手が、試合中に折れてしまったバットの破片を拾いあつめる映像を流していた。まさに紳士だ。客席のファンたちが彼の行動をスタンディング・オベーションでたたえる。アメリカ人の解説者が「ディス・イズ・ゼン・ブッディズム!」と叫ぶ。

「ねえ、あゆむ。なにがあったかお姉ちゃんに教えて?」

少し間を置いて、あゆむはようやく口をひらいた。その声は悲しいバラードを歌う宇多田《うただ》ヒカルのように細かく震えていた。

「すわってたお父さんの頭を……うしろから炊飯器で殴った……そうしたら倒れて気を失ったから……炊飯器のコードで……首を絞《し》めた」

「そっか」

そっか、もちがうと思った。だけど、ほかに言葉が出てこなかった。おなじみアメリカのクライム・ドラマによると、小学六年生の女の子の力でも頸動脈をうまく圧迫することができれば大人を絞殺《こうさつ》できるらしい。だからといって、ちゃんと絞められてえらいね、と褒《ほ》めるのもまちがっている気がする。ところで、わたしはドラマではグロい殺され方の回が好きなのだけれど、それと現実とはなんの関係もない。つまり、実際のところ首を絞めるというのは、お父さんを殺すのにちょうどいい方法だった。

お父さんが死んでも、あまり悲しいという感じがしなかった。どちらかというと、たまたま通学路にあったので、たいして好きでもないのに利用していたアイスクリーム店が閉店したときとおなじような気持ちだった。少なくとも、いまは。むしろ、お父さんがあゆむにふるってきた暴力のことを考えれば、当然の報いだろうと思った。

「ええっ？　はあ？」

MCの男性が素《す》っ頓狂《とんきょう》な声で叫んだ。画面を見ると、コメンテーターたちがそろって怪訝《けげん》そうな顔をしていた。

「――えっ？　替わるの？　緊急ニュース？　ええっ？　いや、なにいってんの？　ああ、はい。すいません。とにかく、報道センターに替わります」

どんなときも自分のペースを崩さないことで知られるMCが、すっかり取り乱していた。スタジオも混乱しているようで、普段ならきこえないようにしているはずのスタッフの声をマイクが拾っており、彼らもまた「嘘でしょ？」「そんな馬鹿な」「考えられない」などと動転していた。

画面が報道センターに切り替わった。水色のスカーフを巻いた女性アナウンサーのうしろには、情報バラエティ番組のお気楽なセットから打って変わって、たくさんのモニターとデスクがならび、大勢の職員たちが小走りで行き交う、緊張感あふれる報道局のフロアが広がっている。

女性アナウンサーは緊張した面《おも》もちで、手もとの原稿とカメラのこちら側にいるであろうスタッフに交互に視線をむけたのち、小さくうなずいて抑《おさ》え気味の声でいった。

「緊急ニュースをお伝えします。東京湾に怪獣が出現しました。くりかえします。まったく信じられないことですが、東京湾に怪獣が出現しました」

3

八州《はっしゅう》テレビ放送緊急ニュース
二〇二二年八月一五日午後三時三七分
情報バラエティ番組『オーサム・ナルセ!』内にて予定を変更して放送

八州テレビ放送アナウンサー　植森《うえもり》ふみ（以下、植森）「突如、東京湾に出現した怪獣——おそらく巨大な生物と考えられますが、生物というにはあまりに常識をはずれすぎており、いわゆる怪獣であるとしか表現しようのない姿かたちのため、ここでは暫定《ざんてい》的に怪獣と呼称します——は、午後三時二〇分ごろに千葉県浦安《うらやす》市の舞浜《まいはま》海岸より上陸。進路上の建物を破壊しながら進んでおり、すでに大きな被害が出ている模様です。付近にいらっしゃるみなさまは怪獣から距離をとり、安全なところに避難してください。怪獣には、近づかないようにしてください——たったいま、現地と中継がつながったようです。吉橋《よしはし》さん、そちらはどのような状況でしょうか？」
八州テレビ放送報道局員　吉橋芳道《よしみち》（以下、吉橋）「あちらをご覧いただけておりますでしょうか？　ここ葛西臨海公園から海を挟んで対岸に見えます、東京ディシプリン・レルムに隣接するリゾートホテルの向こう側を、怪獣が悠然と歩いております。なんという大きさでしょうか？　いまだかつて、こんなことがあったでしょうか？　怪獣の大きさはリゾートホテルをゆうに超えています。ご覧いただいている映像は、決して特撮映画ではありません。現実に起きていることなのです――あっ」
植森「吉橋さん、大丈夫ですか？　吉橋さん？」
吉橋「瓦礫《がれき》の一部がこちらまで飛んでまいりましたが、大丈夫です。見てください、怪獣がまるで積み木でも崩すかのようにホテルを破壊しています。ここから怪獣がいるところまで、およそ一キロメートルほど離れておりますが、瓦礫の一部が飛んでまいりました。あたかも戦争のようです。だれもが怪獣から逃げようと、必死で走っています。人々はパニックに陥《おち》っています。周辺の道路では、自動車の事故も起きているようです。火災も発生しています」
植森「吉橋さん、中継は終わりにしましょう。いますぐ避難してください」
吉橋「わかりました。移動して安全を確保できるようなら、また中継します」
植森「新たな情報がはいってまいりました。千葉県浦安市、東京都江戸川《えどがわ》区に警戒レベル５の緊急安全確保が発令されました。ただちに命を守る行動をとってください。テロップでもお知らせしております。千葉県浦安市、東京都江戸川区に警戒レベル５の緊急安全確保が発令されました。あわせて千葉県船橋《ふなばし》市、東京都江東《こうとう》区にも警戒レベル４の避難指示が発令されています。これらはすぐに周辺地域にも広がる見通しです」
情報バラエティ番組『オーサム・ナルセ！』MC　鳴瀬《なるせ》青磁《せいじ》（以下、鳴瀬）「植森さあん！　ちょっと、見ましたか、さっきの？　ぼく、震えがとまらないんですけど。なんかもう、バケモノじゃないですか。上陸してからまだ二〇分くらいでしょ？　ホテルにいた人たちなんて、避難する時間あったんですかね？　現実を受けとめられないんですけど、ぼく」
植森「わたしもまだ信じられないです。しかし、警戒レベルは本当です。みなさま、ただちに命を守る行動をとってください」
鳴瀬「というか、植森さんも危ないんじゃないですか？　ぼくらは大阪のスタジオにいるからねえ、いいですけど、そっちは舞浜なんて目と鼻の先でしょう？」
植森「港区《みなと》にも警戒レベルが発令されましたので、わたしどもも避難いたします。報道は生田《いくた》スタジオにて、このあとも継続してお送りします」
鳴瀬「気をつけて、あわてずに、でも急いで避難してください――いや、まさか怪獣だなんて、本当にありえないですよね。東京都、それから千葉県の一部に警戒レベルが発令されているようですから、みなさん警察や自治体の指示にしたがって、安全の確保につとめてください。でも、普通の災害避難所なんて役に立つのかな？　とにかく、命を守る行動をお願いします」
情報バラエティ番組『オーサム・ナルセ！』コメンテーター　ソロモン・ナオコ（以下、ソロモン）「あのねえ、鳴瀬さんちょっと落ち着きすぎじゃないですか？　これはとんでもないことですよ？」
鳴瀬「いやいや、ぼくだってちゃんとわかってますすよ。震えがとまらないっていったじゃないですか。ほら見て、鳥肌立ってますもん。じゃあ、ソロモンはどう思ってるの？」
ソロモン「わたしがさっきの中継を見ていいたいことはね――」
鳴瀬「あっ、準備できた？　もう、行っちゃって大丈夫ね？　はい、それでは生田スタジオから緊急報道特別番組をお送りします。このあと放送を予定しておりました『エヴリデイ・お気になさって！』はお休みになります」

4

お父さんの死体を横に、わたしは緊急報道特別番組に釘《くぎ》づけになっていた。いまも放心しつづけているあゆむでさえも、顔だけはテレビのほうをむいている。番組では、先ほどのレポーターの中継映像だけでなく、視聴者によって撮影されたさまざまな角度からの怪獣の姿と、怪獣によって引き起こされた破壊のようすが報じられた。

怪獣――たしかにそれは、怪獣と呼ぶ以外にない異様な姿かたちをしていた。その外見を正確にいいあらわすことはとてもむずかしいけれど、あえていうならばミルク色のぬめぬめとした小腸のような管《くだ》を、バルーン・アートの要領で束ねて結びあわせて、立ちあがったワニのような輪郭《りんかく》に仕上げたもの、といったところだろうか。

頭部を形づくるぬめぬめの管の隙間から、あとから思い出してつけたしたような目玉と牙が飛び出しているが、なにかに驚いているかのような表情に知性は感じられず、意思の疎通《そつう》ができるようにはとても思えない。それでいて、背中とお腹から無数に生えているイソギンチャクのような触手は、風にそよいでいるみたいに揺れていて幻想的だ。ひとことで表現するなら、キモ美しい——みたいな。ぜんぜんちがうかもしれないけれど。

そんな感じの怪獣が、東京ディシプリン・レルムの宇宙や魔法の世界をテーマにしたアトラクションや、中世ヨーロッパのお城のようなリゾートホテル、葛西臨海公園の日本で二番目に大きい観覧車なんかを破壊していた。アナウンサーのいうことには、怪獣は頭のてっぺんから尻尾の先までの長さが三〇〇メートルくらいあるらしい。それだけの大きさがあると、ただ歩いているというだけでも進路上にあるなにもかもを粉々にしてしまうのだ。

いまは埼玉県の草深い山里で暮らしているわたしたちだけれど、二年前に引っ越すまでは江戸川区の西葛西に住んでいたから、どちらのスポットにも何度となく遊びに行ったものだ。そういえば葛西臨海公園の中央広場でシャボン玉をして遊んでいるときに、大道芸人からワニのバルーン・アートをもらったことがあるような気がする。まだあゆむが赤ちゃんで、ベビーカーに乗せられていたころだ。

お母さんはわたしがストローに口をつけるたびに容器の中身を飲みこんでしまうのではないかと気をもんでいたけれど、お父さんは自分が調合したシャボン玉液の出来栄えに興奮してそれどころではなかった。一度沸騰《ふっとう》させた水に界面活性剤《かいめんかっせいざい》入りの洗剤、グリセリン、洗濯のり、そしてガムシロップを加えた液体から生まれたシャボン玉は、いつまでも割れることなく、どこまでも遠くへ飛んでいった。

思い出のある景色が木端《こっぱ》微塵《みじん》になるのを見るのは、なかなかの衝撃だった。それでもテレビだけを見ているぶんにはまだましで、ちらりと閲覧したインターネットにはモザイク処理のされていない死体の画像や動画が大量にアップロードされていた。クラスメイトのグループ・チャットに、どこかで拾ってきたらしいカエルみたいに潰れた人間の画像を、わざわざ送りつけてくる子もいた。やれやれ——わたしはスマホとお父さんの死体を交互に見て、ため息をついた。人間は思っていたよりも壊れやすい生きものらしい。なんだか、漫画に出てくる悪者がいいそうな台詞《せりふ》だけれど。

ピッピピロリロという小気味よいが、どこか不穏な音が鳴って、テレビ画面の上部にニュース速報のテロップが流れた。男性アナウンサーが眼鏡の位置を直しつつ、おなじ内容を声で伝える。「浅黄《あさぎ》総理は、災害緊急事態の布告を宣言。東京都に侵入し、現在、江戸川区を進行中の怪獣にたいして、自衛隊に防衛出動を命じました。くりかえします。浅黄総理は——」

かつて住んでいたあたりを鉄砲や大砲の弾が飛び交うことになるなんて、想像したこともなかった。もっとも、家に帰ってから起きていることは、どれをとってもそうなのだけれど——いや、それは嘘か。お父さんが殺されるところなら、何度も想像したことがある。

怪獣の東京都侵入にともなうものなのか、自衛隊の防衛出動にともなうものなのか、警戒レベルの設定範囲はさらに広がっていた。埼玉県にも部分的に避難準備が発令されている。東京からかなり離れているとはいえ、御洞町にまで避難指示が出される可能性だってないとはいいきれない。そうなったら、お父さんのことをどうしよう?

死体が見つかれば、きっとあゆむは逮捕される。お父さんは死んでもしかたのない人間だったけれど、そんなことはわたしたちふたりにしかわからないことだ。警察にも、裁判所にも、わかるはずがない。

「命を守る行動をとってください。ただちに、命を守る行動をとってください」

眼鏡のずりさがった男性アナウンサーが、すでに一〇〇万回くりかえしているであろうフレーズをあらためて口にしたとき、わたしはピンとひらめいた。

「あゆむ、お姉ちゃん東京に行ってくる」たぶん、わたしは得意げな顔をしていたと思う。「東京に行って、お父さんの死体を棄《す》ててくる」

あゆむが頭の上に疑問符を浮かべてこちらをむいた。そういえば、運転免許証をとったことを、まだ話していなかったんだっけ。

「お姉ちゃん今日免許とったから、車を運転できるの。トランクにお父さんをいれて、怪獣が暴れているところまで運んで、そっと置いてくればいい。ほかにもたくさん死体が転がってるんだから、みんな怪獣のしわざだって考える。だれもあゆむが殺したなんて思わない」わたしはあゆむを抱き寄せて、床に転がっているお父さんを見ながらいった。「いい？　あゆむは悪くない。お父さんはこうなって当然だった。だから、あゆむはなにも悪くなんてないの。だけど、世間はそんなことわかってくれない。だから、お父さんの死体はお姉ちゃんが棄ててくる。だれにもあゆむに罰を与えたりなんかさせない。これでようやくわたしたちは、人生をもう一度はじめられる」

言葉に出すと、いろいろなことがすとんと腑《ふ》に落ちたように感じた。お父さんは、わたしが運転免許証をとり、怪獣があらわれた日に死んだ。これは運命なのだ。

あゆむはわたしの腕のなかで、まだきょとんとしていた。

5

わたしはまずお父さんの頭とフローリングについた血をさっとバスタオルでぬぐい、それからお父さんの死体を毛布でぐるぐる巻きにして、なんとか玄関まで引っぱっていった。つづいて、漂白剤をつかってあちこちに残った血痕《けっこん》を丹念《たんねん》にスポンジで拭《ふ》きとる。漂白剤がＤＮＡの検出をむずかしくするというのも、アメリカのクライム・ドラマで得た知識だ。二年間暮らしていた家にＤＮＡの痕跡の不自然な空白があることを、もしかしたら警察は怪しむかもしれない。けれど、わたしはここでなにが起こったのか、まったくわからないようにしておきたかった。なにがあったかわからなければ、警察もＤＮＡの痕跡なんてさがそうとは思わないはずだし。

キッチンとリビングに掃除機を二回かけて、わたしとあゆむが着ていた服、血のついたバスタオル、スポンジ、そのほかの掃除用品すべてをビニール袋にまとめた。あゆむはずっとぼんやりしていたから、掃除はもちろん、服を脱がせるのも全部わたしがやった。ものすごく骨の折れる作業だったけれど、夢中になってやり遂《と》げた。

それからあゆむとバスルームへ行って、ふたりでシャワーを浴びた。それまでずっと黙っていたあゆむが「お姉ちゃん、熱い」というので、ぬるめのお湯で洗ってあげた。姉妹でお風呂なんて、いつ以来だろう？　あゆむのお腹のあたりは、いくつもの紫色の痣《あざ》で水玉模様になっていた。お父さんはいつも外から見えないところばかり殴っていた。あゆむの体を拭いて、黒くて艶やかなロング・ヘアにドライヤーをかけると、温風に巻きあげられた安価なリンスの香りが鼻をくすぐった。

そうして出発の準備が整い、いよいよ毛布にくるまれたお父さんの死体を駐車場まで運び出す段階になった。もちろん、わたしはひとりでやりたかったし、そうするべきだと思ったのだけれど、地面の上を引っぱっていくのはフローリングの床とはくらべものにならないくらい大変で、だれかに見られたりしないようにすばやくことをすませるには、結局あゆむとふたりがかりでやるしかなかった。死体はドラマを見て想像していた感じよりも、五〇倍くらい重たかった。まるで、たっぷり水を飲んだ象でも運んでいるみたいだった。

トヨタ・カローラのトランクにお父さんを投げいれ、呼吸をととのえていると、突然、二階の通路からアウディ・A3の大学生が声をかけてきた。せっかく落ち着きはじめていた心臓が、一転して巨人の演奏するドラムのような鼓動《こどう》を響かせた。

「やあ、つかさちゃん、あゆむちゃん。きみたちも避難するのかい?」

あわててトランクを閉めたせいで車体に積もっていた砂埃が舞って、あゆむが咳《せ》きこんだ。大学生は階段を降りて、こちらへ歩いてくる。

「ええっ、ああ、避難?　このあたりも避難指示出たんでしたっけ?」

掃除をしているときはテレビを消していた。そうでもしないと、画面から目を離せなかったからだ。そのあいだに状況が変わっているかもしれないから、言葉を慎重に選んで不自然にならないようにしなくてはならない。

「いまのところは早期注意情報レベルだけどね。でも、自衛隊の攻撃もどうやらうまくいってないようだし、暗くなる前に御洞町公民館だとか、一部の避難所をあけておくことになったそうだよ。年寄り連中はもう避難をはじめているみたいだね」

「じゃあ宮野《みやの》さんも公民館に？」

「ぼくは新潟《にいがた》の実家にもどることになったよ。アルバイトもあるし今年は帰らないつもりだったんだけどね。テレビを見た親が、いますぐこっちに来いってうるさくてさ。まあ、お盆だしいいかなって」

「そうなんですか」

大学生はアウディのドアに手をかけた。アドバンストキーシステムによって、ポケットにキーがはいったままでも解錠される。うちのカローラにはできない芸当だ。

わたしは適当に笑顔を返して、大学生がアウディに乗って去っていくのを待った。おまえの帰省とアルバイトのあいだにどんな関係があるのかなんて、こっちには寝ているあいだに降る小雨の予報とおなじくらいどうでもいいことだ。

「あ、その前に」大学生がふりかえってこちらをむいた。「トランクにでっかい荷物いれてたみたいだけど、大丈夫？　ほかにも運ぶものがあるなら手伝うよ。というか、お父さんはどうしたの？　お父さんが運転するんだよね？」

血の気が引いた。あゆむがうしろからわたしのシャツをぎゅっと握る。その手が震えているのは、運んだ荷物の重さのせいばかりではないだろう。いや、ある意味では運んだ荷物の重みのせいなのだけれど。

「お父さんは、いま部屋で荷物をまとめてて。だから大丈夫です。早く帰ってご両親を安心させてあげてください」

　わたしは自分の声が、思ったより落ち着いていることに驚いた。ただ、早く帰ってのくだりは余計だったような気もする。さっさと行ってほしいという気持ちが出すぎてしまったかもしれない。ご両親の安心がどうとかなんて、お父さんの死体を遺棄しようとしているわたしがとやかくいえることではないのだ。しかし、大学生は気にとめるようすもなく「そっか。じゃあ、またね」といってドアを閉め、アウディを発進させた。

　どうやら、わたしは嘘をつくのが得意だし、運命を味方につけているようだ。面倒くさい大学生をうまくやりすごすことができたばかりか、御洞町公民館が避難所としてあいているという情報まで得ることができた。あゆむを東京に連れていくのは気が進まなかったから、どうしようかと思っていたところだったのだ。あんなことのあった家にひとりで置いていくわけにはいかないし、だれかからいまみたいに質問をされたとき、わたしひとりならどうとでも切り抜けられるけれど、あゆむが不審な態度をとってしまったら、ごまかしきれないかもしれない。避難所に預けておけるのなら、それがもっともいい選択だろう。それにあゆむはすでに、やるべきことをすませたのだ。ここから先は、わたしがひとりでやらなくてはならない。

　わたしは血のついたタオルやらなにやらをまとめたビニール袋をトランクの隙間に詰めこんで、あゆむを助手席にすわらせた。運転席でシリンダーにキーを挿《さ》しこんでまわすと、うなるような音とともにエンジンがかかる。やはり運命はわたしの味方だ。車検があってから二か月くらい放置されていたから、バッテリーがあがっているのではないかと心配していたのだ。ガソリンも満タンではないが、東京へ行って帰ってくるのには充分な量が残っている。

わたしはアウディが行ったのと反対の方向にハンドルを切って、トヨタ・カローラを走らせた。

6

《部外秘》荒川《あらかわ》巨大移動体駆除作戦（通称、ココレッチ作戦）速報
令和四年八月一五日午後五時四〇分
防衛省

本報告書は緊急災害対策本部の要請を受け、状況の速やかな共有のために作成された速報であり、未確認の情報や推論を含むものであることをあらかじめここに記する。巨大移動体の詳細な生態や、国民の生命、財産にたいする被害、ならびに統合任務部隊の損害等の正確な数字は、追って提出する正式な報告書を参照されたい。

・巨大移動体について
全長約三四〇メートル。体高約七〇メートル。推定体重二五万トン。
二本の腕と二本の脚をもち、獣脚類《じゅうきゃくるい》に属する恐竜のように前傾姿勢で二足歩行する。たるみのある白色の外皮は粘性の液体に覆われており、むきだしの臓器がからみあって全身を構築しているかのようである。背部および、胸部から腹部にかけて、イソギンチャクの一種であるロングテンタクルアネモネのような触手が無数に生えている。触手の先端は発光現象を起こすことがあり、後述する未詳《みしょう》の消失攻撃の発生装置になっているものと思われる。

誕生の時期と場所、行動目的、知性の有無など、一切不明。

令和四年八月一五日午後三時二〇分ごろ、東京湾に突如出現。千葉県浦安市の舞浜海岸より上陸し、東京ディシプリン・レルムを含む周辺リゾート施設に甚大な被害をもたらした。同午後三時四七分ごろ、東京都江戸川区に侵入。葛西臨海公園各施設、首都高速湾岸線などを破壊しつつ西葛西駅方面へ北進し、住宅地を含む広い範囲に被害が拡大することとなった。

多数の建造物が倒壊し、それらの下敷きになるか、あるいは巨大移動体そのものとの接触により、出現よりわずか三〇分足らずで四〇〇〇人を超える死傷者が出たと推測される。

・荒川巨大移動体駆除作戦（通称、ココレッチ作戦）の経緯および結果について

同午後三時五〇分。内閣総理大臣より巨大移動体の駆除を目的とする作戦実施の下命《かめい》を拝し、陸上自衛隊第一師団第一普通科連隊を中心に、おりしも他国からの侵略行為を想定した統合運用演習のため首都圏各基地にて待機中であった陸上自衛隊、航空自衛隊の各部隊をくわえた統合任務部隊を編成（注1）。東部方面総監指揮のもと、江東区東砂《ひがしすな》五丁目、六丁目、八丁目の河川敷一帯、および隣接する地域に陣地を構築した。

同午後四時三三分。各部隊の展開が完了。江戸川区、江東区より避難完了の報告はなされていなかったが、被害拡大の防止を最優先として統合任務部隊による巨大移動体駆除作戦、通称、ココレッチ作戦が開始された。

西葛西駅周辺の建造物を破壊しつつ徘徊《はいかい》していた巨大移動体にたいし、AH－1Sコブラ対戦車ヘリコプター部隊が機関砲を斉射。目標の外皮を貫通し、血液と思《おぼ》しき赤い体液の流出を認めるも、進行を阻止するにはいたらず。ヘリコプター部隊のみでの駆除は困難と判断し、東側より目標背面に攻撃を集中。地上部隊の射線確保のため、葛西橋東岸へと誘導した。

巨大移動体が中川《なかがわ》へ到達したタイミングで、同対戦車ヘリコプター部隊にくわえて、10式戦車、16式機動戦闘車、89式装甲戦闘車、99式自走りゅう弾砲、および多連装《たれんそう》ロケットシステムＭ２７０ＭＬＲＳによる一斉攻撃を実施。火力を集中し一度は頭部を全損させるも、巨大移動体は活動を停止せず。このとき、喪失した頭部がそのほかの損傷部位とともに、またたく間に修復するようすが確認され、目標に驚異的な自己再生能力がそなわっていることが判明した。

また、未確認ではあるものの下水道や地下鉄構内などへの流入量から、この時点までに流れ出た体液が巨大移動体の容積を上まわっているとするデータが存在しており、われわれが認識できているのは目標の一部にすぎず、残る大部分は異次元、亜空間といったなんらかの別領域に属しているのではないかと分析班は推測している。

切り札としておこなわれたＦ－２戦闘機による航空攻撃でも、進行を一時的に遅延させたのみで、やはり阻止にはいたらず。荒川をわたり、江東区に侵入した巨大移動体にたいして、統合任務部隊は後退を余儀なくされた。

同午後五時〇九分。砂町銀座《すなまちぎんざ》商店街付近にて部隊の再配置をおこなった統合任務部隊は一斉攻撃を再開。射線の確保がむずかしく、逃げ遅れた住民への対応もあって攻めあぐねていたところ、突如移動を停止した巨大移動体の背部、胸部、および腹部の触手が菫色《すみれいろ》に発光をはじめた。その約三〇秒後、各触手の先端より大きなもので直径二〇メートル、小さなもので直径三メートルほどの、シャボン玉のような虹色の縞模様をもつ大小の泡が大量に発生。成分、機序すべて不明ではあるが、これらの泡には固体に触れると同量の体積を削《けず》りとるように消失させる性質があり、巨大移動体を中心とした半径五〇〇メートル内の多くの建造物もろとも、地上部隊の約三〇パーセント（注2）が失われた。なお、消失現象と上述した異次元、亜空間といった別領域との関連性についてはわかっていない。

航空戦力に残弾はなく、統合任務部隊は作戦継続を断念。同午後五時一八分。残存部隊の撤退をもって、ココレッチ作戦を終了した。現在、巨大移動体は攻撃による損傷をすべて回復し、東京都現代美術館付近を西へ移動している。

（注1）統合任務部隊の詳細な編成は、添付の資料を参照のこと。
（注2）統合任務部隊の詳細な損害状況は、現在確認中のため追って報告する。

7

御洞町公民館の前には、避難してきた人たちのものと思われる何台もの自動車があった。わたしはあまり目立ちたくなかったし、車と車のあいだにうまく駐められる自信もなかったから、いったん公民館の前を通りすぎて、少し離れたところにトヨタ・カローラを置いておいた。

あゆむの手を引いて玄関まで歩くと、公民館の職員であることを示すゼッケンをつけた女性がだれかとスマホで通話していた。女性はかなりあわてているようで、なにをいっているかほとんどききとれなかったが、おそらく東京にいる家族について話しているようで、声には涙がにじんでいた。

なかにはいると、ロビーはすでに多くの人であふれていた。お年寄りだけでなく、さまざまな世代の人たちがいた。遊びに来たのだと勘ちがいしているのか、奇声を発してはしゃぐ小さな子供もいたけれど、ほとんどの人は無言でそなえつけのテレビに顔をむけていた。

ピッピピロリロという小気味よいが、どこか不穏な音とともに画面の上部を流れたのは『自衛隊、駆除作戦に失敗。怪獣は江東区を西へ移動中』のテロップだった。遠くからドローンで撮影しているらしい怪獣の姿は、家のテレビで見たときと少しちがっているように見えた。目玉が以前よりもギョロリと大きく見ひらかれているような気がする。なんだか、怒っているときのお父さんみたいだ。

角度を変えた映像には、旅行番組で見たデス・ヴァレー国立公園のような荒地と化した商店街と、カブトムシの死骸みたいに裏返しになった戦車と、モザイクごしでもわかるたくさんの死体が映っていた。数珠《じゅず》をもったおばあさんが手をあわせて「神さん、神さん」とつぶやいていた。すすり泣いている人もたくさんいた。

わたしはロビーのベンチにかろうじて残っていたひとり分の隙間を見つけて、あゆむをすわらせた。ひざまずいて視線の高さをあわせると、あゆむの目にうっすらと涙が浮かんでいるのがわかった。お父さんのことで泣いているのか、怪獣のことで泣いているのか、わたしにはわからなかった。

「お姉ちゃんは東京に行ってくるから、もどってくるまでここにいてね」

あゆむはうなずきもせず、わたしの目をじっと見つめた。

「わかった？　お腹が空《す》いたら公民館の人にいって、なにかもらって。それから――」

「行かないで」

しぼりだすような声で、あゆむはいった。隣にすわっていたおばあさん――こちらは数珠ではなく、うさぎのぬいぐるみを抱えている――が、いぶかしむような顔でわたしたちのほうに目をむける。わたしはおばあさんにはかまわず、あゆむにいった。

「怪獣の近くには行かないし、すぐにもどってくるから。スマホの充電、大丈夫だよね？　ちょっと見せて」

あゆむから半魚人のキャラクターのシールが貼られたスマホを受けとり、おなじく半魚人のキャラクターが壁紙に設定されたロック画面を見ると、バッテリーの残量は五五パーセントだった。

「なるべくスマホはつかわないようにしてね。なにかあったときに、お姉ちゃんに電話かメッセージできるようにしておくの。いい？」

あゆむはなにもいわずに、返されたスマホを握りしめた。わたしは「それじゃあ、行ってくるね」といって、あゆむから離れた。不安だけれど、こうするしかない。

ロビーを出る前にボランティアのゼッケンをつけた女性をつかまえて、あゆむを指さして妹を見ていてくださいと頼んだ。ボランティアの女性が、あなたはどうするの？　ほかにご家族は？　ときいてきたので、わたしはお父さんを迎えにいかないといけないんです、と答えた。あいかわらず嘘はすらすらと出てくる。

トヨタ・カローラの運転席にもどると、深い、とても深いため息が出た。ロビーのテレビに映っていた光景、それを見ていた人たちの表情。「神さん」とつぶやいていたおばあさんの数珠。皺《しわ》が寄るくらいきつく抱きしめられたうさぎのぬいぐるみ。もしかして、わたしはなにもわかっていないのではないだろうか？　あゆむがお父さんを殺した驚きで、感覚が麻痺していないだろうか？　怪獣という存在があまりに非現実的すぎて、現実の正しい受けとめ方がわからないのかもしれない。たくさんの人が死んでいる。起きたことの意味もわからず死んでいる。そして、死はさらに広がりつつある。こんな状況に乗じて死体を遺棄することが、本当にわたしの運命なのだろうか？

わたしはルームミラーの位置を何度か調整して、トヨタ・カローラをゆっくり発進させた。そういえばこの町へ引っ越してきたときも、現実を認めるのが怖くて、自分が夢を見ているんじゃないかと思ったっけ。記憶のなかのわたしは後部座席にすわるわたしたち姉妹を、どういうわけか車道の反対側から見ている。ただ黙っているわたしとちがって、あゆむは声を出して泣いていた。

わたしたちは西葛西のあのマンションが好きだった。学校も、友だちも、公園も、駅前のクレープ屋さんも、図書館も、みんな好きだった。やんちゃな猫のシレネが大好きだった。優しいお母さんが大好きだった。わたしたちの暮らしは、いつも笑顔とともにあった。けれど、それらはみんななくなってしまった。お父さんが、あの恥ずかしい事件を起こしてから。

貯金が残り少なくなっていたのにトヨタ・カローラを売らなかったのは、お父さんにとってこの車が幸せだったころとの最後のつながりだからなのだろうと思う。上野《うえの》の会社を解雇されて、お母さんがシレネを連れて出ていって、御洞町の小さなアパートで暮らすようになっても、失われたものがもどらないことを現実として受けとめることができなかったのだ。

現実に立ちむかったのは、あゆむただひとりだ。だから、わたしはあゆむのためにお父さんの死体をかならず棄てなくてはならない。シフト・チェンジをしながら、そう思った。

北東にむかう小路を進めば、国道254号線はすぐそこだ。スマートフォンの地図アプリで確認したところによると、都内へ行くには関越《かんえつ》自動車道の利用を含むいくつかのルートがあるようだった。免許をとったばかりのわたしに高速道路は荷が重い。一本で行けて、なにかあっても脇道に逃げることができる国道254号線をつかうのが、安定的な選択というものだろう。

東京にはいるころには日が落ちてしまうだろうが、自衛隊の駆除作戦が失敗したことを考えると、しばらく状況が解決することはなさそうだ。死体を棄てるには、なるべく混乱がつづいていてくれたほうがいい。ひどいいいぐさかもしれないけれど、実際わたしはひどい人間なのだ。

情報収集のためにカー・ラジオのスイッチをいれてみたが、どの局も自衛隊の敗戦についてのあまり具体的ではない情報と、避難指示エリアの読みあげをくりかえすばかりだった。信号待ちのあいだにSNSをひらくと、奈良坂《ならさか》ダニエルがライブ配信をおこなっていた。顔は好みではないけれど、低くて温かみのあるいい声をしている俳優だ。バックにかかっている、おそらく著作権フリーの安っぽいジャズ・ミュージックが妙に心を落ち着かせる。わたしのスマホのバッテリーは残り七四パーセント。少しだけきいてみるとしよう。

8

奈良坂ダニエルのライブ配信より
二〇二二年八月一五日午後五時三四分～午後七時五三分の配信より一部抜粋
写真・動画共有SNS〈パイプス〉内のパイプス・ライブ機能にて

視聴者数も増えてきたからね、ここらでもう一度この配信の趣旨について話しておこうかな。いつもなら、ぼくのラジオ番組『奈良坂ダニエルのクール・アズ・ア・キューカンバー』の生放送をやっている時間なんだけれど、みんなも知っているとおり怪獣——インターネットじゃ白腸《しろわた》だとか腸獣《ちょうじゅう》なんて呼んでいる人もいるみたいだね——その白腸のおかげで報道特番に差し替わっちゃったからさ、だったらパイプス・ライブから配信しちゃおうかななんて思って、ＦＭしらこばとさんの楽屋を借りてお届けしてるってわけ。まあ、こういうときだからあんまり羽目をはずすわけにもいかないんだけれど、いつものようにおしゃべりしつつ、〈パイプス〉の質問ボックスのほうに投稿してもらったおたよりなんかも読みたいと思ってるから、よろしくおつきあいください。

まあ、そんなわけでね、白腸についてなんだけれど、江東区を西へ進んでいて、まもなく中央区に到達するらしいね。生きものだから、急に進路を変える可能性だってあるかもしれないわけだし、ぼくとしてはいますぐにでも海に引き返してほしいわけなんだけれど――えっ、なに？　ああ、そうか。オーケー、ごめんね。マネージャーから注意されちゃったから、ひとつ訂正するよ。つまり、あれが生きものかどうかはわかっていないってこと。だから、政府は巨大移動体なんて、もってまわったいい方をしているんだったね。

　でもまあ、いわれてみればたしかに生きものじゃないかもしれないな。なんというか、不謹慎だって思う視聴者の方もいるかもしれないけれど、ぼくは白腸のことを悪霊なんじゃないかと思ったりもするんだよね。別にお盆だからってふざけてるわけじゃないよ？　ふざけたりなんかしないさ。人がたくさん死んでいるわけだからね。ただ、なにか怨念《おんねん》のようなものを感じるんだよね。それがだれかにたいするものなのか、あるいは社会にたいするものなのか、そういうのはよくわからないけれど。

　防衛省の発表じゃ、自衛隊は新たに隅田川《すみだがわ》沿いに防衛線をつくって、今度こそ白腸をやっつけようって息巻いているらしい。中央区を西へ通りすぎたら千代田《ちよだ》区だからね。つまり、皇居があるわけだからさ、それだけはなんとしても避けたいんじゃないかな？　もちろん、すでに皇族のみなさんは安全なところに避難されているし、自衛隊は国民みんなのために戦ってくれているわけなんだけれどね。それでも、そういう事情もある程度はからんでくるんじゃないかな？　おっと、ギフティングありがとう。今回いただいたギフティングは、すべて被災地への寄付にまわそうと思ってるから、みんなよろしくね。

　だけどさ、ぼくは自衛隊の人たちにも逃げてほしいと思っているんだよ。だって、悪霊は殺せないだろう？　どれだけ流れても血が涸《か》れないだとか、どれだけ傷ついても再生するだとか、あげくの果てに触れると消滅させられるシャボン玉まで出すっていうじゃないか。白腸はまともじゃないんだよ。この世の理《ことわり》からはずれた存在ってことなんだ。だから、正体がわからないうちは、だれも命を危険にさらすようなことはしてほしくない。そういうわけにいかないことも、わかるんだけれどね。それじゃあ、質問ボックスのほうに投稿が届いてるみたいだから、さっそく読んでみようかな。

『奈良坂さん、こんにちは。配信、楽しくきいています』

ありがとう。

『白腸ですが、わたしはどこかの国がつくった生体兵器なんじゃないかと思います。東京湾に出現する前に、房総半島沖をアメリカ海軍の原子力潜水艦が航行していたって噂もありますし、このタイミングで自衛隊が演習のために首都圏の基地に部隊を待機させていたなんて、不自然じゃないですか？　わたしは政府があらかじめ、アメリカから白腸の情報を知らされていたと考えています。白腸をどこの国がつくったのかについては、いろんな意見があるみたいですが、わたしはアメリカがつくったものがコントロール不能になって、日本に来てしまったという説を支持しています。というのも――』

うーん、途中だけどごめんね。いや、ぼくも悪霊なんていいだしたわけだから、同罪かもしれないな。あくまで、そう感じるという話だったんだけれどね。つまりさ、こういう陰謀論があちこちに広がっていることはぼくも知っているけれど、もう少し冷静にならないといけないと思うんだよ。そりゃあ、こんな状況で冷静になるのは、そう簡単なことじゃないかもしれない。だけど、憶測でよその国を疑うなんていうのは、やっぱりよくないことだよ。

じゃあ、生きものかどうかもわからない、あの白腸はいったいなんなのかだって？　それはわからない。でも、それをつきとめるために命がけで仕事をしている人たちがいるんだ。ぼくは人間の善意と知性を信じたいと思うよ。

おっと、マネージャーからの情報だけど、たったいま東京二三区と多摩《たま》北部が緊急警戒区域に指定されたそうだよ。該当区域内は原則立入禁止になるとのことで、すでに避難所にいる人も、多摩西部や南部、埼玉、千葉、神奈川に移動しなくちゃいけないらしい。これ、強制退去ってことだよね？

自衛隊が避難用のバスやヘリコプターを派遣しているところもあるみたいだから、該当区域のみんなは自治体のお知らせを確認してみるのがいいだろうね。いよいよ大変なことになってきたな。まあ、とにかく警察、消防、自衛隊の誘導にしたがって――。

9

国道254号線の上《のぼ》り車線を走るのは、わたしのトヨタ・カローラをのぞけば警察とか消防くらいのものだった。わたしも慣れていないから最初はどうしたものかと思ったけれど、そういう車両もこちらが端に寄って先に行かせてやれば、なにかをいってきたりはしないということがわかった。東京までもう少しあるし、このあたりで一般人にかまっている暇なんてないのかもしれない。こちらとは対照的に、下り車線はありえないくらい渋滞《じゅうたい》していた。どこまでもつらなる車の列は、全長何キロメートルとかあるカラフルなムカデみたいだった。これもまた立派な怪獣だ。橙《だいだい》色の夕日に照らされた長大なムカデは、ずいぶん前からほとんど進んでいないように見える。あれでは歩いたほうが早いくらいだ。

奈良坂ダニエルは最新情報として、東京都現代美術館が破壊されたことをお知らせしていた。どうやら、怪獣――白腸とかいうニックネームを、わたしはあまり気にいらなかった――はわたしが家族で訪れたことのある場所ばかり粉々にするらしい。なんでも、あの未来都市に架かる橋のようなエントランスを引きちぎって、六〇〇メートル南の深川《ふかがわ》警察署にむかって投げつけたのだそうだ。やれやれ。やることがまるでお父さんみたいだ。配信はまだつづいていたけれど、わたしはため息をついてアプリを閉じた。

お父さんが変わってしまったのは、二年前に起きたSNSの炎上がきっかけだった。当時、お父さんは上野にある、だれもが名前をきいたことのあるような、それなりに大きな会社でネットワーク・エンジニアの責任者をしていた。

どうしてそんなことをしたのかまったく理解できないけれど、ちょうどいまとおなじくらいのうだるような夏の暑い日に、お父さんはある画像をSNSに投稿した。それは早朝からおこなわれていたデータ・センターでの大がかりな機器交換作業のさなかに撮られた一枚で、パンツ一《いっ》丁《ちょう》でサーバー・ラックに抱きつき、満面の笑みで涼《りょう》をとるお父さんの姿が写っていた。

実際のところサーバー・ルームというのは寒いくらい冷えているものらしいし、お父さんのSNSをフォローしていたのは三〇人かそこらの知りあいだけだったから、なにごとも起きなければ内輪《うちわ》むけの軽いジョークでおわるはずだった。けれど運の悪いことに、その晩、お父さんの会社が運営しているインターネット上のサービスにかなり深刻な障害が発生してしまった。

障害は新聞やニュースサイトで大きく報じられ、世間の注目をあつめた。顧客への補償対応の不備など問題が広がっていくなかで、ひとりのネットユーザーがお父さんの投稿に目をつけた。お父さんはSNSのプロフィールに会社名はもちろん、仕事内容も書いていなかったけれど、それまでの投稿から問題の発生したサービスの責任者のひとりであることが特定されてしまった。そして、お父さんの悪ふざけが障害を引き起こした原因であるという誤った情報が、すごい勢いでインターネットに拡散されたのだ。それはパンツ一丁でおどけるお父さんの足元で、一部器材のケーブルがはずれていたことから生じた誤解だった。交換した古い器材がたまたま写っていただけで、本当の障害原因はプログラムに起因するものであり、お父さんの作業とは無関係だったのに。

とはいえ、データ・センターの画像をSNSに投稿することは、会社の規定に反することではある。会社はお父さんを解雇し、わかる人が読めば別問題だとわかるが、一見すると障害の責任がお父さんにあるかのような謝罪文を公開して炎上を鎮《しず》めたのだった。

お父さんの名前はすっかり知れわたり、わたしたち家族はどこへ行ってもうしろ指をさされるようになった。わたしもあゆむも学校でいやなことをいわれたし、どこで調べたのかお母さんの勤務先にまで苦情の電話をかけるものもいた。

それから、いくつかの同業他社への転職に失敗したお父さんは、ある日訪れたハローワークで、自分と家族に完全なとどめを刺した。知らない若者から炎上の件をからかわれて頭に血がのぼったお父さんは、相手がスマホのカメラをむけていることにもかまわず、求人検索用のノートパソコンを投げつけたのだ。まるで、東京都現代美術館のエントランスをほうり投げた怪獣のように。

もちろんハローワークは警察を呼んだし、一部始終を動画におさめていた若者によってお父さんの姿はふたたびインターネットに拡散された。わたしとあゆむへのいやがらせは明確ないじめに変わり、あまりの苦情の電話の多さからお母さんは仕事を辞めなくてはならなくなった。

それから少したったある朝、お母さんは猫のシレネだけを連れて家からいなくなっていた。わたしとあゆむを迎えにもどってくるという書き置きが残されていたけれど、あれからお母さんとは連絡がとれないままだ。お父さんがお母さんの実家に何度電話しても、お祖父《じい》ちゃんとお祖母《ばあ》ちゃんは、ここにはいない、なにも知らない、といった。それが本当のことなのかどうか、わたしにはわからない。でも、日がたつにつれて、わたしたちは捨てられたのだということだけは、はっきりとわかるようになった。

いつのまにか日没まであとわずかになっていた。ドアミラーのなかで地平線に沈みつつある太陽が最後の赤い光を放ち、正面に見える東の空は濃い青色の領域を広げつつあった。下り車線の渋滞はあいかわらずだ。案内標識によると、ちょうど朝霞《あさか》市にはいったところらしい。地図アプリで確認したとおりなら、あと一〇分ほど走れば板橋《いたばし》区――いよいよ東京都だ。

東京は広範囲が原則立入禁止になるそうだから、県境で警察が検問のようなことをおこなっている可能性は充分ある。追い返されるだけなら、あらためて別の道をさがせばいいが、車をとめられてあれこれ調べられるのはまずい。気が早いかもしれないが、このあたりから幹線道路はつかわないほうがいいだろう。

わたしはハンドルを左に切って適当な脇道にはいり、少し行ったところの路肩《ろかた》に車をとめて、サイドブレーキをあげた。インターネットが混雑しているのか、先ほどまで問題なく機能していたはずの地図アプリのようすがおかしかった。現在地を示すマーカーが、あっちへ行ったりこっちへ行ったりしている。おおよその位置はわかるが、抜け道をさがすうえでこれはなかなか厄介《やっかい》だ。教習ではあまり小さな道はつかわなかったから、どうも勝手がつかめない。

夢中でスマホをいじっていると、だれかに窓をコンコンと叩かれた。見ると、警察の制服に身をつつんだお父さんとおなじくらいの世代の男性が立っていた。うしろにはパトカーもとまっていて、相棒らしき警官が無線でなにか話している。アプリに集中していたせいで、まるで気がつかなかった。

「どうかしましたか?」わたしは窓を少しだけひらいて、笑顔でいった。

「いいえ、しばらく停車されていたので、なにかお困りかと思いましてね。東京都は白腸の件が片づくまでほとんど封鎖されることになりましたから、このあたりは県境も近いですし、見まわりしているというわけなんですよ」

警官の声は穏やかだったが、いけすかない教師が生徒を値踏みするときのような、ねっとりとした響きがあった。けれど、わたしに怪しまれるようなところなどなにもないはずだ。トランクのなかを見られさえしなければ。

「白腸？　ああ、怪獣のことですね。ネットでそんな風に呼んでいるのをききました。駆除されるまで、まだ時間がかかるんでしょうか？」

「自衛隊も苦労しているようです。米軍も協力するそうですから、早いところやっつけられるといいんですが。それで、広範囲が爆撃される可能性もあるので、一般のみなさんには東京へ近づかないようお願いしているところでして。国道に検問を敷《し》いていますが、うっかり脇道からはいってしまう人もいるかもしれませんから、われわれも気が抜けませんよ」

「そんな人もいるんですね。ご苦労さまです」

　われながらしらじらしいが、アパートの二階の大学生に対応したときの例もあるし、きっと堂堂としているほうが怪しまれないものなのだ。

「おそれいります。念のためおうかがいしますが、どちらへむかわれるところですか？」

「祖母を迎えにいくんです。足が悪いので、わたしが車で避難所まで送ることになって」

　もちろん嘘だ。職務質問できかれそうなことは、あらかじめ答えを準備してある。

「でしたら、われわれが代わりにお祖母さまを避難所までお送りしますよ。埼玉県内ですよね？　まさか、都内なんてことはないでしょうね？」

　これは想定外だった。警察はそんなことまでしてくれるものなのだろうか？　それとも、なにかさぐろうとしているのか？　いずれにしても落ち着いてさえいれば、なんとかできるはずだ。

「もちろん埼玉県内です。せっかくで申しわけないのですが、すぐそのあたりですから、どうぞお気づかいなく」

「いやいや、これも市民のためですから。お祖母さまのお住まいはどちらですか？」

「いえ、本当に大丈夫ですので」

「質問に答えてください。お祖母さまのご住所はどちらですか?」

声の調子が明らかに変わった。どうしてなのかわからないが、この警官はなにかを疑っている。あるいは、疑いはじめている。わたしは視線の向きを悟《さと》られないようにうつむきつつ、近くの標識を盗み見た。

「ですから、ひざおれ……ちょう……ですよ。すぐそのあたりなんです」

「ひざおれ、ですか? あのねえ、標識を見たんだろうけど、あれはひざおりと読むんですよ。膝折町《ひざおりちょう》、わかる? あなた本当にお祖母さんを迎えに来たの? ずいぶん若いみたいだけれど、免許証見せてもらえますか?」

「あの、祖母のところに行くのは久しぶりで、だから、いいまちがえただけです」

運転免許証を差しだした指が、小刻みに震えていた。とんだ間抜けだ。わたしは嘘をつくのが得意ではなかったのか?

警官は免許証をしげしげと見つめて、いった。「ふむ。蔦元《つたもと》つかささんね。偽造じゃないみたいだけれど、どうも気になるんだよね。あなたみたいな若い人が、こんな古ぼけたトヨタ・カローラに乗っているなんて。それも、免許証をとったばかりの日に。じつは避難した人たちの家を狙う空巣《あきす》が出ていてね。いちおう調べさせてもらいますよ。トランクをひらいて、なかを見せてください」

そんなことできるはずがない。トランクには、お父さんの死体がはいっているのだから。なにか、この状況を切り抜ける嘘を考えなくては。ドアミラーごしに、うしろのパトカーからもうひとりの警官が歩いてくるのがスローモーションで見えた。あと五歩で最初の警官と合流する。トランクの鍵が壊れていることにするか？　それとも、ありったけの愛嬌《あいきょう》を振りまいて、空巣なわけないじゃないですか、と笑ってごまかしてみせるか？　どちらも効果は期待できそうにない。あと二歩。こうなったら、一気にギアをつないで急発進して逃げるしかないか？

「小野寺《おのでら》さん、署長から連絡があって、すぐに検問のほうに来てくれって」

あとから来た警官の言葉に、小野寺と呼ばれた男は声を荒らげた。

「はあ？　空巣の件はどうするんだよ。検問には充分な人数が行ってるはずだろう？」

「そのはずだったんですが、どうも現場は大混乱みたいで、人手がいくらあっても足りないそうです。署長も悲鳴をあげてましたよ」

「こんなときだっていうのに、なんだってわざわざ東京に行こうとする連中がいるのかね。まったく、やれやれだ」ぼやいてから、小野寺警官は思い出したようにわたしに免許証を手わたした。

「もう行っていいよ」

わたしは会釈《えしゃく》をして、歩み去る警官たちを横目に急いでサイドブレーキを押しさげた。ぼろが出てしまう前に、一秒でも早くこの場を去りたかった。

「あ、待って」右のウインカーを出したところで、一度は背中をむけた小野寺警官がふりかえっていった。「お祖母さんによろしくね。送ってあげられなくてすまなかったね」

「……いえ」

わたしはもう一度、会釈をした。ゆっくりと警官たちから離れていく車内で、危機を脱した安心からか、それとも自分がしていることの愚かさからか、目玉の奥の方から涙がじんわりと浮かびあがってくるのを感じた。わたしは小さな子供のように唇をとがらせて、泣きだしたいのを懸命にこらえた。

10

重なる自衛隊の敗北。総理、米軍所有の低出力核兵器使用を検討か

二〇二二年八月一五日午後八時〇五分

ノーム・ジャパン・ニュース

警告：この記事には遺体を写した写真が掲載されています。

午後七時すぎに報じられた隅田川絶対防衛戦の敗北について、防衛省より詳しい状況の発表があり、波紋を呼んでいる。俗に白腸とも呼ばれる怪獣（政府は巨大移動体と呼称）には、ミサイル攻撃で受けた傷をも瞬時に治してしまう自己再生能力と、触れたものを消滅させてしまうシャボン玉を放出する能力があるらしいことが、荒川での駆除作戦の際にも一部報道にて伝えられていたが、防衛省はこれらを実際に確認していると正式に認めた。そして、隅田川でもこのふたつの能力を前に、まったく太刀《たち》打《う》ちできなかったというのだ。

自衛隊の総力を結集し、さらに安保条約適用による米空軍の協力もとりつけて、万全の態勢で挑んだだけに、政府も隅田川絶対防衛戦での敗北にはショックを隠しきれない。荒川同様、地上部隊はシャボン玉攻撃によって大部分が消滅。白腸の自己再生能力より早く、その全身を削りきることを目標におこなわれた自衛隊、米空軍による一斉ミサイル攻撃も失敗。江東区と中央区の広い範囲がシャボン玉と味方の爆撃で更地《さらち》同然となったが、当の白腸は元どおりの姿——一部のドローン映像では、目玉が膨張したり皮膚の皺が深くなるなどして、より禍々《まがまが》しい顔つきになっているようにも見える——に再生して悠々と戦場をあとにした。

（写真：火災の炎に照らされる自衛官の遺体と、黒煙のなかを上野方面へ歩み去る白腸の背中）

自己再生能力やシャボン玉攻撃にたいする対策の不備について、政府内外から批判の声があがっているが、防衛省としても白腸のあまりに未知な特性にたいして、分析が追いつかないというのが本音のようで、現状、自衛隊の新たな駆除作戦の具体案はまとまっていないそうだ。東京駅周辺で白腸が北に進路を変え、皇居外苑《がいえん》への侵入はひとまず回避されたが、進行方向には神田《かんだ》、秋葉原《あきはばら》、上野と繁華街がつづいており、さらなる被害が予想される。有効な攻撃方法が見つからないかぎり、破壊は東京だけにおさまらない可能性もある。

そこでにわかに現実味を帯《お》びはじめているのが、米軍による低出力核兵器の使用である。一部で戦術核兵器と混同した報道が見られるが、戦術核兵器とは厳密には射程距離五〇〇キロメートル以下の核兵器を指すものであり、現在、俎上《そじょう》に載せられているのはあくまで小型、低出力の核弾頭についてなので注意が必要だ。

第二次大戦で日本に投下された原子爆弾は、広島で一五キロトン、長崎で二一キロトンの威力があり、いずれも甚大《じんだい》な被害をもたらしたことはご存知のとおりだが、冷戦下ではこれらの数千倍の威力をもつメガトン級の水素爆弾も開発された。そうした都市をまるごと吹き飛ばしてしまうようなものとちがい、低出力核兵器は威力を一キロトン未満から五キロトン程度までに抑え、軍事目標の局所破壊を目的としている。

どれだけ傷を与えてもたちどころに治してしまう白腸であっても、数百万度もの火球で滅却《めつきやく》すれば再生は不可能だろうという見通しと、とはいえ東京のまんなかでつかう以上、被害はなるべくピンポイントですませたいという要求の双方を踏まえたとき、選択肢として浮かびあがってくるのが米軍の保有する低出力核兵器というわけだ。浅黄総理大臣は低出力核兵器の使用について、すでに米国と協議を進めているという政府関係者筋の情報もある。

しかし、これが本当だとすれば当然批判は高まるだろう。低出力とはいえ、核兵器なのだ。東京に大穴があくことに変わりはないし、放射線による影響も考えなくてはならない。なにより、世界唯一の戦争被爆国としての国民感情が、安易な核兵器使用を許さないだろう。

しかしながら、現時点で核以外の有効な対策が見つかっていないこともたしかだ。たび重なる自衛隊の敗北に、浅黄総理が重い決断をくだす可能性も充分にある。お盆の日本に亡霊のようにあらわれた白腸をいかにして祓《はら》うのか。被害が現在進行形で拡大するなか、政府の判断に注目があつまる。

同記事、コメント欄（一部抜粋）

・白腸は米国産の生体兵器なんだって。米軍の性急な動きがなによりの証拠でしょ。核をつかって証拠隠滅を図《はか》ろうとしてるってことだよ。（28416いいね）
・むしろ、日本での核使用がアメリカの本当のねらいでは？　実績をつくれば核武装のハードルが下がるからね。日本に核をもたせて大陸を牽制《けんせい》したいんじゃないかな。（7221いいね）
・だからって、ちいピカならオーケー！　……ってコトにはならんやろ。今日、終戦記念日だぞ？（17569いいね）
・低出力核兵器のことをちいピカっていうのやめろよ。（1398いいね）
・ていうか、ニュースでも白腸って呼び方するの、違和感あるな。（110いいね）
・さすがにアメリカが黒幕ってことはないと思うけどな。同盟国としてリスクが大きすぎるからね。東側のならずもの国家のしわざっていうなら、多少は納得できるけど。（2955いいね）
・えっ？　奈良坂ダニエルがマリファナで逮捕されたってマジ？　生配信中に警察来たの？（56いいね）
・亡くなられたみなさまのご冥福《めいふく》をお祈りします。どうか、ひとりでも多くの方が無事でありますように……（14いいね）

11

こんなに静かな東京の夜なんて、かつてあったのだろうか？　あったとしても、それはおそらく二億年前だとか、そのくらいむかしのことだと思う。

いまは文京区《ぶんきょう》のまんなか――地図アプリによると小石川《こいしかわ》植物園のあたりだ。想像していたとおり幹線道路からはずれた細かな道までは警察の目も行き届かないようで、いまのところ見つからずに進むことができている。ときおり自衛隊のヘリコプターが上空を通りすぎるから、念のためにライトを消しているのも功を奏しているのかもしれない。

豊島《としま》区くらいまでは、大通りを行く自衛隊のバスや警察に誘導されて徒歩で避難する人々の長い列を遠目に見かけたけれど、いまや、動いているものといえば風に揺れる木々と、わたしのトヨタ・カローラのほかになにもなかった。心配していたメディアのドローンとも、まったく出会わずにすんでいる。きっと、報道管制みたいなものが敷かれているのだろう。

避難者たちを見るのは気が重かった。距離があったからひとりひとりの表情まではわからなかったけれど、みんな明らかに疲れ果てていた。もしかしたら、怪獣に家族や家を奪われた人も、あのなかにはいたのかもしれない。

ふと、あゆむのことが気になってスマホにメッセージが来ていないか確認したが、アプリを立ちあげても《ただいま、つながりづらい現象が発生しております。時間をおいて再度お試しください》という表示が出るばかりだった。インターネットは問題なくつかえるようだから、メッセージ・アプリ固有の問題らしい。

できるだけ周囲の音に注意しておきたいから、東京にはいってからはラジオも配信もつけていない。かわりにネットのニュースを見ると、怪獣が上野方面にむかっていると書いてあった。西葛西から東西《とうざい》線に乗って日本橋《にほんばし》へ出て、そこから銀座線で上野まで――怪獣が進む道は、まるでお父さんのかつての出勤経路のようだ。そういえば公民館のテレビに映っていた怪獣の目は、ぎょろりとしてお父さんに似ていたっけ。わたしはなんとなくトランクの方をふりかえった。毛布にくるまれたお父さんの死体が、そこに収められている。ひらいてなかを確認したいような気もするが、少し考えてやめておいた。

無人の街は思っていたより明るくて、そこが二億年前とちがうところだった。街灯や商店の明かりがともったままになっているのだ。大通りに出ればネオンの点滅だって見られるかもしれない。正面にコンビニの光が見えると、わたしはお腹がすいていることに気がついた。

コンビニからやや離れたところに車を駐めて、忍び足でガラス張りの壁に近づき、店内のようすをうかがう。だれもいないようだ。わたしはなかにはいってまずトイレを借り、つづいて食べるものを物色した。パンやおにぎりはもちろん、お菓子さえも棚から姿を消していた。ドリンクのコーナーに行くと、水やお茶のたぐいもなくなっている。避難する前に買っていった人たちがたくさんいたのだろう。避難所に食料が充分あるかわからないし、そうする気持ちは理解できる。残っているのはアルコールくらいのものだった。

わたしは外国の緑色の缶ビールをふたつつかんで、トヨタ・カローラに引き返した。店を出る前にレジのカウンターに千円札を置いておいたのは、終末ものの映画でそうするのを見たことがあって、一度やってみたかったからだ。万引きしたくないという気持ちも働いたのかもしれないが、そもそもわたしは飲酒していい年齢でもないし、いままさに死体を遺棄しようとしている人間なのだから、そんなことを気にするなんてちゃんちゃらおかしいことだった。

運転席にすわって一本目のビールをあけた。喉が渇いていたからか、一気に缶の三分の二くらい飲んでしまった。ビールを飲むのははじめてではないけれど、やっぱりこの苦味は好きになれない。お父さんもあまりビールを飲む人ではなかったっけ。わたしとおなじで苦いのが嫌いだったのかもしれない。

二本目を飲み干したところで、疲労がどっと押し寄せてきた。ぐったりだ。あちこちの関節が痛むし、なんだか汗くさい。本当はできるだけ早く怪獣の近くへ行って、死体を棄てなくてはならないのだけれど、しばらく体がいうことをききそうにない。わたしは三〇分だけ休憩をとることにした。

座席をうしろに倒して目を閉じる。仕事から帰ったお父さんも、こんな風に座椅子にもたれて目を閉じていた。慣れない肉体労働に疲れきっていたのだ。西葛西のマンションから御洞町のアパートに引っ越したのは、お父さんの知人が埼玉でシステム・エンジニアの仕事を紹介してくれることになったからだった。住所が変わってしまったらお母さんがわたしたちを迎えに来られなくなると思って、わたしとあゆむは引っ越しに反対したけれど、それまでいくつもの会社の人事部のごみ箱に宛てて履歴書を送りつづけていたお父さんは、一も二もなく誘いに飛びついた。しかし、その話は土壇場で上役からものいいがついてキャンセルになってしまった。知人とは連絡がとれなくなり、引っ越し費用さえも埋めあわせてもらえなかった。

選ばなければ仕事がないわけではなかった。非正規の肉体労働は未経験のお父さんをろくに面接もせず、電話一本で雇ってくれた。あくまでエンジニアとしてそれなりの待遇で迎えてくれる会社が見つかるまでのアルバイトのはずだったけれど、仕事がはじまって少しすると、お父さんは転職活動をやめてしまった。

暴力的な言動は、時間とともにどんどんひどくなっていった。食器や家具を乱暴にあつかったり、近所のお店に理不尽なクレームをつけたりするようになった。

ある日、わたしが学校から家に帰ると、あゆむがお腹に紫色の痣をつくって泣いていた。きいたことのないような泣き声だった。あゆむはお父さんに殴られたといったけれど、当人は暴力なんてふるっていないとしらをきった。おなじようなことがくりかえされても、お父さんはごまかしつづけた。

わたしはそのたびにあゆむを抱きしめて、お姉ちゃんがいっしょにいて守ってあげると言葉をかけた。それでも、わたしが学校に行ったり、出かけたりしているあいだにあゆむの痣は数を増した。わたしがいないときをねらって暴力をふるっているのは明らかだった。そして、そのうちあゆむはわたしにも殴られたことを話してくれなくなった。

あゆむに友だちはいたのだろうか？　新しい学校でも、なぜかお父さんの炎上騒ぎを知ってあれこれからんでくるような人間がいた。わたしはへらへら笑って乗り切ったけれど、あゆむにおなじことができたとは思えない。小学生というのは、ある面において世界でもっとも残酷な生きものだから。

せめて、わたしにだけでも心をひらいてくれたら——それが、傲慢《ごうまん》な願いであることはわかっていた。どうしてあゆむがなにも話してくれなくなったのか、わたしは知っている。かけた言葉とは裏腹に、わたしが本当には、あゆむを守らなかったからだ。わたしは、自分がお父さんの標的になるのが怖かった。お父さんはわたしにたいして、あゆむへの暴力をごまかしつづけられると思っていた。いや、そう思わないと自分を保てなかったのだろう。

お父さんは真夜中の急流に飲まれていた。暗闇の下流に流されまいと、わたしへの嘘に必死にしがみついていた。本当のことを認めてしまったら、どこにもつかまるところがなくなって、もう二度と穏やかで美しい川べりにはもどれない。

わたしが一度でもあゆむが殴られているところに居合わせてしまったら、お父さんが歯止めを失うことは目に見えていた。そうなれば、もうとりかえしはつかない。だから、わたしはいつもタイミングを見計らっていた。

今日だってそうだ。運転免許証をとってから、わたしは一度家の前まで帰っていた。ドアの向こう側からお父さんがあゆむを怒鳴る声がきこえたから、公園へ行って時間をつぶしていたのだ。あゆむへの暴力がおわるまでの時間を。

わたしは自分を守るために、あゆむを犠牲にしてお父さんの嘘に加担した。ほかの方法を考えることもしなかった。その結果がこれだ。あゆむを殺人者にしてしまった。お父さんを死体にしてしまった。

わたしがさらに最悪なのは、こうなることをまったく予想していなかったわけでもないところだ。あゆむがお父さんを殺してくれる日のことを、心のなかで思い描いていた。どうすれば証拠を隠滅することができるか、何度も想像でシミュレーションしていた。アメリカのクライム・ドラマを見るときも、ついついなにか使えるアイデアがないかさがしてしまった。漂白剤がＤＮＡの痕跡を消せると知ったときは、これだと思った。

遠くで和太鼓《わだいこ》のような低い音が響いた。薄く目をあけると、夜空に浮かぶ雲が赤く照らされていた。踏みつぶされた街が、炎をあげているのだ。怪獣のことを悪霊だとか、亡霊だとかいっている人がいたけれど、案外そうかもしれない。きっと、お父さんが化けて出たのだ。

怒りと暴力をまきちらす怪獣の姿はお父さんそのものだ。わたしたちを置いて出ていったお母さんも、お父さんの首を絞めて殺したあゆむも、かわいそうな妹を追いつめてお父さんを殺させたわたしも、みんな怪獣だ。わたしたち一家はだれもが、傷ついてできた心のひだに怪獣を住まわせている。**わたしたちの怪獣は、自分を守るためなら世界を壊したっていいと思っている。**

もうひとつ、思い描いていたことを考える。運転免許証をとったら、トヨタ・カローラにあゆむを乗せて、どこか遠くの街へ逃げてしまおうと思っていた。わたしはあゆむの親権者でもなんでもないから、未成年を誘拐することになってしまうのかもしれないけれど、お父さんが殺されるよりはよっぽどましな計画だ。今日、家に帰ってなにごともなければ、さっそく実行に移すつもりだった。具体的なことはなにひとつ考えていなかったけれど、行くのならなんとなく瀬戸内《せとうち》がよかった。小さなころ家族で旅行をしたときに、海がとても綺麗だったから。

だけど、現実はそうはならなかった。ありえたかもしれない未来なんていうものは、きっとずいぶん前の分岐点で永久に失われてしまっているのだ。わたしにできることは、せめてあゆむが捕まらないように、首尾よく死体を棄てることだけ。わたしらしいお役目だ。

でも、神さま。わたしは疲れてしまいました。今日、運転免許証をとったばかりだというのに、ずいぶん頑張ったものだと思います。だから、あと五分だけここで休ませてください。

12

巨大移動体に関する浅黄内閣総理大臣緊急演説
二〇二二年八月一六日午前二時四五分
テレビ、ラジオ各局、およびインターネット首相官邸公式動画チャンネルにて生中継

まず、今回の巨大移動体による被害に遭われた方へ、お悔やみとお見舞いを申しあげます。そして、国民を守るため危険な任務にあたる自衛隊のみなさん、前例のない避難、救助活動にたずさわる警察、消防のみなさん、膨大《ぼうだい》な数の負傷者の治療にあたる医療関係者のみなさんに、日本国民を代表して心より感謝申しあげます。国家の存亡を揺るがす脅威にも、臆《おく》することなく使命を全《まっと》うするみなさんの存在は、この未知なる状況を照らす希望の光です。本当にありがとうございます。

東京湾より上陸した巨大移動体は、千葉県、そして東京都に甚大な被害をもたらしています。行楽を楽しまれていた方々、お盆にも仕事場に出て働かれていた方々、自宅や帰省先でのんびりと過ごされていた方々など、大勢の平和を愛する家族と隣人が犠牲になりました。駆除作戦にのぞんだ自衛隊員にも、多くの死傷者が出ました。わたしは内閣総理大臣として、巨大移動体の卑劣で愚かな蛮行をとうてい許すことはできません。

現在、巨大移動体は上野駅周辺を徘徊しております。防衛省の報告によりますと、出現時にくらべて動きが緩慢になっているそうです。これが疲労によるものなのか、はたまた空腹によるものなのか。巨大移動体の生態は現時点でほとんどわかっていないため、原因については今後の調査を待つ必要があります。

しかし、わたしはこれを好機ととらえています。いつまた巨大移動体が活動的にならないともかぎりません。そうなれば関東一円——いえ、日本全域まで被害が拡大することになるでしょう。いまのうちに叩くべきなのです。

荒川、隅田川での作戦の結果が示しているとおり、巨大移動体には自衛隊の保有する通常兵器が通用しません。おそるべき自己再生能力によって、治癒してしまうからです。わたしたち日本国政府は国際社会と情報を共有し、有効な攻撃手段について多角的な協議をおこない、ひとつの決断をくだすにいたりました。

巨大移動体の駆除のために、米軍に低出力核兵器の使用を要請します。本件はすでにバックマン大統領とも合意がとれております。具体的には本日の早朝午前五時ちょうどに、東京上空にて米空軍のＢ５２ストラトフォートレス戦略爆撃機より、巨大移動体にむけてＷ８０－１核弾頭を搭載したＡＧＭ－８６Ｂ巡航ミサイルを発射します。核兵器で蒸発させてしまえば、いかな自己再生能力であれ治癒は不可能であり、巨大移動体を確実に駆除することができます。

シャボン玉による消失攻撃を用いた防御についても、触手の発光現象からシャボン玉の放出まで約三〇秒を要することが統合任務部隊によって確認されており、ＡＧＭ－８６Ｂの巡航速度は時速八八五キロメートルにも達しますので、なんら問題はございません。これは荒川、隅田川の作戦に参加した自衛隊員たちが、命と引きかえにわれわれに遺《のこ》してくれた情報であります。

無論、核兵器使用に不安を抱かれるみなさまもいるかと存じます。しかしながら、Ｗ８０－１は核出力の調整が可能な核弾頭です。今回は被害を最小限にするためにも、出力を五キロトンに抑えて使用します。これは広島型原爆の三分の一のエネルギー量に相当するもので、影響範囲は極めて限定的であるといえます。

巨大移動体が上野駅周辺から動かなかったと仮定した場合、すでに住民のみなさんの避難が完了しております、千代田区、文京区、台東《たいとう》区、荒川区を中心に建物の被害が出るでしょう。また、放射性物質が風に乗ってさらに広範囲に拡散されると考えられます。

よって、関東地方にお住まいのみなさんには、攻撃から最大七二時間の屋内待機を徹底していただきます。これにともない、各地の警戒レベルも変更されます。詳細はのちほど官房長官よりお伝えさせていただきます。可及的すみやかに除染作業をおこないますので、過度の心配は不要です。しばらくのあいだ、隣接する地域でも一時的に放射線量が増加する場合がありますが、ただちに健康に影響をおよぼすものではございません。

駆除完了後の復興について、国際社会が協力を申し出てくれております。未知なる存在にたいして、わたしたちに必要なのは団結と覚悟です。犠牲になった方々のかたきを討とうではありませんか。この痛みが新しい日本の未来を切り拓《ひら》くものになると、わたしは確信しております。わたしたちの美しい国土をこれ以上損なわないためにも、国民のみなさまには核兵器使用をご理解いただきますよう、どうかお願い申しあげます。ご清聴、ありがとうございました。

13

視界を覆う瞼《まぶた》の皮膚が、温かな光にすけて桜色になっている。どうやら眠ってしまっていたらしい。いま何時だろう？　眠りすぎてしまったことにまちがいはないようだけれど……。

目をひらいて心臓が凍った。ぼんやりとした朝の光のなかで、バールみたいに身を折り曲げてフロントガラスの向こうからじっとこちらをのぞきこむ、知らないおじさんと目があったからだ。おそらく六〇歳か七〇歳くらいだろうか。側頭部にしか生えていない灰色の髪の毛が、ゆらゆらと風にそよいでいた。

バールのようなおじさんは、わたしが見つめかえしても微動だにしなかった。銀縁《ぎんぶち》の眼鏡の奥にある瞳に、感情らしきものは見当たらない。くたびれた消し炭色《チャコールグレー》のスーツにつつまれた体は、異様なほど痩せている。

そのまま一分ほど――いやもしかしたら一〇分くらいだったかもしれない――が経過して、ようやくおじさんが動いた。ふらふらと運転席の側まで歩いてふたたび身を折り曲げ、吐いた息で白くなるくらいまでドアガラスに顔を近づけてから、心底嬉しそうな声でいった。

「あんたも、死のうと思ってきたんだろう？」

おじさんはよだれを垂らしていた。いかれてる。わたしはそう確信して、なにもいわずエンジンをかけた。ゆっくりトヨタ・カローラを動かすと、おじさんは粘着力の弱まったシールが自然に剝がれるときみたいに、そっと離れていった。おじさんの頭がもとからいかれていたのか、怪獣のせいでいかれたのか、わたしにはわからない。スキップを踏むような足どりで歩いていくおじさんの姿が、ドアミラーのなかで少しずつ小さくなっていった。

太陽が地平線から頭を出し、脇道を選んで走っているとはいえこれだけ明るいと警察や自衛隊に見つかってしまうのではないかと不安になったが、昨晩とおなじく街はひっそりと静まりかえっていた。

ながらスマホはいけないことと知りつつ、バールおじさんくらいしかいないのだからいいだろうとハンドルを握りながら画面をチェックすると、ちょうど午前四時三〇分をまわったところだった。つづいてひらいたニュースサイトの記事は、わたしが眠っているあいだに怪獣が倒されないでいてくれたことを教えてくれたけれど、あわせて午前五時にアメリカ軍が核ミサイルを東京に落とすことも教えてくれた。あと三〇分くらいしかないじゃん。もしかして、いかれたおじさんがいっていたのはこのことなのだろうか？　たしかに核ミサイルなら、痛みを感じる間もなく一瞬で蒸発して死ねそうだ。つまり、お父さんの死体を完全に消滅させられるチャンスということでもある。

死体がいくつも転がっているようなところをさがしてお父さんを棄ててくるつもりだったけれど、これなら上野駅のあたりに適当に置いておけば、あとは核ミサイルが綺麗に後始末をしてくれるだろう。ここからなら、一〇分もあれば移動できる。ただし、トランクからお父さんを引っぱりだす作業は、かなりすばやくやらなくてはならない。そうしなくては、安全なところまで避難するのにかかる時間を稼《かせ》げなくなるだろう。そもそも、どれくらい離れれば安全なのかもよくわかっていないのだけれど。万全を期するなら、いったん埼玉までもどって計画を練りなおすのがいいのだろうが、そうなると怪獣騒ぎに乗じてお父さんの死体を遺棄することはかなりむずかしくなる。

どうするべきか思案していると、スマホから妖精の転んだときのような音が鳴った。ロック画面に、あゆむからのメッセージが届いたという通知が表示される。わたしはタイヤが甲高《かんだか》い音をたてるほどの急ブレーキを踏み、シートベルトが体に食いこむ痛みもかまわずにメッセージ・アプリをひらいた。

《ただいま、つながりづらい現象が発生しております。時間をおいて再度お試しください》

くそっ！　スマホをダッシュボードに叩きつけたい衝動を必死に抑えて、アプリをひらきなおす。しかし、またしてもつながりづらいという表示。通知が来ているのだから、まったくつながらないわけではないはずだ。わたしはくりかえしアプリをひらきなおし、八回目のチャレンジでついにメッセージの一覧を表示させた。差出人はあゆむ、送信日時は今日の〇時三五分だ。メッセージ・アプリの障害のせいで、いままで通知されなかったらしい。メッセージには『いまから死ぬから、お父さんを棄てないで帰ってきていいよ』と書かれていた。

わたしは震える指であゆむのスマホに電話をかけた。一四回コールしてもつながらなかった。『電話に出て』というメッセージを送ろうとしたけれど、またしても《時間をおいて再度お試しください》というエラーを返すだけだった。くそっ！　今度こそ、わたしはスマホをダッシュボードに叩きつけた。

メッセージが送信されてから、すでに四時間がたっている。おそらく、きっと、あゆむはもう死んでしまったのだ。首を吊るあゆむや、どこかの屋上から飛び降りるあゆむや、湖に身を投げるあゆむのイメージが、つぎつぎと浮かんでは消えていった。わたしは涙にむせびながらスマホをひろいあげた。せめて、謝罪のメッセージを送ろうと思ったのだ。遅いとわかっていても『お姉ちゃんが悪かった』といいたかった。けれど、スマホはダッシュボードとの衝突に耐えきれなかったらしく、意味不明の記号とさまざまな色の破片でつくられたモザイク模様を映しだすばかりで、わたしの指にまるで反応しなかった。

吐き気をともなう特大のしゃっくりが三回つづけて出て、わたしの顔は涙と鼻水でぐちゃぐちゃになった。あゆむを追いつめて、お父さんを殺させたのはわたしだ。お父さんを殺させることで、あゆむを死なせてしまったのもわたしだ。全部、わたしのせいなのだ。お父さんも、あゆむも、わたしが殺したんだ。一家のなかでも、わたしが最悪の怪獣なのだ。ははははは。笑える。はははは。苦しい。

だから、お父さんが暴れる必要なんてない。わたしはお父さんのトヨタ・カローラを、上野駅にむけてふたたび発進させた。怪獣が上野駅のあたりから離れないのは、お父さんの会社があのあたりにあったからだ。そう、あの怪獣はお父さんだ。だって、お父さんが死んだとたんにあらわれたじゃないか。ワニのバルーン・アートも、シャボン玉も、わたしたちの思い出だ。

お父さんはいつものように西葛西から上野へ行って、自分の仕事場をさがしているだけなのだ。前とおなじように働ければ、前とおなじように家族がひとつになれると思っているのだ。けれど、それらは失われてしまったものだ。それらが見つからないから、そのことがわからないから、ああやって暴れているのだ。

わたしはお父さんに、お父さんがすでに死んでいることを知らせなくてはならない。もう、あの日々はもどらないのだと告げなくてはならない。だから、暴れる意味なんてないのだと伝えなくてはならない。トヨタ・カローラAE110型は加速する。

死体を見せてあげたら、怪獣は、お父さんは、自分が死んだことを理解するだろう。そうしてはじめて、お父さんは成仏《じょうぶつ》することができる。わたしは怪獣に踏み潰されるかもしれないし、そうでなくても核ミサイルに焼かれるだろう。もう、それでいい。一番の怪獣はわたしなのだから。焼かれるべきはわたしなのだから。お母さんがもどってこなくてよかった。シレネを連れていってくれてよかった。お父さんが死んで、あゆむが死んで、これからわたしも死ぬ。お母さんがこんなことにかかわらないですんで、本当によかった。

都道452号線に出ると、東に巨大な影が見えた。あまりにも大きすぎるからか、火災によって発生した熱と煙のせいか、それは蜃気楼《しんきろう》のようにかすんで、ゆらゆらと揺れて見えた。東京国立博物館と上野恩賜《おんし》公園にはさまれた道路を時速八〇キロメートルで駆け抜け、上野駅から北側へ伸びる山手線《やまのて》、京浜東北線《けいひんとうほく》、宇都宮《うつのみや》線などの複数の線路の上に架かる跨線橋《こせんきょう》――両大師橋《りょうだいしばし》に出ると、ようやく怪獣の姿がはっきりとあらわれた。わたしは橋のなかほどにトヨタ・カローラをとめて、外に出た。

橋の上からは、瓦礫となった上野駅の駅舎に立つ、怪獣の全身がよく見えた。うしろで黒い煙を立ちのぼらせているどのビルよりも大きかった。背中と腹部に生えている無数の触手は、ひとつひとつが自由に動いていて、さざめく魔法の森のようだった。トヨタ・カローラとおなじ白い皮膚はテレビの映像よりもずっとぬめぬめと濡れていて、シャボン玉の表面に浮かんでいるような虹色の輝きがあった。悪霊というより、もっと神聖なもののように感じられた。それは、この世のものとは思えないくらいに、とてもとても美しかった。

お父さんは死んで天使になったのかもしれない。ひどい父親だったが、娘に殺されたことを神さまが憐《あわ》れんでくださったのだろう。ギョロリと飛び出した目玉にお父さんの面影《おもかげ》が見える。薄い膜のような瞼が垂れ下がっているのは、眠たいからだろうか？　頭をゆっくり揺らして、両手を胸の前でもじもじとさせている。あるいは、自分のおかれている状況に困惑しているのかもしれない。いま、教えてあげるからね。そうしたら、ゆっくり休めるからね。

わたしは車の後方にまわってトランクをひらき、お父さんの上体を背中から抱きかかえるように起こした。どうせ核ミサイルの熱でトヨタ・カローラもろとも溶けて蒸発してしまうのだから、トランクからおろす必要はない。毛布をめくると、血の気を失ってプルーンのヨーグルトドリンクみたいな色になったお父さんの顔があらわになった。

「お父さあん！」

わたしは怪獣にむかって叫んだ。

「お父さあん、ここだよ！」

もう一度、叫んだ。

「わたしは……、わたしは……」

どういっていいのかわからなくなって、わたしはお父さんの顔を、お父さんにむけたまま、涙を流していた。お父さんが死んでいることが、お父さんに伝わればそれでよかった。このままわたしは消えてなくなる。お父さんも消えてなくなる。お父さんのことは嫌いだ。でも、ずっと嫌いだったわけじゃなかった。最後にお父さんのところに来られてよかった。

不意に天地がひっくりかえったように揺れて、わたしはその場に尻もちをついた。怪獣がこちらにむかって歩きはじめたのだ。一歩、また一歩と怪獣が足を踏みだすたびに、世界そのものが揺さぶられているみたいにぐらぐらした。わたしの体はそのたびに軽く浮きあがり、地面に叩きつけられる。トヨタ・カローラが横転してもおかしくないくらいの震動だったけれど、古ぼけた車体はお父さんをトランクから放りだすまいと、ぎりぎりで耐えぬいた。

怪獣はわたしのいる両大師橋の前で歩みをとめ、視線をおろした。瞼をあげて、巨大な魚卵のような瞳でわたしたちを見る。立ちあがろうとしたけれど、足はがくがくと震えるばかりで、まるで力がはいらなかった。わたしは自暴自棄《じぼうじき》が、恐怖を遠ざけていたのだと気づいた。恐怖は一度追いついてしまうと、容赦なく心臓を内側から鷲《わし》づかみにした。怖い。助けて。許して、お父さん。助けて、お母さん。

世界じゅうのバイオリンの弦《げん》を猫がいっせいにひっかいたようなすさまじい鳴き声をあげて、怪獣はおじぎするみたいにわたしたちに顔を近づけた。わたしは、死んだ、と思った。ひらかれた怪獣の口がすぐそこまで迫り、湿った息が吹きかけられると、ふんわりと石鹼《せっけん》の香りがした。そんなこと、ぜんぜんニュースでいっていなかったから驚いた。

金属の押し潰される音が響いて、わたしの横でトヨタ・カローラが浮きあがった。怪獣がお父さんの死体ごと、車を咥《くわ》えてもちあげたのだ。ぶよぶよとした唇の奥にならんだ牙のあいだに、トランクから飛びだしたお父さんの体がさかさまになって挟まっていた。衝撃のせいか、閉じていたはずのお父さんの目がひらいていた。そして、ぱくぱくと口を動かした。

えっ？　びっくりする暇もなく、怪獣は上をむいてお父さんとトヨタ・カローラを飲みこんだ。喉のなかをごろごろとした塊《かたまり》がくだっていくのがわかった。そして、先ほどよりも短い鳴き声をあげて、ぷいっと顔を向こうにむけた。

えっ？　えっ？　思いがけないことがつぎつぎ起きて、思考が追いつかなかった。ふたり組のだれかがわたしを背後から抱きかかえて、元来た方へ引きずったのだ。だれかはわたしの耳元でなにかを叫んでいたけれど、わたしは怪獣の鳴き声のせいで一時的に耳がきこえなくなっているみたいだった。

しばらく引きずられたあと、ふたり組のうちの片方がわたしを強引におんぶした。そこではじめて、彼らが自衛隊の隊員だということがわかった。もう片方の隊員に先導されてむかった先――上野恩賜公園の大きな噴水のかたわらに自衛隊のヘリコプターがあった。わたしたちが機内にはいると、ヘリコプターはすぐに離陸した。お父さんが食べられてから、何分もたっていなかったと思う。

わたしをおんぶしていた自衛隊員が「大丈夫？」ときいた。まだ耳はよくきこえなかったけれど、口の動きでそういっていることがわかった。トレーニングなんてしたことがなくても、五文字程度なら唇を読めるものなんだなと思った。最後にお父さんの口から出たのも、五文字の言葉だったような気がする。

ヘリコプターのなかにはわたし以外にも自衛隊の制服を着ていない人が一〇人くらい乗っていた。ぎりぎりまで一般人を救出してまわっていたのだろう。端っこの椅子には、先ほどバールのような姿勢で車のなかをのぞきこんできたおじさんもいた。

後方で菫色の光がほのかに空を染めた。わたしの座席からは見えなかったけれど、おそらく怪獣が光っているのだろうと思った。次の瞬間、おそろしい閃《ひらめ》きが世界を真っ白に塗りつぶした。少し遅れて破滅的な音が治りきっていない耳に届き、同時にヘリコプターがバラバラになりそうなくらい揺れた。バールおじさんは閃光《せんこう》をもろに見てしまったらしく、両目をおさえてうんうんとうなっていた。

ヘリコプターは西へむけて加速し、安定をとりもどした。窓の向こうで怪獣なんて比較にならないくらい大きなきのこ雲が、もくもくと天にのぼっていくのが見えた。これが低出力と呼ばれているなんて、とても信じられなかった。あらゆるものが溶けて蒸発してしまったのだろう。そこがかつて上野駅だったということがわかるようなものは、あたりになにひとつ残っていなかった。怪獣は、お父さんは、そして、トヨタ・カローラは、この世から消えてなくなったのだ。

14

「つかさちゃん、いつもありがとうね」

「いえいえ。仕事ですから」

わたしは笑顔を返して、あの御洞町のアパートよりも狭いプレハブの玄関にダンボールをふたつ積み重ねた。なかにはミネラルウォーター、レトルト・インスタント食品、お菓子、洗剤、トイレットペーパーなど、食料品と生活用品が詰まっている。支援物資の発送元にはいくつかの種類があるが、これはNPO法人から送られたものだ。

まだ仕事があるのかときかれて、今日はこれで終わりですと答えると、あがってお茶でも飲んでいきなさいよと誘われた。このおばあさんは仮設住宅にひとりで住んでいる。だから、お菓子を食べきれないのが悩みなのだそうだ。わたしはこのあと病院に行かなくてはいけないことを伝えて、次に来たときにはかならず、と約束した。そこまで気乗りするわけでもないが、たまにならいいだろう。こうして笑顔で会話をしていると、いくらかはましになってきているのかなと思う。他愛もない言葉を交わすことはおろか、先の予定について考えることすら、ちょっと前まではできなかったのだから。

せめてお土産《みやげ》にともらったクッキーの袋を片手に、わたしは自分の車——もちろん、あの白いトヨタ・カローラではなく——ブルーのスズキ・エブリイの座席にもどった。

怪獣が出現して、東京に核ミサイルが落ちてから三年がたつ。わたしは仮設住宅や避難者むけの集会場に、物資を配送する仕事をしている。国から支給された災害弔慰《ちょうい》金を、このワンボックスカーの頭金にあてたのもそのためだ。なにかをはじめるには、それくらい思いきる必要があった。

仮設住宅で暮らすのは、帰還困難区域や居住制限区域となった台東区や文京区に住んでいた人たちがほとんどだ。放射線量はかなり下がっているようで、制限は少しずつ解除されつつあるけれど、すべてが元どおりになるにはまだまだ膨大な時間がかかるだろう。おかげでしばらくは安定して仕事をつづけられそうだ。おばあさんは「わたしは仮設住宅で人生をおえることになるでしょうね。寂しいけれどしかたがないわ」といっていた。

目的の病院は仮設住宅とおなじ板橋区内にあった。あの日、東京にむかうのにつかったのとおなじ国道254号線をくだっていると、反対車線を自衛隊の装輪装甲車の一団が通りすぎていった。あれ以来、一度も怪獣はあらわれていないが、念のためにそなえて——あるいは、それを口実にして——防衛費は年々大幅に上昇している。巨大な火砲をつけた車両を公道で見かけることは、もはや珍しいことではない。日本も独自に核兵器をもつべきではないか、なんていう議論も毎日のように交わされている。

駐車場にスズキ・エブリイを駐めて病院にはいると、待合室は診察を待つ多くの人たちでにぎわっていた。奥のほうまで歩いていくと、パーテーションで仕切られた小さなスペースがあった。精神科の患者のための専用の待合室だ。はいってすぐ、薄緑のカーディガンを着た髪の長い女の子がこちらに手を振った。

「お姉ちゃん、こっち」

あゆむは、わたしにだけわかるくらいの、ほんのかすかな微笑みを目の端《はし》に浮かべていた。ほかの人からは無表情にしか見えないだろうけれど、これでもずいぶん変わったのだ。あの日、あゆむは幸運にも自殺に失敗していた。ロープを架けた公民館裏の木の枝が腐《くさ》っていたからだ。したたかに腰を打ったあゆむを見つけてくれたのは、わたしが声をかけたボランティアのゼッケンをつけた人だった。

幸運はもうふたつあった。ひとつはわたしの被曝《ひばく》量がきわめて軽微だったこと。ヘリコプターを降りてから長い時間隔離されて、そのあいだに体じゅう洗浄されたけれど、結局その後の検査では、わたしくらいの被曝量なら健康への影響はないだろうといわれた。とはいえ念のため年に何回かは検診を受けることになっているし、インターネットには何年もたってから症状があらわれることもあると書かれていたから、まったく安心というわけでもない。だけど、あのときヘリコプターが少しでも遅れていたら不安どころではすまないことになっていたのだから、ひとまず幸運だったといっていいと思う。

残るひとつの幸運は、わたしを助けてくれた自衛隊員がトランクのなかのお父さんをはっきり見ていなかったということだ。あるいは、自衛隊員は薄紫色の顔をしたお父さんが毛布にくるまれているのを、本当は目にしていたのかもしれないけれど、いずれにしても彼らはわたしが死体を遺棄しようとしていたなんて証言しなかった。だから、お父さんの死亡届は問題なく受理されたし、いっしょに東京に遊びに来ていたお父さんが怪獣に殺されてしまった、というわたしの申《しん》述書《じゆつしよ》に異を唱《とな》える人もいなかった。おそらくだれもアウディ・A3の大学生や、埼玉県境で見まわりをしていた警察官に裏をとらなかったのだろう。

あゆむはすでに診察をすませていた。わたしは彼女に待っているようにいって、自分のために診察室へ行った。その後どうですか？　とお決まりの質問をする精神科の先生に、わたしは、変わりないです、とお決まりの返事をした。あの日から、わたしもあゆむも薬がないとうまく眠れない。ようやく眠りについても悪夢にうなされてしまう。先生は、ゆっくり治していきましょう、といった。どのくらいかかるのかは個人差があるのだそうだ。心に刻まれた傷の深さがどれくらいかなんて自分でもわからない。いまでもそのひだのなかに、怪獣の気配を感じることがある。

わたしとあゆむは薬局で一か月分の薬をもらって駐車場にもどった。スズキ・エブリイに乗りこむと、あゆむがダッシュボードの上にあるクッキーの袋を指さした。帰ったらいっしょに食べようというと、いま食べたいというので、ひとつを半分にわけて口に入れた。

スズキ・エブリイは新しい家にむかって、よく晴れた青空の下を進む。車体が揺れるたびに、荷室に置いてある台車がかたかたと音をたてた。避難者むけの配送をやっているのは、怪獣の被害にあった人たちの役に立ちたかったからだ。わたしはあのとき、あるいはもうずっと、自分のことしか考えていなかった、と思う。あんなことがあったのだからしかたないのかもしれないけれど、起きたことをすべて自分や、自分のまわりだけの問題にすりかえてしまった。どうして怪獣のことをお父さんだなんて思ったのか、いまはわからない。あのあといろいろな映像を見たが、怪獣のあの魚卵のような瞳にお父さんの面影なんてなかった。

わからないといえば、あのときお父さんが死んでいたのか、生きていたのかも、よくわからない。怪獣に食べられた瞬間、目をひらいてなにかをいっていた光景が、現実なのかどうか自信がないのだ。わたしはすっかりまいってしまっていたから、心が幻覚をつくりだしていたとしてもおかしくない。あゆむには、お父さんは生きていたけれど、逃げ遅れて怪獣に殺されたといってある。そのほうが、彼女が感じる責任が軽くなると思ったからだ。でも、本当のところは確信がない。

お父さんが最後にいった五文字の言葉は「いきなさい」だったと思う。「行きなさい」なのか「生きなさい」なのかはわからない。そもそも、本当にいったのかどうかすら怪しいし、確かめようもない。だけど、どちらの意味だったとしても、あまりちがいはないのだろう。生きるということは、進むということなのだから。それが、正しい方向であればいいと思う。わたしもあゆむも、ずいぶんおかしなところへ行ってしまった。いまは引き返して、もう一度前に進む準備をしている。

このあいだ運転免許証を更新した。免許証のなかのわたしは、びっくりするくらい引きつった笑みを浮かべている。本当はもっと楽しい笑顔で撮りたかったけれど、歯を見せてはいけないといわれたし、うまく表情をつくれなかったのだ。でも、免許証を見たあゆむが、ふふっ、と笑ってくれたから、まあよしとしよう。

あゆむのスマホから妖精の転んだときのような音がした。届いたのは、お母さんの作成した夕飯用の買い出しリストだった。またいっしょに暮らすようになって、ときにはぎこちない瞬間もある。どうしてわたしとあゆむを置いていったのか、どうしてお父さんが死ぬまで迎えに来てくれなかったのか、どちらも詳しく話してもらっていないし、わたしたちもお父さんとのあいだに起きたことを話していない。秘密がおたがいのあいだに見えない膜をつくっているのはまちがいない。でも、いまはそれでもしかたない。心はまだそんなにたくさんのことを受けとめられない。それは死ぬまで変わらないかもしれない。どうあれ、少しずつ進んでいくしかない。

買い出しリストを見たあゆむが、今晩はビーフシチューだろうと予想した。最近あゆむはお母さんの料理をよく手伝っている。わたしは仕事で疲れているから、といって猫のシレネと遊びながらそのようすを見守ることにしている。あゆむのほうが、お母さんを必要としていると思うから。

いつも買いものをしているスーパー・マーケットまで、あと一キロメートルもない。そこからひとつ先の角を曲がれば、お母さんと暮らす新しいアパートもある。

あゆむが窓の外を指さして、かすかに声をはずませていった。

「お姉ちゃん、オーロラだよ」

雲ひとつない空に、緑色、桜色、そして菫色といった色とりどりの光のカーテンがゆらめいていた。オーロラは寒いところに出るものじゃなかったっけと思ったけれど、似たようなことは前にもあったような気もする。どちらにしても、それはとてもとても美しくて、わたしたちの行く先を照らしているみたいだった。スズキ・エブリイは光の下を走っていく。わたしたちの未来は、きっと大丈夫だ。

ぴぴぴ・ぴっぴぴ

1

全身の細胞を引き寄せて離さない朝のベッドは、小学生のころの同級生（名前は忘れてしまった）が理科の授業にもってきた白金磁石を思い出させる。

実験につかうから、めいめい用意するようにと先生にいわれて、ぼくたちはそれぞれの磁石を学校にもちよった。母がぼくにもたせてくれた板ガムのような磁石は、小さな針金のクリップを四つほどしかぶらさげることができなかったけれど、同級生のずっしりと重いきんつばのようなそれは、三箱分のクリップをまとめてひとつの球体にしてしまうほどの強い磁力をそなえていた。休み時間になると、彼はきんつばをスチール製のホワイトボードに貼りつけて「椎名《しいな》、とってみろ」と興奮気味に叫んだ。そして必死に磁石を引きはがそうとするぼくを見て、腹をかかえて笑った。いまになって考えてみれば、つきあう義理なんてなかったのかもしれない。けれど、ぼくはむきになってしまった。両手の中指の爪がめくれて、皮のあいだに血がにじんでも、きんつばはびくともしなかった。彼は勝ち誇ったような目をして、ほかの同級生たちと一緒に、ぼくのことをひどく貶《けな》した。優れているのは彼の磁石であって彼ではなかったが、あるいは彼は、もっと大きな枠組みのなかでものごとをとらえていたのだろう。つまり、ぼくの人生がどの点においても教室のだれより劣っているという意味においてだ。ぼくが敗北者であることを、彼はみんなの前で証明してみせたのだ。

もし父が生きていたのなら、ぼくにあのきんつばのような白金磁石をもたせてくれていたのなら、人生はちがっていたのかもしれない。あれから二〇年以上が過ぎたいまでも、ぼくはそんなことを考える。もちろん、それは無意味な空想にすぎない。父が亡くなったのは〈改変法〉の制定より、ずっと前なのだから。

結局、きんつばは先生がとってくれた。子供の力ではそもそも無理なことだったのだ。当時の先生の年齢に追いつきつつあるぼくは、大人の力でベッドから体を引きはがした。食堂へ行くと、入り口近くのテーブルに陣どっている青年グループのひとり（名前は忘れてしまった）から声をかけられた。研修でいっしょだった青年だ。どことなく鶏を思わせる顔をしていて、声も朝を告げるひと鳴きのように甲高《かんだか》い。

「あっ、椎名さん。〈パイプス〉見ましたか？　ほら、例の動画」

「新作なら、夜のうちに見て――」

「鉄骨が落ちてきて頭がすとんって」「今回もかなりグロかったね」「あれは警鐘だな、社会にたいする」「なるほど」「いや、単なる残酷趣味だろう」「たしかに」

台詞《せりふ》ひとつ最後までいえないうちに、みんなぼくの存在を忘れてしまったようだった。鶏ですらぼくに背をむけて、夢中で仲間たちに相槌を打っている。まったく、うんざりだ。だったら最初から話しかけなければいいのに。ただでさえ、寝不足の頭に響く声なのだから。

ぼくはカウンターでプラスチックのトレーにトーストとサラダと珈琲《コーヒー》を載せて、だれもいない偶《すみ》のテーブルを選んですわった。コンサートホールのように広い食堂を見わたすと、一〇〇人以上いる〈声かけ〉のほとんどが先ほどの青年たちのように四～五人のグループをつくって話に花を咲かせている。ぼくは彼らのように集団で食卓を囲むのが苦手だ。というより、どうしてわざわざ朝食の時にまで集団をつくりたがるのか、正直よくわからない。

それにどこも話題はおなじだろう——そう、〈パイプス〉に投稿された例の動画の件だ。正体不明のアカウント〈R3v3ri3《レヴェリー》〉を、社会への警鐘と讃《たた》えるのも、単なる残酷趣味と揶揄《やゆ》するのも、どちらもあまり意味のあることとは思えない。どうせそのうち〈時取《じとり》〉が最初の投稿前まで時間を遡《さかのぼ》ってアカウントの主を逮捕するだろう。そうなれば、ぼくたちはそんな動画があったことさえ忘れてしまうのだ。

「ぴぴぴ」

不意に奇妙な音が鳴った。いつのまにか小栗《おぐり》がふたつ隣の椅子にすわって、得意げに口角をあげている。本人はひひひと笑っているつもりのようだが、癖なのかどうしても口笛のような響きがともなってしまうらしい。小栗はとても背が低く、椅子に分厚い雑誌を何冊か重ねてその上にすわることで、ようやくテーブルに肘をついていた。色素の薄い瞳とくるくるの巻毛。まるで幻想小説の旅する小人か、あるいは外国のファミリー向けドラマに出てくる、キャンディーバーの大好きな子供みたいだ。どちらにしても、生意気そうな。

小栗は大切そうにかかえたアルミ製のパウチから、ミントグリーンのクッキーを三枚とりだして、ぼくに差しだした。パウチにはアルファベットの商品ロゴと、クッキーとおなじミントグリーンの色をした猫のマスコットキャラクターが印刷されている。

「〈アーリー・ミント・フェーリス〉。合衆国《ユナイテッド・ステイツ》の菓子だ」

「いらないよ」ぼくはいった。

小栗はしばらくクッキーをながめてから、三枚を一気に口にほうりこんだ。不思議と嚙み砕く音はきこえない。ややぽっちゃりとした体型ながら、彼はいつも物音をほとんどたてなかった。もしかしたら、そのマシュマロのような細胞が振動を吸収するクッションの役割を果たしているのかもしれない。だったら、笑うときも口を閉じればいいのだ。

「なあ、椎名よ。どうしてあいつらがおまえを莫迦《ばか》にするかわかるか?」

小栗はもう一枚クッキーをとりだして、鶏の青年グループにむけた。

「別に莫迦にされてるってわけじゃ――」

「そうやって、すぐに返事をするからだよ」

「はあ?」

「いいか。質問されたら、心のなかでたっぷり三つ数えてから答えるんだ。そして、なるべく具体性のない短い言葉をゆっくりという。たとえばまあとか、ふむとかだ。そうすると相手はこちらに深い考えや事情があると勝手に思いこんでくれる」

「……はあ」

「いいじゃないか。その調子だ」小栗の瞳が不敵にきらめいた。

ぼくはなにも、彼のいうことを実践したわけじゃない。単に呆れてしまっただけだ。小栗も鶏とおなじく研修でいっしょだった間柄だが、当時からこのふてぶてしい口調と奇妙な笑い声が苦手だった。ぼくは苦手な集団と、苦手な個人とのあいだで、いたたまれない気持ちになった。

「——で、どうなんだ?」

「どうって、なんのこと?」

「例の動画だよ。どう思った?」

「……さあね」ぼくはいらいらして、ぶっきらぼうに答えた。

「おお、いまのもなかなかいいぞ。ぴぴぴ、ぴっぴぴ」

ぼくは心底ぐったりしていた。まだ起きてから三〇分もたっていないというのに。うんざりだ。世のなかは理不尽ばかりで、異常なものが正常なものを駆逐している。もちろんぼくだって正常とはなにで、どこにあるのかなんてわからない。それはぼくが人生を通していだきつづけている、大いなる疑問だ。わかっているのは、朝からこれ以上疲弊するわけにはいかないということくらいしかない。ぼくは小栗を無視して、朝食の残りを急いで片づけた。仕事はすぐにはじまる。

2

支給品の消し炭色《チャコールグレー》のスーツとプレーントゥの革靴に着替えて待機室へ行くと、すでに所持品検査の短い行列ができていた。順番を待って金属探知機のゲートをくぐり、冬眠から覚めたばかりの熊のような警備員から体をまさぐられる。ここから先は私物の持ちこみ禁止だ。もちろんポケットには、どんぐりひとつ入っていない。

カウンターへむかい、女性職員〈いつも真っ赤なスカーフにネームプレートが隠れているので名前はわからない〉から自分用の〈ブラッド・ボトル〉を受けとったとき、鎖骨まであった彼女の髪が短めのボブになっていることに気がついた。ぼくは新しい髪型を気に入ったけれど、悩んだ末にコメントを差し控えた。彼女は正規雇用の管理者で、ぼくたち〈声かけ〉の上司でもある。なにより彼女の視線はモニターとぼくの提示した職員証の番号を行ったり来たりするばかりで、ぼくの顔なんてちらりとも見ない。ぼくの精神と肉体は彼女にとって職員番号の付属物にすぎないのだ。所属や着任時期を示す数字の羅列には、いかなる種類の親密さも存在しようがない。

待機室は総合病院の待ち合いのようなつくりになっていて、墓標を思わせる白いロビーチェアが視界の果てまでならんでいる。墓標の正面にはカウンターがあり、髪型を変えた女性管理者とおなじ群青色の制服たちが、どこまでも等間隔に配置されている。空気は都会のオフィスと同様に乾燥しており、どことなく苦味のある茶葉のような匂いがする。機密保持契約のため雇用期間が満了するまで外に出ることは許されないが、こう空気が悪いとときどきここが燧ヶ岳《ひうちがだけ》の奥深くに建てられていることを忘れてしまう。

ぼくは墓標のひとつに腰かけて、職員番号〈ぼくを構成する三位一体の主要素〉が呼ばれるのを待った。ひと仕事おえたらしい大柄な〈声かけ〉が近くにすわって、牛の鳴き声のようなあくびをする。うんざりだ。その品のない音の響きに、ロビーチェアのあいだに置かれた観葉植物までげんなりしているように見える。ぼくは心の平穏をたもつため、太腿にはさんだ〈ブラッド・ボトル〉のひんやりした感触に意識を集中した。

〈ブラッド・ボトル〉とは、この銀色の円筒形をした装置の俗称だ。正式名称は漢字で書いて七四文字もあるのでだれも覚えていない。一見してステンレス製の水筒のようだが、円筒の上部――水筒なら蓋《ふた》の部分にあるキーパッドを操作すれば、内部の疑似血液が特定の周波数で振動し、任意の時間に跳躍することができる正真正銘のタイムマシンだ。

時間跳躍の原理を発見したのは、物理学者でも数学者でもない、とある心療内科医だ。彼女は時間認知の乖離が顕著なひとりの患者の血液に、非常に微細だが特徴的な血流のゆらぎを認めた。当該患者の意識が、実際的な意味で時間を跳躍していると推測した彼女は、試験管内でゆらぎの再現を試みた。そして、幾度もの実験を経て、人工的な環境下で安定的に血流の周波数をコントロールできれば、意識だけでなく物質も時間跳躍が可能になることを証明したのである。研修担当《メンター》の言葉を借りれば「瞳を閉じれば学生時代の思い出がありありとよみがえる、といった概念が物理領域に拡張されたもの」ということらしい。小栗は「永遠の一七歳みたいなこと」といっていたが、その解釈は誤っているような気もする。跳躍できるのは現在と過去のあいだのみで、未来の世界をのぞき見るようなことはできない。どうあれ、人類の歴史を変える大発見であることは疑いようがない。

牛のあくびが五回目を数えるのと同時に、髪型を変えた女性管理者がカウンターからぼくの職員番号を呼んだ。彼女は今回もこちらの顔を見なかったが、もう慣れっこだ。ぼくは行き先の時標値〈時刻と位置を示す数値〉と対象者の情報が書かれた伝票を受けとって、奥の扉から転移室へはいった。〈ブラッド・ボトル〉の安全な動作には四方を壁で区切られた空間が必要で、転移室にはそのための個室が縦横に五〇室ほどならんでいる。飾り気のない白い扉が列をなしている光景は、広大なトイレのようだ。ぼくはドアノブの表示が「開」になっている個室を適当に選んでなかにはいり、内側から鍵をかけた。表示が赤地に白抜きの「閉」に切り替わる軽い金属音がする。

伝票に記載された時標値を〈ブラッド・ボトル〉に入力して蓋にあたる部分をひねると、周囲の景色が白い壁から住宅街に変わった。時間跳躍は音も光も衝撃もなく、唐突に完了する。体が感じるのは、跳躍の前後に口内に広がる、山菜の灰汁《あく》のような独特のえぐみだけだ。脳の錯覚らしいが、どうしてこうなるのかは科学者たちにも解明できていない。ぼくは何度か唾を飲みこんで、口のなかからえぐみが消えるのを待った。

生温かい風が運んでくる排気ガスの匂いを頼りに住宅街を東にむかって進むと、幹線道路の交わる交差点に出た。交通量はまばらで、歩道を行くものは少ない。郊外の午後は、時間がゆっくりり流れている。

歩行者用の信号が赤く灯る横断歩道の前で待っていると、自転車屋の軒先からザ・ビートルズの曲とされている「アクロス・ザ・ユニヴァース」が聴こえてきた。されている、というのは〈ブラッド・ボトル〉発明初期の混乱で、さまざまな歴史的事実が改ざんされているからだ。二〇一三年のコニー・アイランド条約締結によって〈ブラッド・ボトル〉の使用は公的機関に限られるようになり、多くの非合法な時間移動者が〈時取〉に逮捕されることになったが、現在も作者が曖昧《あいまい》なままの芸術作品は数知れない。しかし、やはりこの美しい歌詞とメロディーを生みだせるのは、レイノルズやマッキンリーをはじめとするザ・ビートルズの二五人のメンバーをおいてほかにいないだろう。

演奏が最後のリフレインにさしかかるころ、白葱の飛び出した綿《めん》のエコバッグをさげた主夫が、ぼくの隣にならんだ。対象者の氏名や連絡先は個人情報保護の観点から伝票に記載されていないけれど、彼の特徴は確認可能な項目（人種、社会的性別、年齢層、職業など）と見事に一致していた。ぼくが待っていたのは青信号ではなくこの主夫なのだ。

「すいません」ぼくは声をかけた。

「なんでしょう？」主夫が答えた。

「駅に行きたいのですが、迷ってしまって」

「ああ、駅でしたら——」

主夫の説明は親切で丁寧だった。きっと恵まれた家庭に育ったのだろう、品のよさのようなものが言葉の端々からにじみでている。ぼくは大袈裟《おおげさ》に身振り手振りをまじえて返事をしながら、さりげなく綿のエコバッグを押して、彼を車道から遠ざけた。

「ええと、まずはこの道をまっすぐですね？」

「ええ、そうです」

主夫がいった瞬間、一台の車が甲高いスキール音を鳴らして、すぐそこの歩道に乗りあげた。運転ミスかタイヤのトラブルか、原因のことはわからない。ただひとついえることは、主夫がもう少しだけ車道の側にいたら、撥ねられて命を落としていたということだ。

ぼくと主夫は顔を見あわせて、安堵のため息を漏らした。車はバックして路肩《ろかた》に停車し、主夫は信号が青に変わるのを待って向かいの歩道にわたった。一般の市民は〈ブラッド・ボトル〉の形状を知らないから、彼はぼくが時間局の人間であるとはわからない。おそらく、水筒をかかえたビジネスマンかなにかだと思っているだろう。意図的に死のうとする相手とのトラブルを避けるため、いくつかの場合をのぞいてこちらが〈声かけ〉であることは明かさないことになっている。自転車屋の軒先からは「アイ・ミー・マイン」の孤独なイントロが流れて、郊外の午後はふたたびゆっくりと進んでいく。これがぼくたち〈声かけ〉の仕事だ。

3

主夫に教えてもらったとおりのところに駅はあった。ぼくは構内の見取り図を確認して、改札階にあるトイレへむかった。〈ブラッド・ボトル〉の動作に必要な四方を壁で仕切られた空間は、密閉されていてもいなくてもいい。だから、現在にもどるときは本物の個室トイレを利用する。駅のトイレはライムの芳香剤とアンモニアが混ざった匂いがした。個室にはいって便座に腰かけると、街の各所に設置されたスピーカーから一斉に「蛍の光」が流れ、女性の声が午後五時三〇分を告げた。

それは子供たちに帰宅を促すアナウンスだったが、ぼくはもう少しだけすわって休むことにした。仕事をひとつ片づけたらすみやかに施設《げんざい》にもどるのが規則だけれど、朝食を摂ってまだ一時間かそこらで夕刻のお知らせをきくのは、それなりに疲れることなのだ。それに多少のんびりしたところで注意されるようなことはない。〈声かけ〉のささやかなサボタージュまで捜査するほど〈時取〉も暇ではないだろうから。

〈時取〉とは時間跳躍による犯罪を取り締まる専門の機関だ。彼らは犯罪者を過去に遡って追跡し、犯行がおこなわれる前に逮捕する。ある日突然未来からやってきて、まだ実行していない犯罪で逮捕するのだから横暴に思えるが、そのくらいでないと歴史を改変する犯罪者を取り締まることはできないのかもしれない。〈R3v3r.i3〉が動画を投稿しはじめたころに、一度だけ施設で〈時取〉を見たことがあるが、全身に深紅の防具を纏《まと》った彼らは、まるで武装したロブスターのように見えた。おまけに、彼らは歩いたりなにかに触ったりするたびに甲殻がこすれるような——かりかりかりという恐ろしい音をたてるのだ。

時間犯罪の罪は重く、逮捕されれば問答無用で伊豆《いず》諸島の南に浮かぶ刑務所に収監され、二度と出ることはできない。〈ブラッド・ボトル〉につかわれている疑似血液は、疑似などではなく時間犯罪者の血だという噂まである。それが本当だとしたら〈ブラッド・ボトル〉のひんやりした感触が別の意味を帯《お》びてくることになるが——さすがにそんなことはないだろう。ぼくは曰くつきの円筒を額に当てて、頭を冷やした。

ぼくたち〈声かけ〉の属する時間局は厚労省の部局のひとつであり、その歴史改変はもちろん法律に則ったものだ。大規模な自然災害がつづいたこの国は、二〇一六年に社会福祉の一環として災害犠牲者の救済を目的とした〈改変法〉を他国に先駆けて制定した。それは当初、地震や水害などの自然災害で一定数以上の死亡者が出た場合に、過去に遡って事前に対象地域の住民を避難させるという方針ではじまったが、この一定数という線引きが議論を呼ぶことになり、ほどなく自然災害であれば死亡者が一名でも救済をおこなうよう改正された。やがて自然災害と人的災害の区別がむずかしい案件が浮上し、あれよあれよと改正が進んだ結果、ついには事故であっても死亡者がいれば一律〈改変法〉が適用されることになった。

当然の結果として時間局は多忙を極め、慢性的な人手不足をかかえることになった。正規の職員だけでは処理が追いつかず、死亡から改変対応まで一年以上かかるようになり、遺族から多くのクレームが時間局に寄せられた。そこで厚労省は過去《げんば》の仕事をぼくたちのような有期雇用の非正規職員で賄《まかな》うことにした。実際〈声かけ〉の仕事は地味で単調なものだ。ボトルをひねり、いくらか歩いて、声をかける。それだけのことに学歴も資格も必要ない。

深呼吸をして、芳香剤とアンモニアの混ざった匂いにむせかえった。うっかり、ここが個室トイレであることを忘れていたのだ。うんざりだ。ぼくは〈ブラッド・ボトル〉の蓋部分を過去に来たときと逆の方向にひねった。目の前のやや黄ばんだ白い壁が、転移室の清潔な白い壁に変わる。トイレの匂いが消えて、代わりに口のなかにえぐみが広がった。

待機室にもどって、カウンターで髪型を変えた女性管理者に〈ブラッド・ボトル〉と伝票をわたす。壁時計の時刻は、最初に伝票を受けとってから三分も進んでいない。〈ブラッド・ボトル〉は一度目の作動で設定した時刻へ跳躍し、二度目の作動で一度目を作動させた時刻の直後にもどるようになっている。だから現在《ここ》では、待機室と転移室の往復にかかった時間しかたっていないというわけだ。

女性管理者はネックストラップに下げた小さな鋸刃のような金属片を〈ブラッド・ボトル〉の底面の隙間に差しこみ、キーパッドを叩いた。金属片は〈ブラッド・ボトル〉を管理者モードに切り替えるための鍵だ。彼女は伝票とキーパッド横の小窓に表示された内容を見くらべて、移動先にまちがいがないか、過去での滞在時間が不必要に長くないかを確かめた。彼女自身が数分前に発行したはずの伝票を、初めて見るような目で確認しているのは、実際に初めて見るものだからだ。ぼくがあの主夫に声をかけたことで、この世界は当該事故が起きなかった歴史に上書きされている。だから彼女は伝票をぼくにわたしてもいなければ、発行もしていない。結果だけを見るなら、彼女は伝票を受けとることしかしていないのだ。そして確認がおわった伝票は、最重要の個人情報としてその場で分解処理器にかけられる。

彼女はキーパッドをもう一度叩いて〈ブラッド・ボトル〉を再使用可能にしてから鍵を抜いた。〈ブラッド・ボトル〉は〈声かけ〉が業務外の目的に使用しないよう、二度作動させるとロックがかかるようになっている。だから仕事に失敗した場合も同じように施設にもどらなくてはならないが、その場合は伝票があらためて発行されて、ほかの〈声かけ〉が担当することになる。つぎの〈声かけ〉が事故を防げば、失敗した事実もなかったことになるのだから問題はない。厚労省が非正規職員の雇用に踏み切ったのも、それが理由なのだろう。表向きは「効果的な研修プログラムと丁寧な指導で、経験の浅い有期雇用者であっても問題なく業務が遂行できます」と謳《うた》っているが、正確には「経験の浅い有期雇用者が起こした問題もなかったことにできます」ということなのだ。

ぼくは髪型を変えた女性管理者から〈ブラッド・ボトル〉を受けとり、ふたたび墓標のようなロビーチェアにすわって職員番号が呼ばれるのを待った。六回目の牛のあくびがきこえて、観葉植物がますますげんなりする。うんざりだ。まったく、モー。

4

一日の仕事をおえて、自室のベッドに倒れこむ。鈍い痛みがコアラのようにふくらはぎにまとわりついている。最後の伝票で訪れた山岳地帯で、トイレを見つけるまで一〇キロ近く山道を歩かなくてはならなかったからだ。過去への滞在は三時間を超えていたが、髪型を変えた女性管理者は特になにもいわなかった。

しばらく天井をながめてから、ヘッドボードのスマートフォンに手を伸ばした。施設に来るときにアパートを解約して家財も処分したから、このスマートフォンがぼくの最後の私物ということになる。とはいえ、ろくでもない環境で働くしかなかった母が倒れてからは、家財と呼べるようなものはほとんどなくなっていたし、ここにいるあいだは三食欠かさず食べることができるのだからまだましだ。それに家賃や光熱費や市民税や健康保険や年金の支払いに頭を悩ませる必要もない。けれど、この独房のような個室で寝ていると、生活することへの罰でも受けているような気分になることがある。

スマートフォンには、いつもどおり誰からのメッセージも届いていなかった。インストールしてあるいくつかのゲームアプリはどれも広告まみれでプレイする気になれない。ＳＮＳは的の外れた議論ばかりで憂鬱になるし、ニュースサイトも似たようなものだ。結局、ぼくは今日も動画投稿サービスアプリ――〈パイプス〉を立ち上げる。〈Ｒ３ｖ３ｒｉ３〉の新作が投稿されるのは、いつもこのくらいの時間だ。

件《くだん》の動画は検索するまでもなくトレンディングの最上位に表示されていた。投稿されたのは一四分前。アカウントの末尾についている数字は095。昨日は094だったから、間違いなく最新の動画だ。アカウントの末尾に〈R3v3r.i3〉といった具合に末尾の数字を増やして新しいアカウントを停止されるたびに〈R3v3ri3−095〉は〈パイプス〉の運営にアカウントを作成している。以前は投稿から三分もたたずにアカウントが停止されていたが、このところ対処の動きが鈍っているのは、運営がいたちごっこに疲れたからかもしれない。〈時取〉が〈R3v3ri3〉を逮捕すればすべてなかったことになるのだから、徒労と感じても無理はないだろう。

再生ボタンを押すと、画面いっぱいに都心のビル街が映し出された。ビルの屋上や外壁、街灯、歩道の脇に掲げられた無粋な看板広告の内容から、つい最近撮られた動画であることがわかる。時刻は早朝らしく、裏通りにずらりと並んだ車列のリアガラスから、毛布にくるまって寝ている人々の姿が見える。野犬の遠吠えが朝靄《あさもや》の向こうから響いても、小さなシートの上で車上生活者たちは寝返りひとつ打たない。

画面の右端から、ベージュのジャケットを羽織ったひとりの男が車列にむかって歩いてきた。おそらくトイレからもどってきたのだろう。両手をしきりにふっている。男はジャケットとおなじベージュのワンボックスにもたれて、紙巻き煙草に火をつけた。糸のような灰色の煙がのぼっては消えていく。撮影されていることに気づいているようすはない。

男の足元になにかのたまりが見える。たまりはワンボックスの後輪あたりから男のテニスシューズにむかって生きもののように伸びており、虹のような色彩を帯びていた。もし自分が仕事でこの場におもむいたなら、男が紙巻き煙草に火をつける前に声をかけなくてはならない案件だ――なにか燃料のような匂いがしませんか？　と。しかし〈声かけ〉はあらわれなかった。ようやく匂いに気づいたらしい男のきょろきょろとあたりを見まわす動きが、煙草の先から火種を地面に落とした。

まるで獰猛な虎が飛びかかったみたいだった。橙《だいだい》色の炎は男の足元を駆けあがり、たちまち全身に覆《おお》いかぶさった。男がどれほど激しく手足を動かそうと、まとわりついて離れない。火だるまになった男は通りを出鱈目《でたらめ》に歩きまわり、やがて力尽きて仰向けに倒れた。画面の倍率があがり、灰になったジャケットの下で皮膚が爛《ただ》れて、肉が焦げていくようすが鮮明に映し出される。食道を吐き気がこみあげてきたが、ぼくは動画から目をそむけることができなかった。やっと目を覚ましたほかの車上生活者たちは、動かなくなった男を遠巻きに見守るだけだ。ワンボックスからは黒々とした煙があがっている。

映像はそこでおわっていた。念のため検索してみたが、こんな事故のニュースはどこにも見つからなかった。つまり、すでに〈声かけ〉によってなかったことになっている事故だ。〈R３v３ｒｉ３〉が時間跳躍者であることに疑いの余地はない。なんらかの手段で、改変されるより以前に撮影した動画を改変後の歴史に持ちこんでいるのだ。

昨日は建設現場での鉄骨落下、一昨日は洗濯工場での圧搾機誤作動。〈R３v３ｒｉ３〉はもう二か月以上、死亡事故の動画を投稿しつづけている。〈時取〉に逮捕されるリスクを負ってまで、どうしてこんなことをするのだろうか。SNSは、日常の危険を軽んじる社会に鳴らす警鐘であるという意見と、なにも考えていない残酷趣味の目立ちたがり屋であるという意見のふたつに割れている。ぼくには、どちらの見方もしっくり来ない。動画を見て感じるのは、人の死を娯楽として消費しているのではないかという罪悪感と、奇妙な胸の高まりだった。ぼくは〈Ｒ３ｖ３ｒｉ３〉が動画を投稿する理由を知りたかった。理由を知れば、どうしてこんなにも惹きつけられてしまうのか、わかるかもしれない。

ぼくは繰り返し〈Ｒ３ｖ３ｒｉ３〉の動画を見つづけた。アカウントが削除されてしまうと、第三者の投稿したコピー動画を見た。コピー動画が削除されてしまうと、また別の第三者が投稿したコピーのコピー動画を見た。コピーのコピー動画が削除されてしまうと、コピーのコピーのコピー動画を見た。

東の空が白んで、意識が朦朧《もうろう》としはじめても、動画は夢のなかでかえって鮮明さを増して再生されつづけた。

5

その日のシフトは休みだった。雇用期間が満了するまで休日であっても外出は許されないが、施設には定員二五名ほどの小さな映画館や、二五メートルプールのあるトレーニングジムなど、余暇を過ごすための設備がそろっていた。〈声かけ〉になってすぐのころはもっぱら図書館を利用していたが、最近は自室で〈Ｒ３ｖ３ｒｉ３〉の動画を見ている。アカウント末尾の数字が１０８を数えても、いまも〈Ｒ３ｖ３ｒｉ３〉は〈時取〉に逮捕されていない。一方、そのおかげでぼくの不眠は日を追って悪化し、二時間も眠れていない日が一週間以上つづいていた。休みの日くらい一日寝てしまってもいいように思えるが、指先はぼくの意志なんて無視して〈パイプス〉のトレンディングを再読みこみしつづける。

午後になっても新作の投稿がなかったため、ぼくはベッドから肉体を引きはがして、昼食を摂りに食堂へむかった。入り口近くのテーブルで、鶏がひとりで食事をしていた。いつもの仲間は仕事中なのだろう。一四時過ぎの食堂はいつもとちがってがらんとしていた。

「あ、椎名さん。今日はシフト休みですか?」鶏が甲高い声でいった。「もしかして、この時間まで寝てたとか」

「……まあ」

ぼくは考えがまとまらず、たっぷり時間をかけて曖昧に答えた。眠れないのに、眠気だけは四六時中頭に張りついている。

「ああ、すいません。椎名さんだって予定ってものがありますもんね。詮索するつもりはなかったんです」

「きみも休みなの?」

「自分、今日から深夜勤務《ナイト・シフト》なんですよ。だから、いまのうちに寝ておかないといけないんですけど、なんだか目が覚めちゃって。だいたい、深夜勤務《ナイト・シフト》なんていらないと思うんですよね。大事故や大災害なんてめったに起きるものじゃないですし、朝まで待ってから対応したって結果はおなじでしょう」

深夜勤務《ナイト・シフト》は一名の管理者のもと、五名の〈声かけ〉が月替わりで担当する業務だ。現在、事故の対応は一日程度の待ち時間になっており、すべて日中の営業時間におこなわれている。よって夜間に事故が起きても、通常は翌日の営業時間以降に回されるのだが、大事故や大災害に関しては例外的に即時の対応が義務づけられている。鶏のいったように朝まで待っても結果は変わらない。これは納税者の感情に配慮して決められたものだ。

「……ふむ」

「まあ、いつかは順番が回ってきますもんね。すいません、愚痴っちゃって」

　ばつの悪そうな顔でとさかのあたりを掻く鶏と別れて、ぼくはいつものように隅のテーブルにすわった。イワシのスパゲッティをフォークで巻きながら、真夜中の鶏、と思った。そういえば動物の鶏は、真夜中になにをして過ごしているのだろうか。しかし考えてみれば、日中だってなにをして過ごしているかよくわからない。それより気になったのは、今日の鶏がいつもにくらべて礼儀正しいように思えたことだ。こちらはまあとか、ふむとしかいっていないのに、鶏は勝手にこちらの意図を想像して、勝手に恐縮していた。そういえば、小栗がそんなようなことをいっていたような気がする。ぼく以上にひとりでいることの多い小栗のいったことが、コミュニケーションの場で実証されたのが意外だった。いや、きっと鶏は仲間といなかったから礼儀正しくしただけなのだろう。彼らは集団をつくることで責任を希釈し、その場の流れにまかせて雑なふるまいをする。

「ぴぴぴ」

　不意に奇妙な音が鳴った。いつの間にか小栗が隣の椅子にすわって、得意げに口角をあげている。お尻の下にはいつものように雑誌が何冊か重ねられていた。

「そう驚くな、椎名よ。おれは五分も前からここにいるんだからな」

「用があるならさっさと声をかければいいだろ。ないならほっといてくれ」

「おれのアドバイスを実践したんだろう？　効果があったようじゃないか」

「眠くてうまくしゃべれなかっただけだよ」

「毎日朝まで〈R3v3ri3〉の動画ばかり見てるからそうなる」

「どうして知ってるんだ？」

「やはり、そうか。ぴぴぴ、ぴっぴぴ」

いつにも増していらいらする笑い声だった。小栗は合衆国《ユナイテッド・ステイツ》の菓子――〈アーリー・ミント・フェーリス〉をパウチからひとつつまんで口に放りこんだ。頬がもごもご動いても、噛み砕く音はきこえない。

「――そう怒りなさんな。別に監視してるわけじゃない。なんとなくそう思ったというだけだよ。で、実際のところどうなんだ？」

「どうってなにが」

「例の動画だよ。どう思った？」

「うんざりだね。こっちまで罪悪感を覚えるし。どうしてあんな投稿をするんだろうな」

「同じことをすればわかると思うか？」

「できるわけないだろ」

「できるさ。おれはおまえに教えてほしいんだ。どうしておれがこんなことをするのか」

「はあ？」

「おれが〈R3v3ri3〉だ」

周囲を見回すと、食堂はますますがらんとしていた。鶏も養鶏場にもどったようだ。

「――大丈夫。誰にもきこえていないし、監視カメラの角度も確認してある。この位置なら、おれたちの口の動きは映らない」

「本当なのか？」

「ぴぴぴ」

口元から得意げな笑みをこぼしながらも、色素の薄い小栗の瞳は少しも笑っていなかった。

「ちょっと待ってくれ。どうしてそんなことぼくに話すんだ？　ぼくが通報すれば、おまえはまちがいなく〈時取〉に逮捕されて、伊豆諸島沖の刑務所に行くことになる。死刑にだってなるかもしれない」

「通報されたらそうなるな」

「しないと思うのか？」

「その前にききたいことがあるんだろう？」

気に食わないけれど、小栗のいうとおりだった。ぼくはどうしても〈R3v3ri3〉――小栗が投稿をつづける理由が知りたかった。

「……どうして、あんなことをする？」

「どうしてだと思う？」

「日常の危険を軽んじる社会に鳴らす警鐘――ではないんだろう？」

「そんなことをしてなんになる」

「じゃあ、残酷趣味の目立ちたがり屋なのか?」

「おいおい。おれが残酷趣味に見えるか?」

「じゃあ単なる目立ちたがり屋か?」

「そっちのほうがまだ近いかもしれないな。なあ、そういうのは世のなかのやつらにいわせておけばいいんだよ。おれはおまえがどう思うかをきいているんだ。おれはおまえだから話してるんだよ」

「わからないね」

「本当に?」

「勝手に理解したくないんだよ」

それは素直な気持ちだった。

「椎名よ。おれたちがつかう伝票があるだろう? あの伝票は毎日大量に発行され、そのたびに分解処理されながらも、用紙が新規に発注されることはないんだ。なぜなら、用紙は減らないからだ。事故がなかったことになるのと同時に、伝票も発行されなかったことになる。伝票が分解処理されてしまえば、一連の手続は〈声かけ〉の記憶にしか残らない。おなじように事故があったという事実も、おれたち〈声かけ〉が体験しなければどこにも残らない」

「失われてしまった出来事があったことを、証明したいということか?」

「おれも最初はそういうことを考えていた。けれどな、動画を撮影して投稿しつづければしつづけるほど、それがあとづけの理由にしか思えなくなってきたのさ。逆説的に考えれば、伝票は転移室のあの小さな個室から新しく生まれていることになる。研修のときに習っただろう? 歴史は分岐しないし、並行世界なんてものは存在しない。時間は帳尻《ちょうじり》を合わせず、世界から一貫性は失われた。エネルギー保存の法則は〈ブラッド・ボトル〉がなかったころの理屈でしかない。だから、失われた出来事への手向けなんかに意味はないのさ。おれのやっていることは、いまのおれが、いまのおれのためにやっていることであるべきなんだ」

「それがどうして事故の動画になるんだ」

「だから最初にいったろう。どうしてそうなるのか、おれはおまえに教えてほしいんだよ」

うんざりだった。不眠の心と体に滞留していたいらいらが、噴出してしまいそうだった。素直な気持ちを伝えたことを後悔さえしていた。

「もういい。通報する。おまえの気持ちなんてわかるわけなかった」

「わかるさ。おれたちは似たもの同士なんだからな」

ぼくは小栗の胸ぐらをつかんだ。こんなことをするのは、生まれて初めてだった。椅子に積み重ねられた雑誌がずれて、小栗の小さな体が揺れた。

「おまえと似たもの同士なもんか」

「おまえ最近笑ってないだろう？　だから、当たり前のことに気づけないんだ」

うんざりだ。「うんざりだ」異常者め。「異常者め」

「ぴぴぴ、ぴっぴぴ。ぴぴぴ、ぴっぴぴ」小栗は襟《えり》を絞めあげられながら、得意げに笑った。

「――違うね。この世界でまともにいられるやつのほうが異常なのさ。おれたちふたりだけが正常で、ほかのやつらはみんな異常なんだ。おまえも〈R３v３rｉ3〉になれ。ふたりなら、理由がわかるかもしれない」

小栗はそういって〈アーリー・ミント・フェーリス〉のパウチをぼくの胸に押しつけた。

6

結局、ぼくは通報しなかった。なぜなら、小栗が犯行の詳細な手順を教えてくれたからだ。それは知りさえすれば、だれにでもできることだった。かといって、ぼくは〈R３v３ｒｉ３〉になるつもりなんてない。ただ知ったからには、ぼくにもやりたいことがあった。そわそわしてしまって寝ることができなかったが、そのぶん計画を練ることができた。ぼくは朝食を控えて、なるべく不自然な歩き方をしないよう重心に細心の注意を払って、待機室へむかった。

金属探知機のゲートにならぶと、緊張で鼓動《こどう》が早くなるのがわかった。首の血管が、地中で暴れるミミズのように脈打っている。ぼくは支給品のプレーントゥの革靴の底に、スマートフォンと〈アーリー・ミント・フェーリス〉のパウチの切れはしを隠していた。ひと晩かけて考えても、思いついた言い訳は「寝惚《ねぼ》けていました」くらいだ。目の下の隈《くま》が信憑性にひと役買うだろうが、無事にすむはずもない。ぼくは祈るような気持ちでゲートをくぐった――通過。ブザーは鳴らない。それでも警備員にだけわかる、なんらかの警告が発せられている可能性がある。冬眠から覚めたばかりの熊のような警備員が、こわばったぼくの体をまさぐった――こちらも無事通過。小栗にきいたとおり、金属探知機は足元を走査《スキャン》していないのだ。

小栗はいった。「支給品の革靴があるだろう？　あれはな、土踏まずに型崩れ防止用の金属の板がはいってるんだ。非正規雇用開始のときに施設長が知りあいの靴屋から大量に仕入れたものなんだが、金属の板については把握していなかったようだな。運用直前の導線テストの段階になって、ようやく発覚したのさ。普通なら靴を脱いでゲートをくぐらせるか、金属のはいっていない革靴を注文し直すかするのが筋なんだろうが、施設長は自分のミスでスケジュールを遅らせることを嫌った。それで金属探知機の走査範囲《スキャン》の設定から、こっそり足元が抜かれたんだ。つまり、隠蔽《いんぺい》ってわけさ。古参の管理者なら、みんな知ってるよ」

小栗がどうやって古参の管理者から情報をききだしたのか不明だが、ああいう小柄な男を好む女性もいるということなのかもしれない。ぼくは髪型を変えた女性管理者から〈ブラッド・ボトル〉を受けとり、ロビーチェアにすわった。またしても牛の鳴き声のようなあくびをする〈声かけ〉が近くにいたが、今日はそれどころではない。やがて職員番号が呼ばれ、自家用小型飛行機同士の衝突事故の伝票をわたされた。片方の出発時刻を早めるか遅らせるかすれば対応可能だろう。ぼくは転移室に行き、個室で伝票に記載されているとおりの時標値を入力して〈ブラッド・ボトル〉をひねった。口内に山菜の灰汁のようなえぐみが広がり、雲ひとつない青空と山々の連なりが視界にあらわれる。

ぼくは山の麓にある小さな飛行場にいた。ふりむくと一本しかない滑走路の脇に、格納庫と事務所が建っている。事務所のすぐ横には屋外トイレがあり、その手前に車が三台駐まっていた。飛行場の職員と自家用機の持ち主のものだろう。おそらくまだ燃料の補給か、滑走路利用の手続を進めている段階だ。ゆっくりしている余裕はない。ぼくは人目につかないよう足早に屋外トイレへ行き、個室にはいって扉を閉めた。そして、革靴のなかに隠しておいたスマートフォンと

〈アーリー・ミント・フェーリス〉のパウチの切れはしをとりだした。

ミントグリーンのクッキーのパウチは、湿気を防ぐために開口部がジッパーになっている。隠してもちこんだ切れはしは、このジッパーの上側にある溶着された部分だ。最初に食べるときに切りとって捨てられるこの切れはしは、端が鋸刃のようにぎざぎざにデザインされていた。小栗に教わったとおり、切れはしを〈ブラッド・ボトル〉の底面の隙間に差しこむ。すると小さな電子音とともに、小窓に〈管理者モードに切り替えますか？　Ｙ／Ｎ〉というメッセージが浮かびあがった。

小栗はいった。「試してみたら上手くいった。それだけのことさ。この〈アーリー・ミント・フェーリス〉のパウチはアルミに新開発の転結プラスチックを混ぜていてね。鍵に必要な特殊な磁性をそなえているんだよ。ぎざぎざの角度も完璧。おまけにクッキーも美味いときてる」

「磁性って、白金磁石みたいな？」

「あん？」

「気にしなくていい」

「とにかく、使用回数の制限が解除できれば、あとは簡単だ。動画を撮ってから、あらためて過去にもどって事故を防げばいい。伝票は分解処理されるから、どこにも証拠は残らない。あれは最重要の個人情報として〈時取〉にも手が出せない代物なのさ。なぜだかわかるか？　時間局は富裕層の依頼を受けて、〈改変法〉の適用外になる病死や、法制定以前の事故なんかについても改変しているからだよ。だから厚労省は絶対に伝票を表に出さないんだ」

公的な福祉制度が、こんなにも杜撰《ずさん》で、卑怯でいいのだろうか。けれどふりかえってみれば、社会とはそれを動かす仕組みがいかに杜撰で、卑怯にできているかを、思い知らせる場ではなかったか。

　ぼくはキーパッドを操作して〈Y〉を選択し、管理者モードに切り替えて使用回数の制限を解除した。ここまで来たらやるしかない。ぼくはつづいてスマートフォンにメモしておいた時標値を入力し、ふたたび〈ブラッド・ボトル〉をひねった。

7

　景色が変わるのと同時に、懐かしい潮風の香りが鼻をくすぐった。ここは瀬戸内海《せとないかい》に面する小さな港町——ぼくの生まれたところだった。訪れるのは、五歳のときに母とふたりで都心へ引っ越して以来になる。この町を離れなくてはならなかったのは、今日、この近くの踏切で父が亡くなるからだ。ぼくは父を救うつもりで、この町にもどってきた。〈改変法〉制定前の時間に遡って歴史を改変することはまぎれもない違法行為だ。けれど、富裕層は自分たちに都合のいい改変を、こっそり時間局にやらせていた。それだけじゃない。エネルギー保存の法則が崩れたこの世界では、伝票のように無から有を生み出すことができる。格差なんて、いくらでも解消できるはずなのだ。それをしないのは、この世界を支配しているものたちが、やりたくないからだ。だったら、ぼくもやりたいようにやる。

　おぼろげな記憶を頼りに、海岸沿いの道を北東に進む。左手には、砂浜とその先に広がる海が見える。風は強く、波は高い。しばらく歩いて歩道橋をわたり、陸側に路地を進んでいくと、子供たちの歓声がきこえてきた。引っ越さなければ通うはずだった小学校だ。ここにはきんつばみたいな白金磁石をもってくるような子供なんかいないはずだ。小学校を曲がり、勾配《こうばい》の緩やかな坂道を少し登ったところに見覚えのある石造りの鳥居があった。その向かいの小さな二階建てが、ぼくの家だった。

木造の家は記憶よりもいくぶんこぢんまりとしていたが、都心で住んだいくつかのアパートや施設の自室にはない温かみがあった。庭をのぞきこむと、週末に両親が雑草をむしるのを横目に、蟻の巣に小枝を突っこんでいたことを思い出す。多くの子供がそうであるように、ぼくは愚かで残酷だった。自分が賢くて寛容な大人になれたとは、とても思えない。人生が変えられるなら、自分も変えられるように努力してもいいのかもしれない。

網戸の向こうから、子供の泣き声がきこえた。あれは、ぼくの声だ。この時、ぼくは数日間にわたって熱を出して寝こんでいた。だから父の葬儀にも出席できなかったのだと、母からきいた。

「ちょっと、プリン買ってくる」

低い声がきこえて、全身が硬直した。ほどなくして玄関からあらわれたのは、ぼくとあまり年の変わらないひとりの男だった。弦月のような太い眉毛と、オオハシの嘴《くちばし》のような大きくて丸い鼻——ぼくはその顔を覚えていたわけではないが、それでもはっきりとこの男が自分の父親であるとわかった。父は橙色のチノパンのポケットに手を突っこんで、こちらを見向きもせずに坂道を登っていった。ぼくは呼吸をととのえて、父のやや後ろを追いかけた。踏切は、この坂道を登りきった先にある。

五分ほど歩いたところで、不吉な音を立てて点滅する警報機が見えた。ぼくはいつでも〈声かけ〉ができるよう、父との距離をたもった。父が事故に遭うのはつぎの電車かもしれないし、そのつぎの電車かもしれない。もう少し踏切に近づいてから声をかけるのが確実だ。風が吹いて、父からかすかにオーデコロンが香った。

すると、突然父が走り出した。それは思いがけない行動だった。

「待ってください、待って」

張りあげた声は、父に届いていないようだった。線路の向こうからやってくる電車と駆けていく父は、たがいに遮断機の内側で衝突するコースを計算しつくしているかのように思えた。しかし、踏切が眼前に迫ると、父は線路沿いの小径《こみち》へ方向を変えた。小径の先には木造の駅舎があった。駅舎の入り口には、赤くつばの広い帽子をかぶった女が、赤いキャリーケースとともに立っていた。女は抱擁《ほうよう》しようとする父を片手で制し、父は頭の後ろをぽりぽりと掻いた。ふたりの会話は、通過する電車の音にかき消されてきこえなかった。やがて父は赤いキャリーケースを引いて、女とともに改札をくぐっていった。女はモデルのようにスタイルがよかったが、腹が少し膨らんでいるように見えた。そして、ふたりはつぎの電車に乗って、どこかへ行ってしまった。わけがわからなかった。はっきりしているのは、赤くつばの広い帽子をかぶった女は、ぼくの母ではないということだった。

ぼくは〈ブラッド・ボトル〉をひねって飛行場の屋外トイレへもどり、女性の操縦士が事務所を出たところを見計らって話しかけ、飛行機の出発を何分か遅らせることに成功した。そして施設にもどり、いつもどおり淡々と〈声かけ〉の業務をこなした。午後には革靴の底にスマートフォンを隠していたことさえ忘れて、体重をかけて画面を割ってしまった。動作自体に問題はなかったから、別にかまわなかった。あらゆることが、もうどうでもよかった。なにも考えなくても、頭と体に染みこんだ〈声かけ〉の作法が、ほとんど自動的に仕事をこなした。

　ぼくは父の事故についても、自分の戸籍についても、一度も調べたことがなかった。母のいったことを鵜呑みにして、今日まで生きてきたのだ。命日だと思っていた日が、よその女と出ていった日だったのにもかかわらず。生きていたのなら、それでよかったじゃないか――そういうことにしておくのが、きっと一番なのだろう。しかし、そんな気分にはとてもなれそうになかった。いまさら父を憎むような気持ちもない。ぼくにとっての父は、身内というよりもすでにおわってしまった事象《イベント》のようなものだった。そんな風に考えるのは異常だろうか？　少なくとも正常ではないような気がする。そこで頭をもたげるのはいつもの疑問だ。正常とはなにで、どこにあるのか？　小栗は「おれたちふたりだけが正常で、ほかのやつらはみんな異常なんだ」といっていた。犯罪者のくせに。

　まったく、うんざりだった。父を救えたとして、驚くほどの大きな変化を期待していたわけじゃない。それでも。それでも、だ。今日見たものは、ぼくの心の底にかすかに残っていたなにかを摘みとった。望みでも願いでもない、もっといびつで卑小な、自尊心の芽のようななにか。けれど、それがなんであれ、もうどうでもいい。

　一日の仕事をおえてベッドに横たわり、ひびのはいったスマートフォンをヘッドボードに置いて、目を閉じる。〈R3v3r.i3〉の動画で見た残酷な情景が脈絡もなく浮かんでは消えていく。まどろんで曖昧な意識が、一羽の梟《ふくろう》（鶏なんかじゃない）になって、死から死へと羽ばたいていく。しかし、同時に目覚めているという感覚が翼に重くのしかかり、ぼくは残酷な情景とともに地面に落下する。

どうして小栗は動画を投稿するのだろう。どうしてぼくに犯行の方法を教えたのだろう。本心から、ぼくに犯行の理由を教えてほしかったとでも？　それだって、もうどうでもいいことだ。時間はぼくと無関係に流れてまわる。夜が更けて、昼が過ぎ去り、朝が訪れる。うんざりで、うんざりだ。

8

翌朝、管理者から通達があり、ぼくは急遽深夜勤務《ナイト・シフト》に就くことになった。鶏が〈声かけ〉を辞め、その補充なのだそうだ。どちらにしても、小栗と顔を合わせずにすむのはありがたかった。彼のことだから、会えばあれこれ詮索してくるだろう。それに、どうせまともに眠れないのだ。勤務時間がいつになろうと、ぼくはかまわなかった。大きな被害をもたらすような災害や事故が起きないかぎり待機だけでおわるのだから、むしろ歓迎すべきことなのかもしれない。深夜勤務《ナイト・シフト》の管理者は痩せぎすで青白い吸血鬼《ノスフェラトウ》のような男だった。彼は常に床を見てしゃべった。

「椎名くんの真面目な仕事ぶりは噂にきいているよ。愚痴をこぼさず黙々と自分の役割を果たす人間は信用できる。急で申し訳ないが、月末までよろしく頼むよ」吸血鬼《ノスフェラトウ》はいった。

「はい」ぼくは答えた。

ぼくは深夜勤務《ナイト・シフト》になっても、スマートフォンと〈アーリー・ミント・フェーリス〉の切れはしを革靴に隠して待機室にもちこんだ。とくになにかをしようというわけじゃない。もちこめるからもちこんだだけだ。そう考えると、小栗の犯行の理由もできるからできることをしたというだけのことのように思えてきた。もちろん、そんなことはもうどうでもいいのだが。

深夜の照明は、日中の四分の一ほどに制限されている。薄暗い待機室に響くのは、吸血鬼《ノスフェラトウ》が叩くキーボードの音だけだ。管理者には、夜間のあいだも処理しなくてはならない事務作業があるらしい。ぼくと四名の〈声かけ〉はロビーチェアにすわって、神妙な面もちで時計の針をながめる。〈声かけ〉同士が会話をすると、そのたびに吸血鬼《ノスフェラトウ》が咳払いをするので、ぼくたちは静かにしていなくてはならない。鶏がどうして辞めてしまったのか、わかるような気がする。鶏がコケコッコーと鳴けないのなら、それはアイデンティティの危機だ。

緊急対応を要する案件が起こらないまま一週間が過ぎた。就業時間が変わっても、ぼくは余暇のほとんどを〈パイプス〉を見て過ごした。小栗のことを〈時取〉に通報してやってもよかったが、ぼくが生まれた町へ行ったことにまで捜査の手がおよんでしまっては面倒だ。黙しているかぎり、小栗は新しい動画を投稿しつづけ、すべて世はこともない。

初めての緊急案件は、その日の早朝、終業三〇分前に起きた。待機室に電話のベルが鳴り響き、吸血鬼《ノスフェラトウ》のモニター横に置かれた小型の信号灯が赤く明滅する。ぼく以外の四名の〈声かけ〉が、縄張りを見張るミーアキャットのように一斉に立ちあがって、いつになく緊張したようすで応対する吸血鬼《ノスフェラトウ》を見守る。ぼくは自分が指名されることはないだろうと高をくくっていた。なにしろぼくは補充要員に過ぎないのだ。しかし、電話をおえた吸血鬼《ノスフェラトウ》が呼んだのは、ぼくの名前だった。

「椎名くん、原子力発電所で爆発事故だ。初の緊急対応だが、よろしく頼むよ」

ミーアキャットたちが一斉にこちらを向く。補充要員が指名されて意外だったのか、自分たちが指名されず安堵しているのか、彼らの表情からは読みとれなかった。

「わかりました」ぼくは答えた。

吸血鬼《ノスフェラトウ》は〈ブラッド・ボトル〉と伝票をぼくにわたし、事故の概要と対応方針について簡潔に説明した。今回のようなケースではいつもの〈声かけ〉と異なり、自分が時間局の人間であることを示したうえで、事故を未然に防ぐことになる。つまり、事故発生の前日に遡って、炉心溶融の原因である故障箇所を、あらかじめ発電所の担当者に伝えるのが仕事だ。とはいえ、過去に移動して、言葉を交わし、現在にもどるという意味では大きな差はない。ぼくはミーアキャットたちの視線に見送られながら転移室へ行き、〈ブラッド・ボトル〉をひねった。

9

太陽は真上にあった。縞模様の雲が、青い空をゆっくりと流れている。かすかな潮の香りが鼻をくすぐり、またかとうんざりする。ぼくの立つ緑豊かな丘から何百メートルかくだった広大な敷地に、金属の骨組みに支えられた巨大なふたつの排気塔が見えた。塔の周りには原子炉建屋《たてや》をふくむ大小様々な施設がならんでいる。明日の事故を知っているからか、海沿いの発電所は狂気に囚われた魔法使いの住む不吉な城砦《じょうさい》のように思えた。炉心に封じこめられている毒のことを考えれば、当たらずといえども遠からずだ。事故の原因は、監視・制御機構の複合的な欠陥によって、原子炉の出力が制限値を超えてしまったためらしい。時標値が前日の日中に設定されたのは、職員が余裕を持って炉心停止をおこなうことができるようにという配慮だろう。

ぼくはしばらくのあいだ発電所をながめてから、革靴からスマートフォンと〈アーリー・ミント・フェーリス〉の切れはしを取りだして、発電所とは反対の方向に歩きだした。スマートフォンのひびはさらに増して、画面全体に蜘蛛の巣のように広がっていたが、いまも動作自体に問題はなかった。丘を登り、杉の林を抜け、道路沿いの道を進むと、バス停とコンビニエンス・ストアがあった。バス停には時刻表と停留所の案内とともに、簡易的な周辺地図が掲示されていた。地図の内容を頭に入れて、ぼくはコンビニエンス・ストアにはいった。なかにいるのは眼鏡をかけた男性店員ひとりきりで、ぼくのほかに客はいなかった。店員は最初のうち、こちらの動きに注意を払っていたが、ぼくが雑誌の立ち読みをはじめると、興味を失ったように作業（おそらく惣菜《そうざい》の準備かなにか）にもどった。ぼくは彼がうしろをむいているあいだに、商品スタンドからサングラスをひとつ頂戴して外に出た。千円札でも何枚か靴底に入れてくれればよかったのだが、いまさらしかたない。どうせ万引きもなかったことになるのだから、罪悪感を覚える必要もないだろう。

ぼくはふたたび丘を登り、石段を上がり、標高一〇〇メートルほどの小高い山の頂へつづく森の登山道を歩いた。太陽の光が、名前を知らない巨樹に繁る葉のあいだで、無数の欠片になって揺れていた。土は柔らかく、一歩ごとに不確かな角度で革靴を受けとめる。ほかに登山をしているものはいない。やがて大きく視界がひらいて、頂上の展望所にたどりついた。ここからなら海岸線を一望することができる。サングラスを拝借した道路沿いのコンビニエンス・ストアもよく見えた。道路の先に視線を伸ばすと鉄道の駅と商店街があり、視線をもどして丘をくだると発電所があった。ふたつの排気塔と原子炉建屋が、杉林の向こうにその巨大な姿を晒している。予想したとおり、この展望所は事故を見物するのに理想的な場所だ。公衆トイレも設置されているから、もどるときに下山する必要もない。ぼくはベンチに寝転がって、展望所にそなえつけられたポール型の時計を確認した。事故発生から施設に電話がかかってくるまで、どれくらいの時間差があるのだろうか？　いずれにしても、夜明けまでまだ十数時間ある。ぼくは日が沈むまで鳥を見て過ごし、日が沈んでからは月を見て過ごした。腹は減らなかった。このまま山で暮らすのもいいかもしれない。

夜が明けてしばらくすると、道路を歩く老夫婦の姿が見えた。時間とともに人々はどこからともなく湧いて出て、その数を少しずつ増やしていった。停留所でバスを待つ人たちが短い列をつくり、その隣を自転車が駆け抜ける。駅はまるで呼吸するかのように、人々を吸いこんでは吐き出す。商店街ではいくつかの店のシャッターがあがり、エプロンをつけた青年や中年が店先を掃除していた。アパートの二階のベランダで、パジャマのまま体操をする親子がいる。どこにでもある、しかしぼくの手には届かない日常の風景だ。

不意に、周囲の木々から鳥たちが一斉に飛び立った。彼らにはこれから起こることがわかるのだろう。ぼくはサングラスをかけて、スマートフォンをポケットから取りだし、発電所にむけて録画ボタンを押した。

最初に二度、大きく地面が揺れた。つぎに金属がぶつかりあうような音が、地面の底から響きわたった。バス停にならぶ人々が、なにごとかとしきりに周囲を見まわしている。老夫婦は転んでしまったらしく、ふたりそろって地面に伏している。

それから少し間をおいて、原子炉建屋が腰折れした食パンのように内側にむかって萎んだ。圧《あっ》潰《かい》していく建屋に引っぱられるようにふたつの排気塔が傾き、支えの鉄骨が飴細工のように折れ曲がった。ベランダの親子が発電所を指さした瞬間、建屋の亀裂の奥で青い光がストロボのように閃いた。

世界からすべての音が消えて、あらゆるものが白く塗りつぶされた。ややあって世界が色彩を取りもどすと、時間をかけて泡立てたメレンゲのように濃密な赤銅色の雲が、膨張をくりかえしながら天にむかって噴きあがっていた。巨大な雲の下で、溶解した発電所の敷地がミルククラウンをつくっていた。おそらく、職員たちはなにを感じる間もなく蒸発してしまったのだろうと思った。

轟音が商店街を駆け抜け、体操をしていた親子の肉体が砂粒のように崩れて、遅れてやってきた発電所や杉林や商店の溶けて混ざった混沌のスープに、残った骨が飲まれた。駅は古代ローマの遺跡のように、一部の輪郭だけを残して消えていた。バス停の人々は目と耳から血を吹き出し、助けを求めるように手のひらを空にかざしていた。転んでいた老夫婦の肉はほぐれるように剝ぎとられて、もはや立っているのか横たわっているのかさえわからなかった。コンビニエンス・ストアは斜めに傾いて、少しずつ混沌のスープに沈みこんでいった。展望所より低い位置に生きているものはひとつもいなくなった。

　波はすぐそこまで来ていた。登山道の木々がドミノのように向きをそろえて倒れた。ぼくは死にものぐるいで公衆トイレに飛びこみ、個室にはいって扉を閉めた。衝撃が公衆トイレを揺らし、便器の水があふれて飛び散った。個室の壁がばらばらになってしまう直前、ぼくは〈ブラッド・ボトル〉をひねった。

10

　ぼくは転移室でうずくまって泣いていた。いや、笑っていたのかもしれない。だいいち、泣くことと笑うことに差なんてあるのだろうか？　山菜の灰汁のような口内のえぐみは、何度かの嘔吐による酸味に取って代わられていた。床が汚れてしまったが、転移室はほとんどトイレみたいなものなのだし、問題はないだろう。支給品のスーツはところどころ破れて、泥遊びでもしたあとみたいに汚かった。ぼくはジャケットを脱いで、裏地で顔を拭った。どこか切ってしまったらしく、スーツにべったりと血がついていた。体のあちこちが痛い。肋骨の二本か三本くらいは折れているかもしれない。しかし、それらはスマートフォンなら画面のひび割れのようなものだ。本当に大切なものは損なわれていない。ぼくのスマートフォンは、光のなかで無限と有限が混ざりあって溶けていくようすを、しっかりとおさめていた。

　ぼくは革靴を脱いで〈アーリー・ミント・フェーリス〉の切れはしを取りだし、〈ブラッド・

ボトル〉の使用制限をリセットした。もう一度過去へ行って、事故をなかったことにしなくてはならない。〈ブラッド・ボトル〉をひねると、縞模様の雲が青い空をゆっくりと流れていた。まただ。海岸沿いの発電所はなにごともなかったかのように、そして実際になにごともなく存在していた。巨大なふたつの排気塔にも、原子炉建屋にも破壊の痕跡はない。

丘をくだって発電所へ行くと、守衛たちがお化けでもみるような目で迎えてくれた。けれど、ぼくにしてみれば彼らのほうがお化けみたいなものだ。すでに一度死んでいるのだから。けっさくだと思った。ぼくは大きな声で笑った。いや、泣いたのだろうか？　そんなことはどちらでもいい。

時間局の職員であることを伝えると、彼らはうやうやしく頭を下げて、ぼくをなかに招きいれた。こちらは非正規の有期雇用だというのにご苦労なことだ。こんなのは、まったく美しいとはいえない。うんざりで、うんざりだ。どうあれ、担当者は神妙な顔つきでぼくの言葉をきいて、原子炉の緊急停止を決めた。仕事はおわりだ。ぼくはトイレを借りて、個室から転移室へもどった。

待機室へもどると、吸血鬼《ノスフェラトウ》とミーアキャットたちが口をあんぐりと開けてぼくを見た。ぼくは「道中で転んでしまって」といって吸血鬼《ノスフェラトウ》に伝票をわたした。彼は医務室に行くようぼくに勧めた。どうやら吸血鬼《ノスフェラトウ》にも温かい血が流れているらしい。「だったら自分で自分の血を吸えばいい」と助言をすると、彼は目を丸くしたまま黙ってしまった。ドイツ表現主義だとぼくは思った。

ぼくは医務室へはむかわず、自室へもどった。そしてスマートフォンにおさめられた動画をくりかえし再生した。涙がとめどなくあふれた。ほんの一〇数秒の動画だったが、それはまぎれもなく美しかった。小栗に見てほしいと思った。全世界に拡散したいと思った。思想の別もなく、貧富の差もなく、その場に居合わせた人々がおなじように無力で、そして無惨に溶けていくことの美しさを、世間に知らしめたいわけじゃない。ぼくはそんなことがしたいわけじゃない。そんなことがしたいのはぼくじゃない。この動画を美しいと感じるのがぼくなのだ。どうして小栗が動画を投稿しつづけるのか、その理由がようやくわかった。他者がどう解釈しようといい。眉をひそめられてもいい。この感性は自分だけのものだ。ぼくも小栗も、誰からも共感を呼ばず、理解を得られないと確かめずには、自己の存在を、魂の輪郭《りんかく》を実感できなかったのだ。ぼくたちにとって認識できるかぎりの他者すべてが異常だ。ぼくたちこそが正常なのだ。正常は〈Ｒ３ｖ３ｒｉ３〉にある。本当の心のなかだけにある。**それはだれがなんといおうと美しい。**

ぼくは小栗にたいして、友情や愛情とは異なる、なんらかの情を感じていた。仲よしではない、愛おしくもない、しかし、かけがえのない存在。思えば、最初から小栗の名前だけは忘れなかった。ぼくの動画を早く小栗に見てもらいたい。

小栗は動画を投稿するための、特別な接続設定を教えてくれていた。数値さえ知っていればだれでもつかえるようなものだが、〈時取〉であっても追跡不可能な、複数の国を経由する回線だ。ぼくは〈パイプス〉を立ちあげてアカウントの準備をおこない——そこで異変に気づいた。

トレンディングの最上位には流行りのアーティストのミュージックビデオや、動物園が投稿したクロシロエリマキキツネザルの双子の赤ちゃんの動画がならんでいた。どこまでスクロールしても〈Ｒ３ｖ３ｒｉ３〉の動画が見当たらない。検索機能をつかうと、該当する動画は存在しないと表示された。ニュースサイトでも、ＳＮＳでも一切話題になっていない。まるで〈Ｒ３ｖ３ｒｉ３〉の騒動など、なかったことになったかのように。

ぼくは急いで食堂にむかった。いまならまだ小栗は朝食の最中かもしれない。

しかし、いつもの隅のテーブルにも、ほかのどのテーブルにも小栗はいなかった。ぼくは入り口近くに陣どっている鶏の仲間の青年グループにきいた。

「小栗はどこだ?」

「えっ、なんです?」

「小栗を見なかったかときいている」ぼくは叫んでいた。

「だれですか、それ?」

くそっ、くそっ、くそっ！　ぼくは待機室へと走った。強引に列に割りこみ、金属探知機のゲートをくぐると、冬眠から覚めたばかりの熊のような警備員がぼくを制止した。

「ちょっと、ちゃんとならびなさい」

「いいから早くなかに入れろ。足元を探知もしないようなゲートで検査しておいて、偉そうにするな」

警備員は信じられないといった表情を浮かべて、無言でぼくのスーツのポケットをまさぐった。スマートフォンは自室に置いてきたから、なにも問題はない。ぼくはカウンターに行って、髪型を変えた女性管理者の前に立った。彼女は相変わらずモニターだけを見ていた。

「小栗はもう来ているのか?」

「なんでしょうか?」

「〈声かけ〉の小栗だよ、ぼくと同期の」

彼女は深くため息を吐いて、手元のキーボードを叩いた。

「そんな名前の〈声かけ〉はいませんが？」

「そんなわけない」

「あなた、いま深夜勤務《ナイト・シフト》でしょう。なにか勘違いしてるんじゃない？」

彼女は蔑むような、あるいは憐《あわ》れむような目で、ぼくの顔をのぞきこんだ。

「ようやくぼくの顔を見たな。髪型を変えたくせに、今日まで一度もぼくを見なかった」

ぼくの言葉をきいても、彼女は視線をそらさず、表情ひとつ変えなかった。まあいい。ぼくは女性管理者に背をむけて、墓標のようなロビーチェアの列に小栗をさがした。しかし、そこにも彼はいなかった。彼くらい背丈が低ければ、かえって目立つはずなのに。目の前で、いつもの〈声かけ〉が牛の鳴き声のようなあくびをした。ぼくはげんなりしている観葉植物の鉢植えをもちあげて、牛の側頭部に思いきり叩きつけた。大きな音がして、待機室中の人間がいっせいにこちらに視線をむけたので「この人、急に倒れちゃったみたい」と叫んでおいた。啞然《あぜん》とする〈声かけ〉や管理者たちを尻目に、ぼくは足早に待機室を出た。

自室にむかう途中、玄関ロビーで施設長が武装したロブスターのような深紅の防護服の集団――〈時取〉の応対をしているのが見えた。まずい。ぼくは自室にもどるやいなや施錠をして、ベッドとクローゼットを動かして扉の前を塞《ふさ》いだ。小栗は捕まることなく何か月も犯行をつづけてきた。おそらく、ぼくがミスしたのだ。ぼくの迂闊《うかつ》な行動が〈R3v3ri3〉をこの世界から消してしまった。しかし、ぼくのしたことは過去に行って、そしてもどってきただけだ。多少の寄り道はあったとはいえ、ほかになにもしていない。なにを断罪されることがあるだろうか。ぼくは正常で、悪いことなどひとつもしていない。寄り道なんかより、牛のあくびのほうがよっぽど罪深いはずだ。それとも小栗が〈R3v3r.i3〉だと知りながら、それを隠した罪なのか？

いや、ちがう――ぼくは不意に思い当たった。〈時取〉は犯罪行為の直前に遡って、容疑者を逮捕する。つまり、犯行はこれからおこなわれるのだ。ぼくは床に転がっていたスマートフォンを拾いあげた。〈パイプス〉に投稿する準備はできている。いまはぼくが〈R3v3r.i3〉だ。

――かりかり、かりかり。

扉が甲殻にこすられるような音がする。ロブスターの鉗脚《はさみ》が扉を引き裂こうとしているのだ。おそらく、一分ももたないだろう。ぼくは〈投稿する〉と書かれたボタンをタップする。画面にはアップロードが完了するまで一分未満と表示される。小栗に教わった回線は迂回に迂回を重ねているから、どうしても通信速度に難がある。〈時取〉が突入するのが早いか、動画が投稿されるのが早いか。

――かりかり、かりかり。

小栗はこうなったことを恨んでいるだろうか。いいや、絶対にそんなことはない。ぼくにはわかる。彼には自分の魂の輪郭をとらえたいという衝動が犯行の動機であることが、ある程度わかっていたはずだ。そして、ぼくがおなじ欲求をかかえるにちがいないと考えた彼は、確信を得るためにぼくに犯行方法を教えた。ぼくのミスで〈時取〉が来るのは、小栗にとって仮説の証明にほかならない。

万が一、伊豆諸島沖の刑務所で再会することができたなら、彼はきっとこういうだろう。

「なあ、椎名よ。これで人生の疑問が解けたな」

ぼくは小栗の色素の薄い瞳とくるくるの巻毛、そして得意げな顔を想像して笑った。今度こそ本当に、心の底から笑った。アップロード完了まで、あと一〇秒未満。ひさしぶりに腹をかかえて笑ったからか、それとも生まれつきだったのか、口がうまく動かない。どうしても笑い声が笛のように響いてしまう。でも、かまうものか。最高に楽しい気分だ。ひひ……ひぴひ……ぴぴぴ……ぴっぴぴ。


かりかり・かりかり。

ぴぴぴ・ぴっぴぴ。


かりかり・かりかり。

ぴぴぴ・ぴっぴぴ。

夜の安らぎ

1

はじめて血を盗んだのは、中等部三年の春のことだった。

盗んだのは従妹《いとこ》の未佳《みか》の血だけれど、別にいやがらせがしたかったわけではない。米沢《よねざわ》から車で一時間と少し。こんな辺境の山奥にある学園の生徒数なんてたかが知れているから、健康診断は全学年がおなじ日程でおこなわれるのが常だった。だから、いくつかの偶然が重なればわたしが未佳の血を手にすることだってある。それがあまりに綺麗だったので、もち帰ったというだけのことだ。

その日、採血のあとに気分が悪くなってしまったわたしは、血液検査会場である多目的ホールの隅《すみ》――ベージュのパーテーションに区切られた休憩スペースで簡易ベッドに横たわっていた。先生からは三〇分くらい休んでも回復しないようなら病院に行きましょうといわれた。血管迷走神経反射といって、採血後にめまいや吐き気の症状が出るのは珍しいことではないらしい。ひどいと失神することもあるのだそうだ。

わたしは少し気持ち悪いくらいだったから、採血の列のうしろでほかの生徒たちといっしょにパイプ椅子にすわって経過観察をしてもよかった。ただ、嫌いなクラスメイトたちがいなくなるのを待つのに都合がよかったから、本当はもっと具合が悪い人のために用意されたものであることは承知しつつも、先生にいって簡易ベッドをつかわせてもらうことにしたのだった。

横になってしばらくして、隣のベッドで休んでいた眼鏡をかけた一年生の女の子がもどっていったので、パーテーションのこちら側にいるのはわたしひとりになった。ときどき先生がようすを見にきたり、健診スタッフの女性が血液検査の検体ケースを置きにきたり、回収しにきたり、また置きにきたりをくりかえしていたけれど、その数分間にかぎってわたしは完全にひとりきりだった。

いまにして思えば、あのスタッフの女性のふるまいはどこかおぼつかなかったし、ケースのとりあつかいを誤《あやま》っていた可能性が高いのではないだろうか。看護師ではなく、無資格の健診助手だったのかもしれない。あるいは、単に慣れていなかっただけか。いずれにしても、そのときわたしの目の前には、いくつもの検体容器がならべ立てられたケースが無防備に置かれていた。

ベッドから起きあがったわたしは、なんの気なしに検体ケースに目をやった。赤い血液のはいった小型の試験管のような容器ひとつひとつに、日付、学年、組、そして名前の書かれたシールが貼られていた。そのうちのひとつ――ちょうど角にある検体容器に未佳の名前を認めて、わたしは思わず手にとった。

彼女の血液は美しい赤色をしていた。ならんでいるどの検体よりも鮮《あざ》やかで、まるで紅玉《ルビー》を溶かして注《そそ》いだみたいだった。

ひとしきりながめてから、匂いを確かめてみたくなってキャップをひねろうとしたそのとき、パーテーションのむこう側から不意に先生があらわれて、わたしの背中に「あら、もう大丈夫なの?」と声をかけた。わたしは先生に見えないように検体容器をポケットにいれて、お辞儀《じぎ》をしてその場を離れた。ばれてしまうのではないかという恐怖と未佳の血を盗んだという興奮で、心臓が破裂しそうなほど高鳴ったことを覚えている。

わたしは、どこへ行くにも未佳の血をポケットのなかにもち歩いた。あたりにだれもいないときに、こっそりながめるためだ。その艶《つや》やかな赤いきらめきは、わたしをいつもうっとりとした気分にしてくれた。いやなことがなくなるわけではないけれど、未佳の血を見ているあいだはつらい気持ちを忘れることができた。

あるとき、どうしても我慢できなくなって指に出して舐《な》めてみた。血は鉄の味がするとよくいうが、そういう感じはしなかった。かすかに甘いような、かすかにしょっぱいような不思議な味だった。

キャップをひらいてから数日後、黒く濁《にご》ってしまった未佳の血を、わたしは学校の裏にある森の小川に捨てた。はたして、あの検体容器は海にたどりついたのだろうか。

そのあと、わたしはもう一度だけ血を盗んだけれど、それは未佳のとちがって美しくなかった。最初から黒く濁っていて、気持ち悪くて舐める気なんてしなかった。採血は静脈の血をとるから、普通はそういうものらしい。だったら、どうして未佳の血はあんなに綺麗だったのだろう。あの宝石のようなきらめきは、わたしの思いこみにすぎなかったのだろうか。

あれから二年。高校二年生になったわたしは、いまも未佳の血をながめるときの美酒に酔ったような感覚(いや、お酒を飲んだことはないのだが。いわゆる慣用表現というやつだ)を忘れられずにいる。アルバイトがはじまる前に、麓《ふもと》の駅前にある総合病院に立ち寄ったのもそのせいだった。

高等部の健康診断は検体の保管に隙《すき》がなかったから盗むなんて無理だった。前年に、すぐ隣の中等部で起きた——正しくは、わたしが起こした——検体紛失騒ぎによって管理が厳しくなったのかもしれない。二度目に血を盗んだのは、わたしが住まわせてもらっている家の近くにある小さな診療所だ。風邪をひいて受診したときに、偶然順番がひとつ前だった女性が採血をしていたからそれをいただいた。先生も看護師もお年寄りばかりの診療所だったからむずかしくなかったけれど、あんなことはそうあるものじゃない。結局、二回ともわたしは幸運に恵まれていたにすぎない。

おなじような幸運が、より警備が厳重であるはずのこの総合病院で起きるだろうか？　おそらく答えは否《いな》だろう。そんなことはわかっている。それでも、わたしは試してみないわけにはいかなかった。

クラスメイト——とくに優美《ゆうみ》とそのとりまきたちが、わたしのことを陰で吸血鬼《ブラッドサッカー》と呼んであざ笑っているのを知っている。検体を盗んだことがばれているからではない。単にわたしの顔色が生まれつき病的で、しゃべり方も陰気だからだ。でも、こうして血を求めて彷徨《さまよ》っていると、彼女たちのいうとおりだと自分でも思う。

時刻は午後の五時半すぎ。一一月の太陽はすでに沈み、町は頼りない明かりでみずからを照らしていた。一般外来の受付時間はとうに過ぎているけれど、この病院には二四時間診療をおこなう救急外来がある。なにくわぬ顔で入口からなかにはいると、厚着の患者たちがベンチにすわって診察を待っていた。

受付の女性に声をかけられたが「先にトイレに行ってから受付します」というと、忙しいのかうなずきもせず引っこんでいった。節電で照明が半分落とされている薄暗いロビーを進むと、壁にトイレのマークが掲《かか》げられているのを見つけた。わたしはそこを通りすぎて、奥の廊下へはいる。つぎに声をかけられたら「迷ってしまった」と答えればいい。

わたしは病院の構造を理解しているわけでもなければ、血がどこにあるか見当がついているわけでもなかった。冷蔵庫のある部屋が見つかれば、そこに輸血用の血液パックがおさめられているのではないかと思うが、それすらも定かではない。だめでもともと。手がかりすら得られずにおわるなら、それはそれであきらめがつく。

でたらめに廊下を進んでも、冷蔵庫のありそうな部屋は見つからなかった。こんなとき、本当の吸血鬼――吸血鬼《ブラッドサッカー》なんて悪口めいたものではなく、幻想文学や怪奇映画に出てくるような吸血鬼《ヴァンパイア》――なら、匂いで血をさがしあてることができるのだろうか。

廊下の窓に反射する陰気な姿は、わたしがただの人間であることを示している。長い黒髪が頬のこけた青白い顔にかかってまるで幽鬼《ゆうき》のようではあるけれど、やはり人間にまちがいない。むかし読んだ小説によると、吸血鬼は鏡やガラスに映らないそうだから。

不意に気配を感じてふりかえると、すぐうしろの階段を降りていく黒いチェスターコートの男性の背中が見えた。思わず息をのむ。男性が足音ひとつたてていなかったからだ。その動きはまるで影のようになめらかだった。

もう一度、廊下の窓を見て背筋が凍った。そこにはうしろの階段がはっきりと映っている。ならば、どうしてふりかえるまで男性に気づかなかったのか。もちろん、見逃しただけという可能性もある。しかし、あの男性ははなから窓ガラスに映っていなかったのではないか。まるで、幻想文学の吸血鬼のように。

　わたしはなにかに突き動かされるように男性を追って階段を降りた。もし、吸血鬼が物語だけの存在でないとしたら。もし、あの男性が本当に吸血鬼なら、わたしは——。

　地下一階に着くと、上階よりもさらに薄暗い廊下の先で、黒いチェスターコートの裾《すそ》が曲がり角に吸いこまれていくのが見えた。恐怖のせいなのか、暖房がきいていないせいなのか、全身が震えはじめた。怯える自分を奥歯を噛みしめておさえつけ、ゆっくりと奥へむかう。

　曲がり角のむこう側にはだれもいなかったが、かわりに《輸血部門》と書かれたドアがあった。少しだけひらいているドアからなかをうかがうと、暗闇のなかに電子機器のステータスを示す緑色や橙《だいだい》色の灯火がいくつも浮かんでいた。

　わたしは意を決して、暗黒の口のなかに足を踏み入れた。コンプレッサーの低い音が耳につくのは、ここが静かすぎるからだ。だれかの衣擦《きぬず》れの音はおろか、息づかいさえもきこえない。闇に慣れてきた目をこらしてみても、部屋のなかにいるのはわたしひとりだった。男性はどこへ消えてしまったのだろう。そもそも、ここを通りすぎて別のところへ行ったのかもしれないが。

　部屋の奥に《RBC《赤血球製剤》》というラベルの貼られた、お菓子の自動販売機のようなガラス張りの冷蔵庫があった。なかには赤い液体の詰まった透明の小袋がならべられている。輸血用の血液パックでまちがいない。扉に鍵はかかっておらず、ハンドルを引くとあっさりひらいた。パックのラベルには、血液型や、採血した日付などの情報が記載されている。もっていくのなら、未佳とおなじB型がいい。そして、なるべく新鮮なものを――

「閉めて」

背後からの声に、わたしは血の気を失った。

「温度があがると警報が鳴るんだ。だから、冷蔵庫を閉めてくれると助かる」

穏やかさと冷ややかさをそなえた、冬の川べりのような声だった。おそるおそるうしろをふりかえる。黒いチェスターコートの男性の肌は、暗闇のなかで薄ぼんやりと光を発しているように見えた。

わたしは後ろ手で冷蔵庫の扉を閉めて、男性をまじまじと見つめた。いや、見つめざるを得なかった。青白い肌と薄い琥珀《こはく》色の瞳。それらの淡さとは対照的に黒々とした髪。男性なのにこんなに美しいなんて。

彼の白魚のような指が血液パックをひとつつまんでいるのを見て、わたしは予感が的中したと思った。

「ありがとう」男性はいった。「きみは病院の人じゃないようだね」

「迷ってしまって」わたしの声は震えていた。

「そういうことなら、なにも盗《と》らずにもどるといい。在庫がいくつもなくなってしまうと、騒ぎが大きくなるからね。それに、そこにあるものはだれかの生命を救うためにつかわれるべきだし」

「そんなつもり……でも、あなたの血液パックだって」

「わたしは病院の関係者かもしれないよ?」

「……あなた、吸血鬼でしょう?」わたしはいった。そして、男性の答えを待たずに言葉をつづけた。「もし、そうなら、わたしを――」

「ちがうよ」

男性は暗闇のなかに溶けていくように、静かに輸血部の部屋を出ていった。

自分の心臓の鼓動がきこえてわれに返り、あわててあとを追ったけれど、もうどこにも男性の姿はなかった。

2

アルバイトのあいだも、わたしの精神は病院の地下にとらわれたままだった。

結局、血液パックは盗まず、わたしはなにごともなかったような顔をして病院を出た。受付の女性がちらりとこちらを見たような気もしたけれど、とくになにもいわれなかった。

美しくも妖《あや》しい男性――影のようになめらかに動き、物音ひとつたてず、その姿は窓ガラスに映らない。考えれば考えるほど吸血鬼にちがいないと思うし、夢を見ていたのではないかとも思う。

「大丈夫?　きいてる?」

声をかけてきたのはアルバイトの先輩のすみれさんだった。坊主頭に近い短髪はピンク色で、耳たぶだけでなく、眉尻と鼻、それから唇にも銀色のピアスをしている。こんな田舎町には珍しいタイプの女性だ。噂によると彼女もレズビアンらしい。小さな町で、噂はハムスターの回し車のようによくまわる。

「ごめんなさい……なんだっけ？」

「サンクスカード、まだ書いてないでしょ？　店長が早くしろってさ」

カウンターの上にある黄緑色のカードの隅《すみ》には〈ＭＵＳＴ・ＧＥＴ〉という致命的にださいロゴがプリントされていた。残念なことに、それはわたしがアルバイトをしているこの家電量販店の店名と一致している。

「これ、書かないとだめ……？」

「うーん、まあ、だめなんじゃないかなあ」

サンクスカードというのは、従業員同士がおたがいにたいする感謝を書くものらしい。そろったら、事務所の壁に貼りだすそうだ。画用紙に大樹の絵を描いて、葉っぱの代わりにサンクスカードを枝に貼りつけ、みんなの感謝で育てるサンクスツリーにするのだと店長がいっていた。吐き気がする。

「感謝って、いわれて書くようなものじゃないと思う」

「わたしも楓《かえで》ちゃんと同意見だけどね」

「すみれさんはなんて書いたの？」

「生きててくれてありがとう」

「それもう……お店のこと関係ないじゃん」

「だって、とくにないんだもん」

すみれさんが笑うので、わたしも笑った。彼女がわたしの両親のことを知っていたら、こうして笑いあえているだろうかと、ふと思う。もちろん、すみれさんの書いたことを否定するような気持ちはないけれど。

「ふたりとも私語が多いんじゃあないのか？」

キーホルダーを指先でくるくるとまわしながら、店長がカウンターにやってきてわたしたちにいった。キーホルダーには小さなミント色の猫のフィギュアと社用車のキーがついている。コンピューターの訪問サポートからもどってきたところらしかった。

「わたしはもう帰るから、坂井《さかい》は締めの作業をよろしくな。ああ、それから雨宮《あまみや》は今日じゅうにサンクスカードを提出するように」

わたしもすみれさんも返事をしなかった。しかし、店長は気にするようすもなく事務所に引っこみ、五分後には予告どおり帰っていった。

サンクスカードなんて書けないまま午後九時になり、閉店作業をおえてロッカールームで着替えていると、すみれさんが声をかけてきた。

「楓ちゃん。わたしもすぐおわるから待ってて。店の車で帰るから、送っていくよ」

「え、いい……っていうか、いいの？」

「明日、お店あけるのわたしだからね。大丈夫、ノンケを食ったりなんかしないよ」

すみれさんは冗談っぽくいった。

「そういう心配は別に」

「じゃあ決まり」

ふたりで店の外に出ると、山から降りてくる冷気が首筋を撫《な》でた。両手をブルゾンのポケットに入れて、〈MUST・GET〉のロゴが描かれたガラスの壁を横切り、駐車場まで早歩きする。

社用車はワインレッドのハッチバックで、車体の側面には黄色い字で《コンピューターの設定なら〈MUST・GET〉におまかせ！　電話一本で専門のスタッフがうかがいます！》という文句が、店の電話番号とともに書かれている。

専門のスタッフ？　うちにコンピューターの専門家と呼べるような店員なんていないのに。店長からして、事務所のコンピューターでポルノを見ていたことを、本社の担当にブラウザの閲覧履歴から指摘されるようなレベルだ。

助手席にすわってドアを閉めると、すみれさんは手慣れたようすで車を出した。

「いいな、運転できるの」わたしはいった。

「AT車《オートマチック》だから簡単だよ。ドライブに入れてアクセルを踏むだけだし。楓ちゃんいくつだっけ？」

「一七」

「一八になったら免許とりなよ。車はいいよ。どこへでもひとりで行けるから」

そのとおり。一七歳はひとりでどこにも行けない。

「考えてみる」

わたしは答えながら、車に乗ってこの町を出ていく日のことを想像した。それまで、わたしはいまの生活に耐えることができるだろうか。正直、もちこたえられそうにない。

「まあ、都会に住むなら車なんて必要ないかもしれないけどね。でも、いざっていうときに、だれとも顔をあわせず遠くまで逃げられるっていうのは、大きいと思うな。電車や飛行機みたいに、隣を気にすることもなく」

「すみれさん、むかし東京に住んでたんだよね?」

「まあね」

「逃げてきたの?」

「さて、どうだっけかな」

無遠慮な質問をしても、すみれさんは怒らない。答えられるときは答えてくれるし、答えられないときは適当にはぐらかしてくれる。彼女がそういう人だと知っていて、わたしは甘えている。ほかに甘えられる人はいないから、許してほしいと思う。

三分も進むと、景色はすっかり山道になった。街灯が霜《しも》で濡れた道路を心細く照らしている。人間をやめることができたなら、一七歳でもどこかへ行けるだろうか。わたしは病院の地下で会った男性のことを考えた。

「このへんでいい」

家の五〇メートルくらい手前で、わたしはいった。まったく無意味なことだけれど、すみれさんといるところを未佳に見られたくなかったのだ。すみれさんはなにもきかずに車をとめた。

「それじゃあ、また店で」

「ありがとう。また店で」

わたしは走り去っていくハッチバックに控えめに手をふった。風はますます冷たかった。

道路沿いの一軒家には〈片桐《かたぎり》〉という表札がかかっている。つまり、わたしの家ではない。それでいて、わたしの住んでいる家ではある。

玄関の鍵をあけてなかにはいり、靴を脱いでそのまま屋根裏部屋まであがる。伯母《おば》と顔をあわせないようにするためだ。伯母もわかっているから、この時間はリビングから出てこないようにしている。

屋根裏部屋では、未佳がキャンバスにむかって一心不乱に筆をふるっていた。そこにはいろいろな彩度と明度をもつ、さまざまな種類の赤色が中心にむかって渦をまいている絵が描かれているが、それがなにを表現しているのかわたしにはわからない。昨年、賞をとったコンクールに今年も応募するための作品なのだそうだ。未佳自身は絵が描ければそれでいいと思っているのだが、中学生までしか参加できないからと、絵画教室の先生が熱心にすすめてくるらしい。

わたしが机にリュックサックを置いて、脱いだブルゾンをハンガーにかけても、未佳は黙って筆をふるいつづけている。意地悪なわけではない。彼女はそういう人間なのだ。

お昼の残りのサンドイッチを三口ほどかじったところで、ようやく未佳はキャンバスから離れて、床に直接敷いてあるマットレスに寝転がった。彼女の手についた絵の具が毛布を汚したが、とがめるつもりはない。そんなことは、いまさらだからだ。

「レタスとハムのサンドイッチ、いいなあ」

未佳の食事のほうがいいに決まっているが、彼女に悪意はない。わたしが好きで残りもののサンドイッチを夕飯にしていると、本気で思っているのだ。それに、ある意味でその認識はまちがっていない。わたしは自分から伯母に食事はいらないといったのだから。

両親が死んでこの家にきたときから、伯母はどことなくわたしによそよそしかった。お父さんとお母さんに飛行機のチケットを送ったのは伯父《おじ》だから、そのせいで自分まで恨《うら》まれているのと思っているのかもしれない。とうの伯父はオーストラリアからほとんどもどってこないわけだが。

それでも伯母はわたしに寝床を用意してくれたし、ごはんも毎日つくってくれた。ただ、たとえばエビフライなら、いちばん大きな一本はいつだって未佳のものになった。わたしのお皿に載るのは、小さかったり、端《はし》のほうだったりするおかずばかりだ。それでも味は美味しかったから、文句をいうのは贅沢《ぜいたく》だと思った。しかし、そういうことが積み重なるうちにみんなで食卓をかこむのが苦しくなってしまった。

だから、高校にはいってすぐに〈MUST・GET〉で働きはじめて、アルバイトのある日はわたしの分の夕食を用意しなくていいと伯母に伝えた。そして、給料がはいるようになると、アルバイトのない日も自分のお金でごはんを買うようになり、そのまま毎日の朝食も昼食も、わたしはひとりで食べるようになった。そうなっても、伯母はなにもいわなかった。

わたしの望みは高校を卒業して、この町を出ていくことだ。お父さんは伯父に借金していたらしく、航空会社が支払った賠償金の多くはその返済にあてられてしまったらしいが、それでもわたしを大学に入れるお金くらいは残るのだそうだ。都会の大学に進学してここを離れられるなら、それがいちばんいい。

だから、それまでこの生活に耐えればいいのだけれど、わたしが限界をむかえている理由は伯母のことだけではなかった。

「ひと口ちょうだい」

そういって、なけなしのサンドイッチを未佳が無邪気にかじる。「美味しい」と喜ぶ幼い笑顔は、まるでベリーのムースケーキのようだ。とろけるような甘酸っぱさが、わたしの体の芯を熱くさせる。未佳がどんなに無神経でも、未佳ばかりが愛されていようと、わたしは許してしまう。血液検査の検体のラベルに書かれた名前が彼女のものでなければ、盗んだりしなかったと思う。

キャンバスの前にもどった未佳は、わたしがマットレスに横になってからもかまわず絵を描きつづけた。そのせいで、明かりがついたまま眠らないといけないわけだが文句はない。わたしはあくまで間借りしているだけ。ここは彼女のアトリエだ。わたしが来るずっと前からそうだし、これからも変わることはないだろう。

わたしはキャンバスに集中する未佳の横顔を見つめながら、眠りに落ちる。

信じられないくらい青い空を、ひらりひらりと舞い落ちる飛行機。何度もくりかえし見る夢は、お父さんとお母さんが裂かれ、砕かれ、つぶされ、そして焼かれた日の再現だ。国際線ターミナルのレストランでいっしょに食事をして、出発ロビーで見送ったあとに、展望デッキからふたりの飛行機が墜落《ついらく》するのを見た。離陸直後にバランスを失った飛行機は、木枯らしに散る葉っぱのように裏を見せたり、表を見せたりしたのち、地面に激突した。

航空会社から、死ぬまでいつでもどこへでも何回でも無料で飛行機に乗れるチケットをもらったけれど、一度もつかったことはない。わたしは青い空が怖い。

吸血鬼になれたら、わたしは永遠に夜にいられるのに。

3

その日、授業をおえたわたしは、いつものようにアルバイトがはじまるまでの時間を図書室でつぶすことにした。図書室は小学生のころからずっとわたしの居場所だけれど、最近は本が好きだからというより、優美たちがいないからというのが理由として大きい。稀《まれ》にいたとしても、声を出せば先生が注意しておとなしくさせてくれる。以前、そうやって彼女たちが注意されたときは、帰り道を待ち伏せされてリュックサックを川に捨てられたのだが。

図書室には、吸血鬼を題材にした本が複数あった。どれも小説で、少しずつ設定がちがっていた。吸血鬼をあつかう物語がいくつも存在するのは、彼らが実在しモデルとされてきたからと考えることもできるし、一方で設定が統一されていないのは、やはり彼らが空想上の存在だからと考えることもできる。つまり、どちらかなんてわからない。

設定のちがいが見られるのは、鏡に映らない、十字架に弱い、にんにくに弱い、蝙蝠《こうもり》に変身できる、流れる水を渡れない、招待されないと家にはいれない、といった細々《こまごま》とした性質の部分だ。太陽の光を浴びても死なない吸血鬼が出てくる作品も、じつは珍しくない。かろうじて共通しているのことが多いのは、血を吸うこと、血を吸われたものも吸血鬼になること、長命で高い不死性をもつことくらいだろうか。

吸血鬼が滅ぼすべき魔物でなく、善《よ》い心をもつ主人公として登場する小説においては、彼らは人間の血を吸わない設定であることがほとんどだ。動物の血や輸血用の血液パックを代替品として、人間の血にたいする渇望《かつぼう》をまぎらわせている。ならば、病院の地下で会った男性は、善い吸血鬼の可能性が高いのではないだろうか。

時間をじゅうぶんにつぶしたわたしは、三〇分かけて山道をくだり、麓の駅前に行った。今日はお昼の残りがなかったから、アルバイトの前にパン屋さんに寄ることにした。いくつもの種類のパンのなかから、なんとなくガーリックトーストを選んでみる。もし、ふたたび吸血鬼に会えたらにんにくの香りで脅《おど》せるかもしれない……そんなわけないかと思いつつ、ビニールに包まれたガーリックトーストをリュックサックに入れる。

すみれさんがシフト休みだったから、アルバイトは退屈だった。お客さんなんてほとんど来ないし、ほかの従業員とは会話する気にならない。色画用紙を買ってきて、例のサンクスツリーとやらの制作をはじめた店長から、早くカードを提出するようにと急かされたけれど、わたしは今日もなにを書けばいいのかわからなかった。思いつくのは、すみれさんにたいする「甘えさせてくれてありがとう」という言葉だけだったけれど、本当に思っていることだから、こんなカードに書きたくなかった。

アルバイトがおわり、家までの山道をひとりで帰った。ほかに歩いている人はいないし、車はたまにしか通らない。登れば登るほど民家と民家の距離は離れていく。そのかわりに森や茂みが増えて、濃密な闇がそこかしこに横たわりはじめる。彼を見つけたのは、そんな暗黒の一隅だった。

暗闇にひるがえる黒いチェスターコートと、体重を感じさせない不思議な足の運び方は、まちがいなく病院の地下で出会った男性だった。両手を黒いスラックスのポケットに入れて歩いているから、うしろからは黒一色のシルエットのように見える。まるで夜そのものが落とした影のようだ。

男性は道路を横切って、森の間道にはいっていった。あの先には、廃墟になった古い養蜂場《ようほうじょう》があるときいたことがある。唾を飲みこむ音が、やけに大きくきこえる。期待がほんのわずかに恐怖をうわまわっていることに悪い予感を覚えつつも、間道へと向きを変える自分の足をとめることはもうできなかった。

樹林のあいだに伸びるのは、いくぶん勾配《こうばい》の急な坂道だった。男性の歩みはゆるやかに見えるが、実際のところおそろしく早く、わたしとの差はひらいていく一方だ。一本道でなければ、とうに見失っていただろう。

しばらく登ると、視界がひらけて道も平坦になった。夜空に浮かぶオリオン座が、山の澄んだ空気にくっきりとよく見える。その下に広がる草原には、三角屋根のログハウスと墓石のようにならぶ養蜂用の巣箱があった。

黒いチェスターコートの男性がログハウスにはいり、わたしは歩みを早めた。道の左側に規則正しく整列する巣箱には、異形の神のような蜂のイラストがプリントされており、実際に古代宗教の霊廟《れいびょう》のように思えた。病院の地下で感じたような悪寒が、ふたたび体を震わせはじめる。

ログハウスの窓はどれも分厚いカーテンがかかっており、なかのようすをうかがい知ることはできなかった。ひとつだけわかるのは、照明がついていないということだ。

周辺をしばらくうろうろしてから、わたしは覚悟を決めた。念のため、鞄からとりだしておいたガーリックトーストを顔の前に掲げる。

「ごめんください」

呼び鈴がついていなかったから、大声で叫ぶしかなかった。

反応なし。もう一度叫んで、今度はノックもする。

反応なし。簡単にあけてくれるとはわたしも思っていない。さらに叫び、ノックする。

大声を出しているうちに、恐怖は少しずつ薄れていった。片方の手でガーリックトーストを掲げて、もう片方の手でリズミカルにドアを叩くわたしの姿は、どう見たって滑稽《こっけい》だ。優美たちに見られたら、かっこうのいじめの種になるだろう。

そんなことを考えていたら、突然ドアがひらいた。覚悟を決めていたはずなのに、不意打ちをくらったみたいに心の準備がどこかへ吹き飛んでしまった。なにもいえないまま固まっているわたしを見て、男性はこの世のものとは思えないほど綺麗な眉目を傾け、困った表情をつくった。

「こんばんは」なんとか声を絞りだす。

「こんばんは」冷たくて穏やかな声で、男性はいった。ちらりとガーリックトーストに目をやる。

「きみはなにか誤解しているんじゃないかな。申し訳ないけれど、期待に応えることはできないよ」

あわててガーリックトーストを引っこめる。頬が赤くなっていくのが、自分でもわかった。けれど、引き下がりたくない。もう一度出会うことがあれば、そのときはかならず願いを伝えると決めていたのだから。

「……たしかめさせて」わたしは声を震わせながらいった。

「なにをかな?」

「あなたが吸血鬼か、そうでないか」

男性は、やれやれとばかりに肩をすくめた。

「どうやって?　ガーリックトーストをひと口食べようか?」

「部屋を見せて」

「きみは未成年だろう?　こんな夜中になかに入れるわけにはいかないよ」

「ここに住んでいるのよね?」

「仮住まいではあるけれどね」

わたしとおなじだ。

「部屋を見せてくれないのなら、血液パックを盗んだ人がここにいると病院に通報する」

男性がため息をつくようすは、こちらもため息が出るくらい美しかった。


ログハウスは、かつて養蜂場の事務所としてつかわれていたらしいが、什器《じゅうき》はほとんど片づけられており、がらんとしていた。残っている家具といえば、小さな机と椅子がひとそろえと、養蜂巣箱の予備の部品らしい木箱がひとつだけだった。

男性がもちこんだと思われるのは机の上のノートパソコンくらいで、ほかにはマグカップひとつない。驚いたことに、照明、冷蔵庫、冷暖房といった基本的な生活用品さえなかった。

「わたしは夜安《よあん》」男性は椅子にすわってそういった。

「よあん……?」

「そう。夜も安心と書いて夜安」

「夜の安らぎ……とかいったほうがいいと思う」

生理用品じゃないんだから、といいかけてやめる。

「参考にするよ」

夜安は騒ぎになることを、なにより避けているようだった。通報されるくらいならと、なかにいれてくれたのもそのためだ。わたしの脅しは効果をあげている。それならばと、わたしは木箱にすわって彼にあれこれ質問した。

「どうして照明がないの？」

「コンピューターの明かりでじゅうぶんだからね」

「どうして食器も冷蔵庫もないの？」

「生ゴミを出したくないからね。食事は麓の店ですませればいい」

「どうして暖房もないの？」

「寒いところで育ったから、ある程度は平気なんだ」

どの回答も説得力に欠けるが、筋は通っている。いずれにしても、わたしを殺さずに質問に答えてくれるのだから、やはり彼は善い吸血鬼なのではないだろうか。もちろん、ただの変わりものの人間という可能性だってあるし、常識で考えればそちらが正解なのだろうが。わたしは前者を信じたかった。

木箱から立ちあがり、なにもない部屋を物色する。わたしの部屋（正確には未佳のアトリエ）より自分のものが少ない住まいなんてはじめてだった。

「夜はどうやって寝るの？」

「寝具がないのは越してきたばかりだからだよ。そのうちベッドでも買おうと思ってる。きみはもしかしたら、わたしが棺《ひつぎ》で眠ると疑っているんじゃないか？　だとしたら、残念。いつも床で寝ているよ」

「……信じられない」

「吸血鬼だっていうほうが、普通は信じられないと思うけれど」

「この町になにをしにきたの？」

「小説を書いているんだ。暖かくなるまでここに引き籠《こ》もって、完成させられたらと思っている。そういうの映画で見たことないかな？　雪に閉ざされた冬季休業中のホテルで管理人をしながら、戯曲を書きあげようとする男の話」

「ここはホテルじゃないし、雪に閉ざされてもない」

「まあね。でも、静かなところだし、町に知りあいもいない。集中するにはいい環境なんだ。血液パックをもっていったのも、小説の資料にしたかったからだよ。これで納得してくれたかい？」

「わたしを吸血鬼にして」

「話、きいてくれてるかな？」

「……だって、信じられないから」

「どうすれば信じてくれる？」

「本当に小説を書いているなら、見せて」

わたしがそういうと、夜安は視線をそらして白い花びらのような耳たぶを触った。

「だめだよ。書きおわっていないものは見せられない」

「いま書いているものじゃなくてもいい」

「ないんだよ。わたしは小説を最後まで書きあげられたことがないからね。でも、小説を書くためにここにきたというのは本当なんだ」

夜安があまりに悲しそうな表情をしたので、少しは信用してあげないとかわいそうに思えてきた。

「どんな小説を書いているの？」

「とても切ない話さ。お腹がよじれてしまうくらいに」

わたしは思わず鼻から息を漏らしてしまった。

「お腹がよじれるのは、すごくおかしいときにつかう言葉だから」

夜安はきまりの悪そうな顔をして、椅子に深くすわりなおした。

「……そういうたとえ？　比喩《ひゆ》だとか、慣用表現とかっていうのかな？　よく知らないんだ。あんまり本を読んでいないからね。おかげで苦労してる」

「小説を書こうと思うなら、もっと本を読んだほうがいいんじゃない……どこか出版社にもちこんだり、公募に出そうと思ってるの？」

「そういうんじゃないよ。お世話になっている人が読書家でね。いつかその人に読んでもらえたらと思っている。これは私小説のようなものだし、とても個人的なものなんだ」

「……わたしが慣用表現を教えてあげる。そのかわり、あなたはわたしを吸血鬼にして」

「だから、わたしは――」

「いやなら通報するから」

美しい唇のあいだから、ため息が漏れる。そこに犬歯というには長く尖りすぎている、牙のようなものが見えた気がした。

「いいかい？　わたしはたしかに騒ぎになるようなことは避けたいと思っている。だけどね、通報をとめるためならなんでもするというわけじゃないんだ。もし、きみが通報するなら、そのときはこの町を出ていくだけだよ。ここが気に入っているから、惜しい気持ちはあるけれどね。わかったら、もう帰ってくれないか」

見つめられると、そのあまりに整った容姿に圧倒されそうになる。だけど、あきらめるわけにいかない。

「通報はしない。もう帰る……でも、明日また来る。わたしはそれなりに本を読んでいるから、あなたに文章のことを教えてあげられる」

夜安はうなだれて眉間を揉《も》んだ。

「わかったよ。でも、日中に来られてもドアはあけない。わたしは夜型だからね」

やっぱり、彼は吸血鬼でまちがいない。通いつめればチャンスはあるはずだ。

4

それから、わたしは毎夜のアルバイトおわりに夜安のログハウス（正確には所有者不明の廃墟）を訪れた。もちろん目的は彼に自分が吸血鬼であることを認めさせて、わたしをその一族にくわえさせることだ。しかし、予想していたとおり簡単なことではなかった。

わたしがどんな質問をしても、夜安はうまい嘘をいってかわした。それなりに筋の通った嘘をつけるのだから、小説を書くのにむいているのかもしれない。ある晩、そのことを指摘すると、執筆中の彼は嬉しそうに微笑《ほほえ》んだ。

「本当にそうなら嬉しいな。でも、ただ筋が通っているだけじゃだめなんだと思う。読む人の心を揺さぶるような、なにかがないと」

「たとえば、悲劇的なできごと？」

「それも、そのひとつかもしれない」夜安はうなずいた。「だけど、以前もいったとおり、これは私小説のようなものだからね。あまりドラマティックに書いてしまうと、罪悪感を覚える」

「わかったようなことをいうのね……本を読んでいないいわりには」

わたしは夜安の机に近づいて、ノートパソコンをのぞきこんだ。そこには《一八〇六年、幾度目かとなる露土戦争の昏を切ったのは――》からはじまる文章が書かれていた。二〇〇年以上もむかしだ。彼はこの小説を歴史小説ではなく、私小説といっていたのではなかったか。

「……切ったのは昏じゃなくて口火じゃない？」

「もう、見せないといったろう。ほら、下がって」

夜安がモニターを両手で覆《おお》い隠したので、わたしはしかたなく椅子がわりの木箱まで後退した。

「一八〇六年っていうのは？　私小説にどうして一九世紀の話が出てくるの？」

「登場人物が歴史について思いを馳せる場面なんだ。内容の詮索はやめてくれないか？」

そういって彼はノートパソコンにむきなおり、またキーボードを叩きはじめた。

わたしは木箱にすわり、リュックサックのなかから鏡をさがした。あまりにもはぐらかされるので、背後からこっそり映してみようと思ったのだ。しかし、鏡を見つけてとりだそうとしたところで、音もなく立ちあがった夜安にそっと手を押さえられた。

「小さいころから鏡が嫌いでね。だから、しまっておいて」

そしてまた、机にすわる。

わたしは持参していたブランケットを頭からかぶり、鏡のかわりにとりだしたレタスとハムのサンドイッチをかじった。どうやって察知されたのかわからないが、頑張れば一瞬くらいなら鏡をむけることもできるかもしれない。しかし、それではいくらでもいいのがれされてしまうだろう。


わたしはスマートフォンをポケットから出して、今度はカメラのレンズをむける。

「シャッター音がしたら帰ってもらうからね。そして、わたしはここを出ていく」

画面には、夜安のうしろ姿がしっかりと映っている。どうやら吸血鬼というものは鏡には映らないが、カメラには映るということらしい。わたしはいわれたとおりに、シャッターを押さずカメラ・アプリを終了した。どうすれば、夜安に自分を吸血鬼だと認めさせることができるだろう。

スマートフォンがモバイルＷｉ－Ｆｉに接続されていることを確認してブラウザをひらく。コンピューターでメールが見たいと夜安にいわれたので、導入を手伝ったのだ。検索結果にならぶ吸血鬼の弱点に目新しいものはなかった。それとなく試してみたことがあるが、にんにくも十字架も効果はなし。太陽の光以外では、サンザシの杭を心臓に打つというものがあったが、これはさすがにむずかしい。

こちらの要求をのませるためには、もっと彼を揺さぶるようななにかが必要なのだ。たとえば、悲劇的なできごとのような。


屋根裏部屋のマットレスに横たわり、キャンバスにむかう未佳の横顔を見つめながら、夜安を脅迫するアイデアを考える。彼女の赤い渦まきのような絵は、完成に近づいているようだった。

不意に未佳がわたしのとなりに寝転んだ。絵の具の匂いにまじって、花の蜜《みつ》のようなトリートメントの香りがする。わたしは彼女に気づかれないように、深く息を吸う。

「サンドイッチもらえないからつまんない」未佳はいった。

「アルバイト先の休憩室で食べてきたから」

「アルバイトなんてよくするね。わたしは無理だな。接客とか絶対むいてないから」

それをいうなら、わたしだってむいてない。むしろ、わたしこそむいていないのだ。接客をしているのは、田舎の町で高校生ができるアルバイトの選択肢にかぎりがあるからだ。未佳には、わたしの気持ちなんて理解できないだろうけれど。

「いやなこともたくさんあるよ」わたしはいった。

「でも、つづけてるじゃん。それに、最近楽しそうだよ」

楽しそう？　そんなこといってほしくなかった。わたしが逃げだしたいのは、あなたを愛しているからなのに。わたしが耐えられないのは、思いが叶わないからなのに。でも、そんなこといえないから、話をそらす。

「絵のタイトル、決まったの？」

「血の奈落」

どきりとした。わたしが血を盗んだことがばれているのだろうか、と思った。しかし、そんなはずはない。彼女の性格なら、知っていてなにもいわないなんてありえないから。

それでもわたしは、そのタイトルがわたしを断罪しているように思えてならなかった。赤い渦の中心は、地獄につながっている。


アルバイトに行くと、ついに完成したサンクスツリーが事務所の壁に貼りだされていた。大判の画用紙に描かれた稚拙《ちせつ》な樹木の枝々には、葉っぱのかわりに同僚の従業員たちの感謝の言葉が書かれた黄緑色のサンクスカードが生い茂っている。

カードのなかにわたしの名前がないのは、最後まで提出しなかったからだ。店長からどんな嫌味や小言をいわれようと、どうしても書けなかった。事務所に呼ばれ、カードとペンをわたされて「いま、この場で書いて」といわれたときは気分が悪くなってトイレで吐いてしまったが、おかげであきらめてもらえた。

《生きててくれてありがとう》だったはずのすみれさんのカードには《みんなの明るい挨拶に感謝です！》と書かれていた。わたしの挨拶は明るくなんてないから、ほかのだれかに宛てたものだ。

「ああ、あれ。店長に書きなおせっていわれたのよ」そういって、すみれさんは襟足のあたりを掻いた。「だから、適当なこと書いちゃった」

「いつまで掲示するんだろう、あんなもの」

「さあ？　ひょっとしたら、ずっとかもね。店長はずいぶん気に入ってるみたいだし。あれで雰囲気がよくなった店舗もあるみたいだからね。まあ、うちとちがってやり方がうまかったんだろうけど」

「気持ち悪い。そういうの、わたしは押しつけられたくない」

「楓ちゃん、吐いたってきいたよ。大丈夫だったの？」

「最悪だった。胃のなかが空っぽになるまで吐いちゃった」

わたしの言葉にすみれさんは笑った。わたしも釣られて笑ってしまった。むこうがどう思っているかわからないけれど、わたしにとっては彼女だけが気を許せる友だちで、お姉さんだった。

「――さっきから呼んでるんだけど」

不意に投げかけられたのは、きき覚えのある嫌味な声だった。カウンターの斜め前に、優美――わたしを吸血鬼《ブラッドサッカー》と呼んだり、リュックサックを川に投げ捨てたりしたクラスメイト――が立っていた。

「申し訳ございません。お待たせしました」

とっさにすみれさんが頭を下げたけれど、優美は無視してわたしに話しかけた。

「こんなところでアルバイトしてたんだ。ろくな店じゃないと思ってたけれど、あんたには似合いね。ゲロの話題で盛りあがれる、底辺のお仲間ができてよかったじゃん」

すみれさんが小声で「友だち？」ときいたけれど、わたしは答えなかった。頭のなかを嫌悪の感情に塗りつぶされると、なにもいえなくなってしまう。口をひらいてしまったら、相手よりずっとひどい言葉をつかうことになる。

事情を察してくれたのか、すみれさんは優美の視線をさえぎるようにわたしの半歩前に出た。

「どういった御用でしょうか?」

「あんた、レズビアン?」

しばらくの沈黙ののち、すみれさんは穏やかな笑みを浮かべて「そういったことは、業務に関係ございませんので」と答えた。

「ふうん。ママが噂できいたっていってたけどね。店長呼んできてもらえる?」

「まずは御用をおうかがいできますか?」

「店長呼んでこいっていってんのよ、このあばずれが」

すみれさんは黙ってわたしの手を引いて事務所へ行き、コンピューターの前できょとんとしている店長にむかって、優美にもきこえるくらいの声量で「店長、クレーマーが呼んでます!」といった。

あわててわたしたちの横をすり抜けてカウンターにむかう店長を見送ってから、すみれさんはにっこり笑ってウィンクした。

「あとのことはまかせて、しばらく休憩してて」

「でも、あいつ――優美は、すみれさんにひどいことを」

わたしはやっとの思いで声を発した。口のなかがからからに乾いていた。

「わたしは大丈夫。ああいうの、慣れてるから」

そういって、すみれさんは事務所の扉を閉めて売り場へもどっていった。

わたしはなにもできなかった。空港の屋上で、ひらりひらりと舞い落ちる飛行機を見ていたときとおなじ。ただ見て、ただ怯えるだけ。自分が受けいれられていると感じるときにしか、わたしは踏みだすことができない。すみれさんにしても、夜安にしても、わたしがあれこれいえるのは、彼らが理不尽に他者を傷つけるような人間、あるいは吸血鬼ではないと知っているからだ。

この世界のあらゆる優しくないものにたいして、わたしは無力だった。

5 SIDE：A

すみれさんの運転する、〈MUST・GET〉のロゴ入りハッチバックの助手席で、わたしはネットワークカメラの箱を抱いていた。スマートフォンからリアルタイムで映像を確認したり、クラウドに動画を保存できたりする、低価格帯ではあるが性能のいい遠隔監視カメラだ。バッテリーは内蔵型だし、人感センサーだってついている。

「買い取ることなかったのに。しかも、もとの値段で」すみれさんはいった。

あのあと、優美は三〇分以上もお店のカウンターでクレームをつけつづけた。すみれさんにきいたところによると、彼女は母親に頼まれてうちの店で購入したネットワークカメラの返品に来ていたそうだ。箱から出してつかおうとしたが、うまく動かなかったということらしい。どうせ、設定がわからなかったのだろう。

優美がレシートをもっていないというので、店長も一度は返品を断った。しかし、彼女は「この店は不良品を売るのか」と騒ぎたて、さらにすみれさんとわたしにひどい対応を受けたといいだした。すみれさんは事実をいって反論したが、店長は自分の店の従業員があばずれといわれたことよりも、ゲロについての私語でほんの数秒だけ接客を遅らせたことを重要視した。

そうして返品されたネットワークカメラは、すみれさんによって正常に動作することが確認されたけれど、おそらく優美の母親が手荒に開封したせいだろう、箱の一部が盛大に破れていた。優美が帰ったあと、店長はネットワークカメラを汚損品としてワゴンセールに出すことに決め、「おまえたちのせいで店は大損害だ！　これからは私語禁止にするからな！」とわたしたちを叱責した。

すみれさんとわたしは、そんなにも悪いことをしたのだろうか？　店の損害は、本当にわたしたちのせいだろうか？　わたしは優美の母親が購入したのとおなじ額で、ネットワークカメラを買い取るといった。自分たちが悪いと思ったからではない。これ以上、店長に好きなようにいわせたくなかったからだ。

「ほしかったから買っただけ」わたしはいった。

「店長は非を認めたって受けとるよ」

「でも、貸しにされるのはいやだったから」

街灯が何秒かおきに車の横を通過する。そのたびに、すみれさんの横顔が照らされる。こんな日の帰り道でも、彼女は優しい表情をしている。

「すみれさんはいつから女の子が好きなの？」

「さあ？　気がついたら、かな」

「わたしもそう」

「ふうん」

「いまの、告白じゃないから」

「知ってるよ。好きな人がいるんでしょ?」

「でも、叶わないの」

「そういうものよ」

いつものあたりで停車し、わたしは車を降りてすみれさんに手を振った。すみれさんも笑って手を振りかえす。

「それじゃあ、また」

「ありがとう。また」

ハッチバックの明かりが見えなくなってから、わたしはふりかえって来た道をもどった。養蜂場へつながる間道にむかうためだ。歩きながら、ネットワークカメラの箱を握りしめる。

養蜂場についたところで、わたしはログハウスからいちばん遠い巣箱の上に荷物をおろし、スマートフォンの明かりで説明書にざっと目を通した。専用のアプリをダウンロードすれば、あとの設定は簡単にできそうだ。夜安のモバイルWi-Fiを設定してあげたのはわたしだし、勝手に接続してもおそらく彼は気づかないだろう。意固地《いこじ》になったせいでほとんど定価で買うはめになったのは痛いけれど、買ったからには最大限活用する。

いいのがれのできない瞬間を動画におさめることができたら、いよいよ夜安を脅そうと思う。

そんなことができるのかどうかわからないが、蝙蝠に変身するところが撮れたら最高だ。血液パック泥棒を通報されるのと、吸血鬼である証拠をインターネットに広められるのとでは、影響力がまるでちがう。町を出てしまえばいい、というわけにはいかなくなるだろうから、効果はあるはずだ。

問題は設置する場所とタイミングだ。ログハウスのなかに、マグカップくらいの大きさがあるカメラを隠す場所なんてあっただろうか。いつもすわっている木箱はどうだろう。木箱に仕込めるとしても、夜安は異様に勘が働くから決定的なチャンスが訪れるのを待たなくてはならない。少なくとも、机にいるときは無理だろう。そういえば、彼がトイレに行くところを見たことがない。たとえば、こちらから「トイレがこわれているみたいだから見てほしい」などといって、自然に誘導するのがいいかもしれない。

わたしは設定をすませたネットワークカメラをリュックサックに入れて、ログハウスの扉を叩いた。計画どおりにいくかどうかなどわからないが、それはあきらめる理由にならない。まずはなかにはいる。細かいことは、それから考えればいい。

しかし、計画は早くも暗礁に乗りあげた。

「今日は体調が悪いんだ。申し訳ないが帰ってくれないか」

ドアをあけるなり、夜安はいった。

「病気なの?」

「そうかもしれない」

「看病する」

「いや、けっこう。ゆっくり休みたいんだよ。武士に二言はない」

そういいはなつと、足をはさむまもなくドアが閉められた。武士に二言はない、をつかうシチュエーションとしては違和感があると思ったが、いくらドアを叩いても夜安が出てこないので指摘できなかった。

悔しかった。お店でひどい目にあい、予想外に出費し、夜道で必死に準備したのに、これではとりもどせない。ただで帰るなんていやだった。

わたしはログハウスに近すぎもせず、遠すぎもしない巣箱をひとつ選んで、ネットワークカメラを設置した。取付《とりつけ》用の金具を木枠の隙間にはめこむと、ちょうど道側から本体が見えづらい位置に固定できた。野外では吸血鬼の証拠となるような映像は撮れないかもしれないが、行動パターンを観察するだけでもなにかわかるかもしれない。

アプリで映像を確認してみると、ログハウスのドアから巣箱の群れに面した道の途中まで映っているのが見える。高感度カメラとはいえ、ここでは星明かりを拾うしかないので画面はかなり暗い。照明をつけるわけにもいかないから、しかたのないことだ。

離れる前にログハウスを見たが、あいかわらず窓には分厚いカーテンがかかっていた。わたしには、夜安がカーテンの隙間からこちらの行動をのぞき見るようなことはしていないという確信があった。視線を感じなかったし、彼ならカメラの設置に気づいた時点でドアをひらいて出てくるだろうから。

帰りの坂道をくだりきったあたりで、いままでにないことが起きた。ひとりの背の高い男性とすれちがったのだ。男性は膝下まである焦《こ》げ茶色のトレンチコートを着て、おなじ色のポークパイハットをかぶり、未佳が絵画教室にたまにもっていくような筒型の図面ケースを背中にななめにかけていた。

この先には、夜安のいる養蜂場しかない。

わたしが男性を見ると、男性もわたしを見た。夜安ほどではないけれど、わたしとおなじくらい青白い肌をしていた。男性はなにもいわずわたしの横を通りすぎて、真夜中の坂道を登っていった。

いったい彼はなにもので、どんな用事で養蜂場へむかうのだろうか。胸騒ぎがしたが、ポークパイハットの下に見えた瞳の有無をいわせない雰囲気に、わたしは声をかけたり、あとを追ったりすることができなかった。けれど、カメラの映像ならば――。

5　SIDE：B

目を覚まして最初に見るのは、からみあうどろどろの渦のような木目だ。ひと粒の光すらはいらない暗闇のなかでも、わたしの目はその禍々《まがまが》しい模様をとらえることができる。寒いのは寝起きだからでもなければ、一一月だからでもない。魂の底から湧きあがる冷気が、わたしの心を凍《い》てつかせるからだ。どれだけ衣類を重ねようと、部屋を暖めようと、意味はない。血の呪いから逃れることはできない。

わたしは目の前の木目に指を当てて、床板を内側からそっと押しひらいた。これがこのログハウスにベッドがない理由——床下がわたしの寝室なのだ。数枚の床板をはがして上にあがり、コートの内ポケットから懐中時計を出して時間をたしかめる。午後五時三〇分ちょうど。日没から約一時間が経過している。

床板をはめこみなおすときは、床下に支えとなる木材を等間隔にならべなくてはならない。少しでも位置に偏りがあると、あの楓とかいう少女が床板を踏んだときにきしきしと音が鳴ってしまう可能性がある。

彼女は、ほとんど毎日このログハウスに来ている。よくないことだと思いつつ、はっきりと拒絶できずにいる。吸血鬼と普通の人間との交流は、不幸な結末しか生まないとわかっているのに。それはこの場所、星が綺麗に見える山中の廃墟が気に入っているからでもある。こういう立地は、あるようでなかなか見つからない。しかし、それだけではない。彼女——楓と話すのが面白いからだ。

楓はわたしが吸血鬼だということをほとんど確信していながら、わたしの愚《ぐ》にもつかない言い訳を「筋が通っている」などといって納得する。つまるところずれているのだが、そこが面白い。だから、なにごとか起きないかぎりは、もう少しだけここにいてもいいのかもしれないと、つい思ってしまう。

しかし、コンピューターのスイッチを入れてみると、そのなにごとかは一通のメールという形をとって、早速わたしのもとに届けられた。どうやら〈杭打ち〉がこのログハウスを突き止めたらしい。わたしはため息をつきつつ、安心もしていた。これでこの町から去る理由ができた。

文書作成ソフトをひらいて、もう一度ため息をつく。結局、ここにいるあいだに原稿用紙一〇枚分も書けなかった。きっと楓は、わたしがもう少しくらいは書いていると思っているのではないか。わたしはキーボードの文字キーを叩いて、そしてそれとおなじくらい削除のキーを押していただけだ。自分の過去とむきあい、それを形にすることはむずかしい。かといって、まったくの虚構をつくりだすことも無理だ。そんなことを気が遠くなるほどの年月くりかえして、ようやく少しばかりの枚数を積み重ねることに、どれほどの意味があるのだろう……やはり、わたしに小説の執筆はむいていないようだ。継続は無力なり。

二一時三〇分ごろ、ドアを叩く音がきこえた。一瞬、〈杭打ち〉かと思ったが、リズムにきき覚えがある。ガーリックトーストを片手にはじめてうちにあらわれたときとおなじ、楓の叩き方だ。

鍵をあけようとして、少し躊躇《ちゅうちょ》する。町を出ることを告げたほうがいいだろうか。いや、彼女のことだから、わたしがいなくなることを知れば吸血鬼にするまで帰らない、などといいだすかもしれない。ここは適当にいって追いかえすのが得策だろう。

「今日は体調が悪いんだ。申し訳ないが帰ってくれないか」

ドアをひらいて、わたしはいった。彼女はいぶかしむように眉を吊りあげる。

「病気なの？」

「そうかもしれない」

「看病する」

看病？　呪いにつける薬は、完全なる滅びしかないというのに。

「いや、けっこう。ゆっくり休みたいんだよ。武士に二言はない」

わたしは楓の返答を待たずにドアを閉めた。これ以上、看病という言葉をききたくなかったからだ。そういわれて悪い気がしないなんて、まちがっている。ドアを叩く音がつづいたが、やがて静かになった。あきらめきれないのか、まわりをうろうろしている気配があったが、しばらくするとそれも消えた。

それから少したって、新しい気配がログハウスに近づくのを感じた。楓とはまるで異なる殺気をはらんだ鋭い気配は〈杭打ち〉のそれだ。

わたしはドアをひらき、道のむこうに立つ長身の男性を見つめた。膝下まである焦げ茶色のトレンチコート、おなじ色のポークパイハット、筒型の図面ケース——おなじみのスタイルだ。

〈杭打ち〉は無言で図面ケースの蓋《ふた》をあけて、なかから二本の棒をとりだした。ひとつは先端の尖《とが》ったサンザシの杭。ひとつは滑り止めの加工が施《ほどこ》された黒い金属の柄。ふたつを組みあわせて一本の槍をつくり、バトントワリングのように両手でくるくるまわすと、風を切る音が真夜中の養蜂場に響いた。

たいするわたしの武器は素手だ。右の手のひらを正面にかざして思いきり地面を蹴り、一気に距離を詰める。喉骨をえぐりとる寸前、サンザシの杭槍がわたしの指を弾きかえす。そうして丸見えになった脇腹に〈杭打ち〉が間をおかず中段蹴りを入れようとするが、これはわたしの思惑どおりの展開だ。ブリッジするくらいうしろにのけぞって蹴りをかわし、片足立ちになっているところを下段まわし蹴りで転ばせる。

横倒しになった〈杭打ち〉のこめかみにむけて突きおろした貫手《ぬきて》は、しかし虚《むな》しく空を切った。倒れたまま回転して攻撃を回避した彼は反動をつけて立ちあがるが早いか、わたしにむけて杭槍を連続で突きだした。ひと突き目をかわし、ふた突き目をかわすも、ぎりぎりのところで三突き目をかわしそこねてしまい、右耳が裂けて血しぶきが飛ぶ。しかし、わたしはひるむことなく杭槍の切っ先をつかんで押しかえす。〈杭打ち〉も負けじと杭槍に力をこめ、押しあいになる。

しばらく膠着《こうちゃく》状態がつづいたのち、おたがいの目を見て——わたしたちは笑った。

「腕がなまってるんじゃないか、ファーザー・イーゴリ?」

「おれはもう七〇過ぎてるんだ、ヨアン・ドゥミトレスク。いたわってくれないと、泣いてしまう」

〈杭打ち〉——イーゴリの顔は、たしかに以前とくらべていくぶん肌のつやがなくなっているように見えた。それでも、普通の人間なら三〇代半ばといったところだ。半吸血鬼《ダンピール》はわれわれ吸血鬼のように不死ではないが、それでも一五〇年から二〇〇年ほどの寿命をもつといわれている。どうしていいわれていいるなのかというと、半吸血鬼が非常に希少であるうえに、そのほとんどが吸血鬼を狩るもの——いわゆる〈杭打ち〉を生業とするため、長生きできないからだ。

「いうほど年じゃないだろう」

「おまえさんは二〇〇歳だからそう思うんだ」

「それにしたって、最後の突きはぬるかったんじゃないかな」

「あれが半吸血鬼の限界だよ。純粋な吸血鬼とは力もすばやさもちがう。おまえさんの方が合わせてくれないと」

「わたしは耳を犠牲にして、おまえの見せ場までつくってやったが」

「ありゃわざとらしかったと思うね。まずはこいつで耳を治しな。動画を確認してみよう」

　そういって、イーゴリはトレンチコートの内ポケットから血液パックをとりだし、こちらにほうり投げた。わたしはキャッチして、パック上部のチューブから血液を吸う。甘美な味が口中に広がるのと同時に、裂けた耳がもとどおりになっていくのを感じる。

　イーゴリは道沿いの草むらにあぐらをかいてすわり、雑草に無造作に立てかけられたスマートフォンを拾って手招きした。

「おおっ、ちゃんと撮れてるぞ。おまえさんも見てみろよ」

　わたしはイーゴリのとなりにすわり、スマートフォンに目をやった。映像のなかの彼が「まあ、このへんでいいか」などとぶつぶつひとりごとをつぶやきながら、しゃがみこんでいる。どうやらスマートフォンを設置しているところらしい。

「このくだりから見ないといけないのか？」

「まあ、ほら。すぐはじまるから」

　いうとおり、イーゴリが道の中央に立ってコートについた葉っぱを払うと、数秒後に画面左でログハウスの扉がひらいた。わたしは右手を正面にかざしてイーゴリに接近し、戦いがはじまる。

　わたしたちは目を合わせて、もう一度笑った。まるで、ふたりでダンスでもしているみたいだったからだ。

「これはやばいな」笑いすぎて出た涙を拭《ふ》きながら、イーゴリはいった。

「〈杭打ち〉の本部に送らないといけないんだろう？」

「〈司祭〉と呼んでくれよ。杭を打ってばかりいるわけじゃない」

「じゃあ〈聖水かけ〉」

「そりゃもう妖怪だな」

「じっさい妖怪だろう?」

「半分だけな。とにかく、これじゃあ茶番《ちゃばん》だってばれちまう。追い詰めたが、あと一歩のところで逃げられた——って感じにしないと、〈教会〉も納得しないだろうからな。はあ、どうしておれだけ動画の提出なんて求められるんだ。ほかの〈司祭〉にゃ、そんな義務ないぜ」

「そうやって、吸血鬼をかばうからだろう」

「まあな。だが、おまえさんは人を襲わない。知ってのとおり、おれは吸血鬼ならなんでもかんでも狩ろうっていう〈教会〉の考えには反対なんだ。だから、おれが善い吸血鬼だと思ったやつは逃がす」

「しかし、すでにおまえは疑われている。いつまでも〈教会〉を騙《だま》しつづけることはできないだろう。吸血鬼を助けることは〈杭打ち〉にとってもっとも重大な背信行為のはずだ。ばれたら即、処分されるにちがいない。それに、わかっていると思うが……どちらかというと逃がしてやっているのはわたしの方だ」

「おまえさんくらい強いとそうなっちまうな。でもな、そこもおれにとっちゃ問題なんだよ。おれ以外の〈司祭〉がおまえさんを狩りにきたとして、そいつを殺すしかない状況になったらどうする?」

「わたしなら軽くあしらえるさ」

「なにごともなければな。だが、場合によっちゃ殺さないとおわらないってこともあり得るだろう? たとえば〈教会〉が総力をあげて滅ぼしにきたらどうする? おれはおまえさんに人殺しをしてほしくないんだよ」

　わたしはため息をついて、血液パックをイーゴリにわたした。なかにはまだ七割くらい血液が残っている。彼がチューブから何口か吸うと、少しだけ肌に色艶がもどった。吸血鬼ほど劇的な効果が得られるわけではないが、半吸血鬼も血を飲めば怪我が治り、体力が回復するようにできている。

「――だから、動画にはそれなりの出来が求められるんだ。おれが裏切り者じゃないということ、本気で戦ったがぎりぎりのところで逃げられてしまったということ、おれならおまえさんをあと一歩で滅ぼせるからほかの〈司祭〉を派遣する必要はないということ――この三つを〈教会〉に信じさせるためにな。でもなあ、これじゃあなあ」イーゴリはそういって草の上に寝転んだ。「ふたりで練習してから撮りなおすか。〈教会〉もあと何日かは報告を待ってくれる」

　わたしもおなじように寝転んだ。正面に満天の星が輝いている。寿命にかぎりがないのなら、いつか星々の世界に行けるのだろうか。宇宙空間に夜の概念はあるのだろうか。しかし幾世紀《いましばらく》は地を這うしかないのだろう。イーゴリが消えてしまったそのあとも、ずっと。

「すまない」

「いいってことよ。それより、ひとつきいていいか？」

「なんだい？」

「鎌倉《かまくら》のお屋敷に引っこんでりゃ〈教会〉も手出しできないのに、どうしてわざわざこんな田舎町に出てきたんだ？　そのせいで末端の信徒に通報されたんだぜ？　近ごろは病院から血液パックがひとつなくなっただけで、徹底的に調べられることになるからな」

「ひとりになりたかったのさ。小説を書くためにね」

「小説？　鎌倉の主人に読ませるためか？」

「もういいさ。才能ないんだよ。おまえが満足のいく動画が撮れたら、帰ることにする」

「それがいいだろうな。そうだ、もうひとつきいていいか？」

「好きなだけどうぞ」

わたしは寝転がったまま肩をすくめた。

「ここに来る途中、ずいぶん若い女とすれちがったんだが、ありゃなんだ？」

「最近、勝手にうちにくるんだ。吸血鬼にしてほしいんだそうだよ」

「おいおい。わかってるだろうが――」

「わかってる」わたしはイーゴリの言葉をさえぎった。「わかってるよ」

そう、わかっている。吸血鬼と普通の人間との交流は、不幸な結末しか生まない。

6

わたしはマットレスに横たわり、毛布を頭からかぶって震えていた。スマートフォンの画面――ネットワークカメラのアプリに映る映像に、圧倒されたからだ。暗いうえに距離もあるので、はっきり見えない部分も多いが、それでも現実とは思えないような迫力があった。

夜安とポークパイハットの男性の動きは、倍速再生でもしているかのようにすばやい。まるで舞踏のように華麗でありながら、苛烈《かれつ》きわまる鋭さもある。男性の武器が夜安の耳を傷つけたときには、小さく悲鳴を漏らしてしまった。

しぶきをあげた血は、あまりに美しかった。鮮やかに宙を舞う赤い液体の艶やかさに、わたしは脳を焼かれるような興奮を覚えた。未佳の血のときとおなじ恍惚《こうこつ》とした感覚がもどってくる。わたしは夢中になって映像を巻きもどし、夜安の血しぶきをくりかえし目に焼きつけた。

驚いたのは、そのすぐあとに夜安とポークパイハットの男性が、古くからの親友のように笑いあったことだ。男性は吸血鬼狩り《ヴァンパイア・ハンター》ではないのだろうか？　それとも、彼も吸血鬼なのだろうか？　距離のせいで会話がほとんどききとれないから、事情がわからない。

そのあとには、決定的といえる瞬間も映っていた。夜安が男性からわたされた血液パックに口をつけると、傷ついた耳がたちまち再生したのだ。傷口から流れていたはずの血さえも蒸発するように消えて、なにごともなかったかのようにもとどおりになっている——これは完璧な証拠映像だ。

ポークパイハットの男性が近づいてきたときは、ネットワークカメラの存在がばれたのだと思ったが、しかし、彼が手を伸ばしたのは草の根元に立てかけられていたスマートフォンだった。どうやら、彼らは自分たちの戦いを撮影しているらしい。わたしが見ている映像は、彼らが撮影しているようすを、さらにそのうしろから撮影したものというわけだ。

彼らはまた笑いあった。わたしは夜安があんな風に笑うなんて知らなかった。

それよりも、この映像をどう利用するかが重要だ。脅しにつかうのなら、ほかに選択肢がないと夜安にわからせなければならない。

「なに見てるの?」

不意に未佳が毛布をめくったので、わたしはまた小さな悲鳴をあげた。

「……動画」

答えて、アプリを閉じた。早鐘のように心臓が鳴るのは、映像の内容のせいでもあり、突然毛布をめくられたせいでもあり、未佳の唇が触れてしまいそうなほど近いせいでもあった。

「ふうん」

なんの動画かきいてこないのは気をつかっているからではなく、興味がないからだ。

「──かまってくれないから、つまんないなあ」

未佳はずるい。わたしがかまってほしいときには、かまってくれないくせに。

「なにかあったの?」それでも、わたしはきいてあげた。

「別に。ちょっといらいらするだけ。二日目だから」

錯覚だとわかっているが、そういわれると血のにおいがするような気がしてしまう。頬を膨らませてみせる未佳が愛らしくて、抱きしめてしまいたいという衝動がわたしの奥底から溶岩のように溢《あふ》れでようとする。噴出を必死で押しとどめながら、もう限界だと思う。

「ねえ、知ってる? わたしの血、普通より色が明るいみたい」

……またしても、どきり。頭が真っ白になる。やはり、未佳はわたしが血を盗んだことを知っているのではないか。

「どうして?」

わたしの声はかすれていた。

「わたし貧血ぎみだから。ヘモグロビン？　が不足してると、血がピンクっぽくなるんだって。いわれてみると、たしかにわたしの血の色ってそんな感じかも」

わたしがなにか答えるより早く、未佳はキャンバスにもどっていった。わたしはふたたび毛布を頭からかぶった。わたしが魅せられた未佳の血――その鮮やかな幻想の種明かしをされてしまった気分だった。そんなこと知りたくなかった。わたしがどんなに未佳を愛していても、わたしと彼女のあいだに特別なつながりなどないのだ。

早くこの屋根裏から出ていかなくてはならない。そうしなければ、もちそうにない。

翌日。アルバイトをおえたわたしは、心を決めて養蜂場へむかった。

映像で見たことを夜安にどう伝えたらいいか、考えはまとまらないままだった。すみれさんと話せたら――なにがあったかはいえないにしても――少しは気持ちが落ち着いたかもしれない。しかし、彼女はお店に来なかった。電話しても通じないと、店長が苛立ちを隠さずにいった。昨日の優美とのことが原因だろうか。慣れているから大丈夫といっていたけれど、だからといって傷つかないということにはならない。もし、そうなら店長にも責任があるのに。苛立たしいのはこちらのほうだ。

帰り道をそれて暗闇の勾配を登り、養蜂場のある中腹の草原にたどりつく。歩きながら巣箱に設置したネットワークカメラのほうに目をむけるが、やはり道側からほとんどその姿は見えない。われながら、うまく隠せている。

わたしはカメラを回収せず、ログハウスへ行ってドアを叩いた。

「悪いが帰ってくれ。きみとはもう会わない」夜安はすぐに出ていった。「したいのなら通報してもかまわない。というか、すでにだれかが通報していたらしい。わたしがここに住んでいることもばれている。だから、もうすぐこの町を出ていくよ。きみは吸血鬼のことなんて忘れて、普通に生きていくんだ」

「吸血鬼だって認めるのね?」

「そうはいってない」

「わたし、あなたが人間には到底不可能な動きで戦うのを見た。血を飲んで怪我が治るのも見た。証拠の動画だって保存してある」

わたしは計画もなく、ただ思うままにいいはなった。夜安にいわれて、頭にきてしまったからだ。普通に生きる? 普通に生きるってなに? わたしにはそんなこと無理なのに。

「そのへんの茂みにでも隠れていたのか? 驚いたな、気づかなかったなんて」

夜安は遠隔で動画が撮れるなんて思ってもみないようだった。わたしはネットワークカメラのことを黙っておくことにした。

「そうなの。わたし、じつはすごいの」

「それで、動画をどうするつもりだい? 公開したところで、みんな特撮やCGだって思うんじゃないかな? 信じる人なんていないさ。そんなことでわたしを脅そうとしても無駄だよ」

「信じる人がいないとは思わない。だって、わたしは信じるから。でも、動画を公開したいわけじゃない。ただ、わたしは――」心からわたしのことを救ってほしいだけなのだ。だから「わたしを吸血鬼にして」

養蜂場に沈黙が降りた。いや、沈黙がもどったというべきか。あまりにも静かで、夜空の星がまわる音まできこえてきそうだった。

「つぎにきみが来たときに、わたしがまだここにいるかどうかわからないけれど、もしいたとしても、もうきみに扉をひらくことはない」夜安は悲しい目をした、ような気がした。「さよならだけが人生だ」

「待ってよ。小説はどうするのよ?」

回答のないままログハウスのドアは閉じた。それからどれだけノックしようと、夜安が出てくることはなかった。

さらに翌日。授業中、わたしはずっと頬杖をついて考えていた。

舞い落ちる飛行機のこと、青い空のこと、砕けて燃えたお父さんとお母さんのこと、伯父と伯母のこと、お金のこと、未佳のこと、未佳の血のこと、すみれさんのこと、優美のこと、病院のこと、血液パックのこと、夜安のこと、夜安の小説のこと、ポークパイハットの男性のこと、ネットワークカメラのこと、動画のこと、そして、夜安が町を出ていくということ。

昨晩、屋根裏部屋に帰ってからネットワークカメラの映像をチェックしたところ、またもポークパイハットの男性がログハウスを訪れていた。夜安が出迎えると、ふたりはふたたび道のまんなかで戦いはじめたが、前回とちがっておたがいの手順を確認しあうようにゆっくり動き、寸止めをくりかえしては中断してなにごとかを話しあっていた。そして、ある程度戦うと草むらのスマートフォンを拾って、ふたりで確かめる。

彼らの目的は演武の撮影なのだ。それは少しずつ改善され、完成に近づいているように思えた。最後まで中断を挟みつつ撮影していたから、まだ練習の段階と見ていいだろう。おそらく本番は今夜以降におこなわれる。演武の完成したときが、夜安が町を去るときなのかもしれない。きっとそうにちがいない。わたしに残された時間は、あとわずかしかない。

この二日間、ほとんど眠れていない。寝不足の脳に考えをまとめることはできず、かといって神経が高ぶっているから居眠りもできなかった。ぐちゃぐちゃとした思考の渦の底で、きらめきを失い濁りゆく血のイメージと、この世界から逃げたいという思いが混ざりあっていく。どうしても、吸血鬼になりたい。ならなければならない。

先生のいうことなんてまったく耳にはいらなかったから、午後の授業で指《さ》されてもしばらく気づかなかった。優美や、ほかのクラスメイトたちがくすくす笑っていた。先生が心配して保健室に行くようにすすめてくれたので、わたしはそうすることにした。

保健室のベッドで横になると、窓のむこうに中等部の校舎が見えた。わたしが三年生だったときに、当時一年生だった未佳の血を盗んだ校舎だ。

二年前、なにもかも失ったわたしにとって未佳だけが救いだった。はじめて伯父と伯母の家を訪れた日から、ずっと好きだった。未佳は美しく繊細な洋菓子のようだった。だから、未佳の血も宝石のように綺麗なのだと思っていた。でも、それはちがっていた。ヘモグロビンの不足？わたしはそんなものにすがって生きていたのだ。

映像で見た夜安の血が美しかったのも、わたしの幻想なのかもしれない。吸血鬼にたいする憧れが、わたしにそう見せたというだけのことなのかもしれない。だけど、吸血鬼はその存在そのものが幻想に属しているはずだ。幻想が幻想として幻想のまま存在できるのなら、わたしの救いはそこにあるはずだ。わたしは幻想の世界に行きたい。現実なんて嫌いだから、すべてを捨ててもそこへ行きたい。

立ちあがって窓から中等部の校舎を見た。でも、だったらどうしてあのとき未佳の検体を盗むことができたのだろう。あれほど偶然が重ならなければ、そんなことできなかったはずだ。もしかしたら、ほんの短い時間だけ現実に幻想の世界がつながったのかもしれない。だとすれば未佳の血が美しかったことにも、やっぱりなにか意味があるのかも――。

そのとき、わたしは信じられないものを見た。いや、信じたくないもの、といったほうが正確だろう。中等部の体育館横の木陰で、男子生徒と女子生徒が抱擁《ほうよう》していた。どんなに距離が離れていても、わたしにはわかる。女子生徒は未佳だった。

学帽をかぶった男子が乱暴に未佳の頭を引き寄せ、ふたりの顔が重なった。未佳は口づけをいやがっているようには見えなかった。それは五秒、一〇秒とつづいた。空はお父さんとお母さんの飛行機が墜落したときとおなじくらい青かった。飛行機がわたしの脳天に落ちてきて、頭蓋骨《ずがいこつ》が粉々に砕けちるような感じがした。現実は青空から落ちてくる。

保健の先生が声をかけてきたけれど、わたしは無視して逃げるように保健室を出た。目の奥からなにかがこみあげてきた。わたしと未佳が結ばれないことなんて、わかっていたことだ。ずっと、ずっとわかっていた。それでも、わかりたくなかった。

どうしてみんな普通に生きられる？　わたしには、そんなことほんの少しもできないのに。お父さんもお母さんもいない。恋だってみんなみたいにいかない。わたしが現実を嫌っているように、現実だってわたしを嫌っているじゃないか。

早歩きで高等部の門をくぐり、道を外れて森のなかへはいる。保健室から逃げてしまったし、泣いてしまっていたから、今日はアルバイトまでの時間を図書館でつぶすことはできない。しばらく、森で頭を冷やそうと思った。

森の奥へはいるほどに、立ちならぶ木々が青空を隠してくれた。世界に見つかってしまわないように、夜までここに身を潜《ひそ》めるのだ。わたしは冷たい岩の上にすわって、目を閉じる。もう疲れた。眠りたい。目が覚めたときに、なにもかも夢だったらいい。


お父さんとお母さんに起こされたわたしは、いっしょに空港のレストランで食事をする。ふたりが乗った飛行機は安定したコースを飛び去る。わたしは伯父と伯母の家にも行かないし、未佳といっしょに暮らすこともない。いじめられることもなければ、血を盗むこともない。夜安に出会うこともない。


だれかの手が、わたしの肩を揺り動かした。長い夢を見ていたような気がする。目をあけるのが怖い。しかし、だれかの手はさらに強くわたしの肩を揺らした。

「おい、起きろよ」

優美だった。彼女のうしろには、とりまきの女子ふたりが控えている。立ちあがってその場を離れようとすると、とりまきたちに腕をつかまれた。

「具合が悪いって保健室行ったくせに、どうしてこんなところで油売ってんの?」

「関係ないでしょ」わたしはいった。

とりまきをふりはらおうとしたけれど、彼女たちはわたしの腕を一本ずつ抱きかかえるようにして、左右に思いきり引っぱった。ふたりがかりの拘束に、わたしは身動きがとれなくなった。

「本当はどこも悪くないんでしょ？　同情でも引こうとしてんの？　親が死んだとかなんだとかさ、そういうのうざいんだけど」

「同情なんて引こうと思ったことない」わたしは怒りをこめていった。

「じゃあ、普通にサボりってことね。あんた、すぐサボろうとするもんね。こないだも、あのしみったれた電器屋で淫乱女のお友達と夢中でしゃべっちゃってさ、ぜんぜん仕事してなかったもんね」

そういうと、優美は鼻と鼻が触れあうくらい顔を近づけた。

「あんたさあ、あのレズビアンといつもいちゃついてんでしょ？　隠してたってあたしにはわかるのよ。ふたりでどういうことしてんのか、いってみなよ」

わたしは黙っていた。優美の顔はあきらかに興奮していた。とりまきのふたりもおなじだった。

「ほら、いえないなら実演してみなさいよ。やってるんでしょう、こんな風にさあ？」

優美はわたしの頭を両手で押さえつけて固定し、唇を重ねた。歯を閉じる間もなく、口中に彼女の生ぬるい舌が強引にはいりこみ、わたしの舌にからみついた。

ふりほどこうとするほど、とりまきは腕に力をこめた。わたしが顔をそむけると、優美の顔が追いかけてきた。ここは森の奥のほうだから、叫んでも助けは来ない。

どうしてだろう？　どうして世界は、こんな悪意をむける？

どうして悪がはびこる？　わたしがいったいなにをしたというんだ？

優美が「ぎゃっ」と悲鳴をあげて、口を押さえてわたしから離れた。その手のあいだから彼女の血がしたたる。ドブみたいなにおいのする濁った血だ。吐き気がする。だから、わたしは口のなかのものを右側のとりまきの顔に吐き捨ててやった。

とりまきの眉間に、わたしが嚙みちぎった優美の舌先の肉が貼りついた。そいつが悲鳴をあげて腕を離したので、わたしは自由になった右の拳《こぶし》で左側のとりまきの鼻を殴った。その瞬間に左腕も解放される。なんだ、戦えば自由になれるんだ。もっと早くそうすればよかった。

戦意を失ってどこかへ走り去るとりまきたちに置いていかれて、優美は両膝をついて涙を流していた。両手は口を押さえたままだ。汚らしい血がどくどくと流れつづけている。

「こんなことして、どうなるかわかってるの？」

優美はおそらくそういったと思う。口のなかを血でいっぱいにしていたから、じっさいにはがぼがぼとしかきこえなかったけれど、たぶんそうだ。どっちでもいい。

「どうなるかなんて関係ない」わたしは優美の髪の毛をつかんで、わたしの口元に片耳をむけさせた。「わたしは人間をやめるんだからな」

7　SIDE：A

わたしは口のまわりや手に血をつけたまま、麓の駅前へむけて山道をくだった。

優美には、わたしのしたことを警察にいってもいいが、明日の朝まで待つように、といってある。もちろん、そうしなければもっとひどい目にあわせると釘《くぎ》も刺しておいた。わたしは今夜、かならず吸血鬼になるのだから、その先のことはどうでもいい。

わたしはもう、ぶちぎれてしまった。いまの生活、いまの現実、いまの世界――それらのすべてが心からどうでもよくなってしまった。あらゆるものが限界に達してしまった。吸血鬼になれないのなら、死んだってかまわない。

それでも律儀《りちぎ》にアルバイトに来たのは、ここに必要なものがあるからだ。〈MUST・GET〉の自動ドアをくぐると、同僚の従業員――たしか田中《たなか》とか山田《やまだ》とか、そういう名前だったと思うが忘れてしまった。どちらにしても印象の薄いやつ――が血まみれのわたしを見て啞然《あぜん》としていた。

わたしは田中、あるいは山田に「おはようございます」と挨拶して、すぐにトイレに行った。血を洗い流してロッカールームに行き、学校の制服からお店の制服に着替える。面倒なのでタイムカードは押さなかった。

売り場に出ていくと、田中、あるいは山田から今日もすみれさんがお休みだときかされた。さらに田中、あるいは山田もこのあとすぐに帰るらしい。かわりにもともとお休みだった店長が来るので、それまでひとりで頑張ってくださいといわれた。やれやれだ。わたしは文句のひとつもいわず、拳をカウンターに叩きつけた。田中、あるいは山田は、かわいそうに、小刻みに震えていた。

ひとりになって、わたしはたまに来る客に充電ケーブルやワイヤレスマウスを売った。立っていると疲れるので、ホームベーカリーの箱を重ねてつくった椅子にすわって接客した。三〇分たっても、一時間たっても店長は来なかったけれど、とくに問題はなかった。むしろ、ひとりのほうが気分がよかった。

閉店の一〇分前になって、ようやく店長から電話がかかってきた。

「これからそっちに締めの作業に行くんだが、少し遅れそうだ。時間になったらシャッターを半分閉めて待っていてくれないか？　三〇分も遅れることはないだろうから、店内の清掃でもしていてくれ」

「少し遅れそう……？　田中だか、山田だかのかわりに、夕方から来るんじゃなかったんですか？」

「……橋本《はしもと》くんのことかな？　そうするつもりだったが、こちらにもいろいろあるんだよ。だいたい、坂井が連絡もせずに休むからこういうことになるんだ。わたしも被害者なんだよ」

「たしかに被害者かもな」わたしはいった。「これからわたしが店に損害を与えるんだからな。来るなら、早く来たほうがいい」

店長が電話のむこうでなにかいっていたけれど、かまわず受話器を置いた。ふりかえると、ビジネススーツに野球帽というちぐはぐな格好をした男性が、多機能プリンターの箱を抱いてこちらを見ていた。

「あの、これがほしいんですけど……」

「無料《タダ》です」わたしはいった。

「は？」

「いまから閉店まで、店内全商品一〇〇パーセント値引きセールなので」

わたしがそういうと男性は最初きょとんとしていたが、すぐにプリンターを床に置いて、まずカウンター横のメモリーカード類をポケットに詰めこめるだけ詰めこみ、つづいてルーターやノートパソコンの箱を漁りはじめた。わたしは、いいぞ、と思った。

ロッカールームでお店の制服から学校の制服に着替え、それから事務所に行った。そして目的のもの——壁にかかっているキーホルダーを手にとった。キーホルダーには小さなミント色の猫のフィギュアと社用車のキーがついている。

指先でキーホルダーをまわしながら事務所を出ようとしたときに、空虚な言の葉を茂らせた、おなじみのサンクスツリーが目にはいった。おっと、忘れるところだった。わたしはサンクスツリーの端をつかんで、思いきり引っぱった。サンクスツリーはびりびりと音をたてて破れ、画鋲《がびょう》が床に転がった。壁に残ったいくつかの枝や、幹の部分もはがしとり、ちぎって捨てて、スニーカーで踏みつけた。

ついでに文房具やらなんやらが無造作につっこまれているダンボールから、深紅のスプレー塗料の缶——おそらく、サンクスツリーに類似した過去の企画のために購入されたものだろう——をもって売り場にもどると、先ほどのビジネススーツに野球帽の男性が、店の台車をつかってプリンター、ルーター、ノートパソコンといっしょに、五〇インチのテレビを運びだそうとしているところだった。

わたしはなにもいわずに男性を見送り、店の外に出た。そして、ガラスの壁に描かれた〈MUST・GET〉の致命的にださいロゴマークに、深紅のスプレーで〈OUT〉の三文字を書き足した。〈MUST・GET・OUT《こんな世界、絶対に出ていってやる》〉！。

スプレー缶を投げ捨てて、ワインレッドのハッチバックに乗りこみ、プッシュスタートのボタンを押しながらすみれさんの言葉を思い出す——《ドライブに入れてアクセルを踏むだけ》。彼女のいっていたとおり、われらが社用車はゆっくりと動き出し、それから少しずつ速度を増していった。

なるほど。たしかに簡単だ。目抜き通りを抜けるころには、わたしはなんとなくこつをつかんでいた。

人気《ひとけ》のない山道を進んで、適当な茂みを見つけて車をとめた。ライトを消し、エンジンを切り、息を殺して養蜂場につながる間道の入口をにらみつける。ずっと頭のなかがごちゃごちゃしている感覚があったが、いまは冷静だ。遂行《すいこう》するべき計画が決まったのだから。進むべき方向はひとつしかない。

7　SIDE：B

わたしは荷づくりをして、ログハウスを掃除しながらイーゴリが来るのを待った。

荷物はノートパソコンと、付随するマウスやらモバイルWi－Fiくらいのものだ。それらをパソコン用のバッグに詰めれば荷づくりは完了。床板を釘でとめなおして、床下の寝床をなかったことにしたら、あとは指紋などの痕跡が残らないようにすべての部屋を拭いてまわる。廃墟にしては綺麗な状態になってしまうがしかたない。いずれまた埃がつもり、蜘蛛《くも》の巣が張られることだろう。

　気配を感じてログハウスの外に出ると、イーゴリが草むらにしゃがみこんでスマートフォンを設置しているところだった。すぐ横に戦闘後に飲む予定の血液パック――先日の残りもので、あと半分くらい中身がはいっている――が無造作に置かれている。

「よう。片づけはすんだのか？」

「ああ。あとは撮影を残すのみだ。それがおわったら、すぐにこの町を出ていく」

「そうか。じゃあ、本番前に動きの最終確認をしておこう」

「そのことなんだが、本当に腕と脚、両方の骨を折らないとだめか？」

　わたしがいうと、イーゴリはむずかしそうな顔をして立ちあがった。スマートフォンの位置が決まったらしい。トレンチコートについた草を払ったのち、おなじ手で顎をさすった。

「まあ、おれも本当のところはいやなんだが、そうでもしないと〈教会〉が信じてくれなさそうなんでね。おまえさんみたいに即治癒ってわけにはいかないが、おれも血を飲めばある程度回復する。しばらく休養すれば綺麗にくっつくさ。せっかくだから、南の島でヴァカンスと洒落《しゃれ》こむよ」

「太陽は苦手だろう？」

「それもおまえさんほどじゃない。サングラスをかけておけば、わりと平気なんだ。浴びた瞬間に灰になったりはしないのさ」

　イーゴリは上にむけた手のひらに、ふーっと息を吹きかけてみせた。太陽を浴びた吸血鬼《わたし》が灰になって風に散るようすを表現したジェスチャーだろう。わたしは深いため息をつく。古い友人の骨を折るのは、あまりいい気持ちのすることではない。

「わかったよ。そうするほうが安心だっていうならね」

「骨折り損にはならないさ」

「せめて、利き腕じゃないほうにしてやろう」

「そりゃ嬉しいね。ついでにいうならすばやく折ってもらえると助かるな。じわじわ折られたら、泣いてしまう」

「ハンカチは忘れずにもってきたんだろうな?」

わたしたちは目を合わせて笑った。

それから、ふたりでひととおりの動きをおさらいした。イーゴリの速度にわたしが合わせることになるが、その上でもっともぎりぎりのところを狙いあう。最後はわたしが彼の左腕を折り、蹴り倒しつつ左脚も折って終了だが、集中してやらなければ彼の頸部《けいぶ》をえぐり、腹部を裂いてしまうことになりかねない。そのかわり、無事やりおおすことができれば〈教会〉の信用に足る映像ができあがるだろう。

イーゴリは図面ケースからとりだしたサンザシの杭と、黒い金属製の棒を組みあわせて槍をつくり、たしかめるように回転させた。研いできたのか、杭の先端は初日より尖っているように見える。

「いよいよ本番だ。練習の成果を見せてもらうぞ」

「ほざくがいい、半吸血鬼よ」

「古風でいいね。〈教会〉の老人たちに受けがよさそうだ」イーゴリは槍を肩にかついで、草むらでスマートフォンをいじりはじめた。「録画するから、はじまったらもう一度いってくれ」

わたしは一度ログハウスのなかにもどり、ドアに耳をつけてスマートフォンが鳴らすピロンという滑稽な音をきいてから、ひと呼吸置いて外に出た。

イーゴリは道の中央にもどり、槍を水平にして体の前に掲げている。本番開始だ。

「ヨアン・ドゥミトレスク。今宵《こよい》のうちに、滅んでもらう」

「ほざくがいい、ファーザー・イーゴリ。できそこないの半吸血鬼よ」

わたしは少しアレンジしていった。それがよかったのか、それとも冷酷な〈杭打ち〉を気どってなのか、イーゴリがにやりと笑う。

新たな殺陣《たて》はイーゴリの先制攻撃ではじまる。体をひねりながら突くことで杭槍の射程距離を伸ばし、一歩目からわたしの心臓を狙ってくる。わたしは跳躍して上空に逃れる。人間のやる垂直跳びの世界記録は一・二二メートル程度だが、吸血鬼の脚力ならその倍以上もたやすい。

イーゴリはわたしが跳躍により回避することを読んでいたかのように――事前に決めていることなので、じっさい知っているわけだが――胸ポケットから聖水のはいったガラス壜《びん》をとりだして、頭上のわたしにむけて弧を描くように中身を放出する。突きで相手を身動きのとれない空中に誘導し、聖水で仕留める必殺の連続攻撃《コンボ》だ。

しかし、わたしは並の吸血鬼ではない。一〇〇分の一秒に満たない短時間に両脚の筋肉を極限まで収縮させ、一気に解放して空気を蹴る。わたしの体は空中で方向を変え、イーゴリの脳天にむけて垂直落下する。わたしの指先はそのまま彼のポークパイハットごと頭蓋骨を砕き、脳みそをえぐりとらんとするが、あわやというところで杭槍に軌道をそらされて失敗に終わる。

戦いはじめてから、ここまで二秒ジャスト。ふたりとも、打ちあわせどおりの動きができている。ここからしばらくは近距離での攻防だ。おたがい少しでも手順を誤ってしまえば、相手に致命傷を与えてしまいかねない。突き、掌底打ち、薙《な》ぎ払い、肘撃《ちゅうげき》、回し蹴り、靠撃《こうげき》、足払い。そして、連続突き。わたしは右手首で杭槍をもつイーゴリの左手を払い、外側に回転させながらおたがいの腕を絡ませた。あとほんの少し力をこめれば、彼の左腕は折れる。

その刹那《せつな》の動きに集中していたことが、予想外の出来事にたいする反応を遅らせた。イーゴリもそうだったにちがいない。意識の外から降って湧いた衝撃に、わたしたちふたりの体は宙高く投げだされた。

8

養蜂場へむかう間道に、ポークパイハットの男性がはいってから一〇分。わたしはシートベルトを締めなおして、ワインレッドのハッチバックを茂みからゆっくり発車させた。もちろん、ヘッドライトは消したままにしてある。

昨夜、夜安はノックしても出てこなかった。狙うなら彼がログハウスの外にいるときでなくてはならない。つまり、ポークパイハットの男性が訪問するときが、唯一接触するチャンスなのだ。

男性はすでに養蜂場に到着し、夜安に会っているだろう。ネットワークカメラの映像から察するに、彼らはなんらかの演武を撮影しているようだが、おそらく完成は近い。今夜のうちに撮りおえて、町を出ていってしまうと考えたほうがいいだろう。

だから、いまからやる。

坂道にはいると、わたしはハッチバックの速度をあげた。アクセルを思いっきり踏むだけで、ぐんぐん加速していく。映画でドライバーがシフトレバーを複雑に動かしながら車を走らせているシーンを何度となく見ていたので、運転ってむずかしそうだなと思っていたが、じっさいに乗ってみるとイメージしていたよりずいぶん簡単だった。

これはAT車だし、ここが人通りのない一本道だからということもある。あらゆる要素がこの瞬間に結びついているのだ。わたしはこのとき、ここで、こうする運命だった。

坂道を登りきり、養蜂場のある平原にたどりつくと、ハッチバックはさらに加速した。体がシートに押しつけられるとともに、胃が浮きあがるような感覚を覚える。

月明かりに照らされた道の先に、夜安とポークパイハットの男性がいるのが見えた。彼らは舞踏のような華麗な体さばきで、激しく戦っていた。一瞬、その美しさに見とれてしまいそうになったが、わたしは覚悟とともにアクセルペダルを踏みつづけた。

おそろしい衝撃が、車体からわたしを構成するありとあらゆる器官——皮膚、筋肉、消化管、骨、気管、血管などなど——を伝わり、そのすべてを嵐のように揺さぶった。フロントガラスにむかってロケットのように打ちだされそうになる体をシートベルトが後方に引っぱり、わずかに遅れて膨張したエアバッグがさらに押しもどす。全身が水風船のように弾けてしまいそうなほどの、爆発的な圧力の中心にわたしはいた。

受けとり、伝達できる範囲をはるかに超える刺激に感覚器や神経を焼かれながら、必死にブレーキペダルを踏んだが、いまさら勢いはとまらなかった。ハッチバックは車体の後部を回転させながら、ログハウスに激突してようやく停車した。

わたしは生きていた。こみあげる感覚にたまらず口をひらくと、バケツをひっくりかえしたような勢いで胃液が流れでた。一瞬、果てへと去りかけた意識を、ばらばらになりそうな五体の痛みがこの世界に引きもどす。視界の端のほうで揺らめいている橙色の光から温度を感じた。どうやら、出火しているらしい。

わたしはシートベルトをはずし、歪んだドアを蹴りあけて車を降りた。肋骨と肩の骨、太腿《ふともも》の骨、つま先の骨——あるいは、もっとたくさんの骨がイカれてしまったらしく、ふらつくたびに体じゅうに激痛が走る。呼吸は苦しく、目も霞《かす》む。だが、歩ける。それに手応えもあった。わたしは感じたのだ。衝突の圧力のなかで砕けて潰れる、ふたつの肉塊の感触を。

道のまんなかで、夜安が仰向けに倒れていた。黒いチェスターコートに隠れて見えないが、おそらく胴体のどこかが裂けてしまっているのだろう。体の下に楕円《だえん》形の血だまりができていた。胸は上下の動きを示さず静止していたが、もとからそういうものだったような気もする。吸血鬼なのだから、それが普通なのかもしれない。

わたしが近づくと、夜安は瞳だけを動かしてこちらを見た。

「驚いたな、きみがこんなことをするとは」彼はいつもの穏やかな声でいった。「身動きひとつできないよ。回復までかなりの時間を要するだろうね。わたしを攻撃するには、完璧な瞬間《タイミング》だった」

夜安のかたわらに膝をつき、その顔を見つめる。血にまみれた彼は、妖しいくらい綺麗だった。深紅の液体の艶やかさに彩られた青白い相貌《そうぼう》は、わたしたちの現実には存在しえないものだ。

背後でなにかが弾けるような音が鳴り、ふりかえるとハッチバックの車体を巨大な炎が包みこんでいた。濃い灰色の煙が天にむかってもくもくと立ちのぼっていく。火の手はログハウスにも広がりつつあった。

「血を飲めばすぐに治るんでしょう？　わたしの血をあげる」

わたしはそういって、不規則に揺れる炎が照らす幻想世界の美貌に手を触れた。上唇をめくると、鋭く尖った二本の牙が姿をあらわした。

「やめろ」

やめない。わたしは自分の髪をかきあげて首筋を露出し、夜安の牙にあてがった。力をこめて頸動脈に牙を刺しいれる前に、夜空を見あげた。炎の橙色、煙の灰色、宇宙の漆黒。はるかむこうに点々ときらめく星々の光。これが人間としてながめる、最後の景色になる。後悔はない。

「やめてくれ」夜安が耳元でささやくようにくりかえした。「きみを吸血鬼にしてもいい。でも、その前に頼みがある」

わたしは首筋を夜安の牙から離して、彼の琥珀色の瞳を見た。

「頼み？」

「そう、頼みだ。そこにいるわたしの友人——イーゴリを助けてほしい。助けてくれたなら、きみを吸血鬼にしてもいい」

夜安の視線の先には、養蜂巣箱のそばに転がる男性の姿があった。彼自身もまわりに生えている草も、血で真っ赤に染まっていた。その頭にトレードマークのポークパイハットはもう載っていなかった。

「どういうこと？」

「イーゴリは人間と吸血鬼のあいだに生まれた半吸血鬼《ダンピール》だ。わたしとちがって太陽の下を歩くことができるが、わたしのように不死ではない。人間よりは頑丈だが、吸血鬼にくらべればもろい。そしていま、イーゴリの心臓は止まりかけている。このままではまもなく死んでしまうだろう」

「わたしにどうしろっていうの？」

「イーゴリにきみの血を飲ませてやってくれ。人間の血液による半吸血鬼の治癒は限定的だが、それでも一命をとりとめることはできる」

「その前に、わたしを吸血鬼にして」

我慢できなかった。一刻も早く吸血鬼になりたかった。

「だめだ」

「どうして？」

「吸血鬼の血で、吸血鬼を癒やすことはできないからだ。イーゴリに血を飲ませるのは、きみが人間のうちでなくてはならない」

「血液パックがあるでしょう？　わたしの血でなくても、それで治せばいい」

「残念だが、きみが最後のひとつを轢《ひ》いてしまったよ」

夜安が瞳を動かした方向を見ると、なにかの残骸らしきもの――おそらく血液パックと、あの男性が設置していたスマートフォンの一部――が転がっていた。その近くに、破れてぼろぼろになったポークパイハットも落ちていた。

「――この場に存在する人間の血は、きみの体を流れる血だけなんだ。頼む。早くしないとイーゴリが死んでしまう」

「半吸血鬼に嚙まれても、吸血鬼になる？」

「半吸血鬼に吸血鬼を増やす力はない。だから、手のひらでも切って飲ませてやればそれでいい」

「彼――イーゴリが治ったら、わたしを吸血鬼にしてくれるのね？」

「神に誓《ちか》って」

吸血鬼も神に誓うとは知らなかった。しかし、夜安が嘘をついているとは思えなかった。

わたしはうなずいて、イーゴリのいる草むらにむかった。体の痛みはさらに増していた。急がなければ、わたしも動けなくなってしまいそうだ。かたわらに落ちていた杭の破片を拾いあげ、その鋭く尖った先端で夜安にいわれたとおり手のひらを切った。したたり落ちる血を彼の口に流しこもうとしたそのとき、弱々しい声がきこえた。

「おれを助けたなら……あんたを吸血鬼にはさせないからな……」

イーゴリは水っぽいあえぎをあげながらも、はっきりとそういった。わたしは不安になって夜安のほうをふりかえった。

「わたしは彼女を吸血鬼にすると約束したんだ」夜安はいった。「いいから黙って血を飲め」

「いいや……黙らないね……騙《だま》し討ちはおれの流儀に反するからな……どの〈司祭〉も滅ぼせなかったヨアンを、ここまで追いつめたあんたに敬意を表して……教えておいてやる……いいか、おれが血を飲んだら、全快は無理だろうが……あんたに一撃食らわせて、気を失わせることくらいは……簡単にできる……おれはそういう技術に長《た》けている。そうしたら、おれはそこに転がっている帽子を拾って……ヨアンが回復するより早く……あんたを背負ってこの山をおりる……つまり……あんたは吸血鬼になれない」

「だったら」わたしはいった。「あなたのことは助けない」

「ああ……それもあんたの自由だ。いまなら、おれもヨアンも身動きできない。だから、あんたは選ぶことができる……おれを助けて人間のままでいるか、おれを見捨てて吸血鬼になるか」

イーゴリは言葉を切って、苦しそうに咳きこんだ。

「イーゴリ、もうやめろ」

彼は夜安の呼びかけを無視して、ふたたび話しはじめた。

「そのうえで、おれからあんたにお願いがある……ヨアンに血を吸わせないでほしい……あいつはこれまで、人間から直接血を吸うことなく生きてきた……あいつが生んだ吸血鬼はひとりもいないんだよ……吸血鬼になると、魂が氷のように冷えてしまう……再生能力があろうと、けっして癒やすことのできない寒さを、心にかかえて生きていかなくてはならなくなるんだ……それは神の愛を失うということだ……おれも半分そうだから、わかる。吸血鬼は呪いの産物なのさ……ヨアンが人間の肌に牙を立てないのは、だれよりもそのことを知っているからだ」

「わたしは神に愛されたことなんてない。だから、呪われたってかまわない」

「それでも、おれはお願いしないわけには……いかないんだよ……たとえひとりでも人間の肌に牙を立てるのなら……それは呪いを拡散し、神の祝福を奪うもの――人間の敵になるという……ことなんだ……だから、あいつに血を吸わせないでやってほしい」

「そんなの……わたしに関係ない」

「ああ、わかってる……これだけのことをしてくれたんだ。あんたにも相応の理由と覚悟が……あるんだろう。だから、これはあくまでお願いだ……おれの友だちを、人間の敵にしないでやってくれ」

わたしは手のひらからしたたる血を押さえて、一歩あとずさった。だったらわたしはどうすればいい？　夜安が動けるくらい回復してしまえば、わたしは彼の牙を好きなようにできない。そのときイーゴリの心臓がとまっていたら、夜安はわたしを吸血鬼にしてはくれないだろう。かといってイーゴリを助ければ、わたしは彼に失神させられて、夜安から引きはなされる。それだけの技術があることは、彼らの戦う動画で見てわかっている。

つまり、わたしが吸血鬼になるにはいますぐイーゴリを見捨てて、動けない夜安の牙をわたしの首筋に刺しいれるしかないのだ。しかし、それは夜安を人間の敵にしてしまうということでもある。

「頼む、もう時間がない」夜安が珍しく、大きな声でいった。「イーゴリを助けてくれたなら、かならずきみを吸血鬼にする。なにがあろうと誓いは守る」

「いいや、させないね……」イーゴリがかすれた声で反論する。「そうするというのなら……おれだけじゃない……〈教会〉の総力をあげて……おまえを滅ぼす……」

見つめあう夜安とイーゴリのあいだに、わたしはいた。イーゴリの呼吸はたえだえになり、いつ心臓がとまってしまってもおかしくなかった。目の前を真っ白な灰が、まるで雪のように——あるいは、あの日の飛行機のように、ひらりひらりと舞っていた。ひとひらの灰が落ちるまでの時間が、とてもとても長く感じられた。

「ずるいよ……ずるいじゃん！」

わたしは抑えきれなくなって叫んだ。わたしの声に呼応するように、ハッチバックが破滅的な音をたてて、巨大な炎を吹きだした。いまやログハウスは屋根まで燃えあがり、わたしのいるところでも肌がひりひりと痛むくらい熱かった。

「わたしは今日、めちゃくちゃなことをいくつもしたの。だからもう吸血鬼になるしかないの。でもそれは、わたしが吸血鬼になるしかなかったからなの。いつだって現実も、世界も、わたしを拒絶してきたじゃん……普通に生きられないようにしてきたじゃん！　だから、幻想の世界に行くしかなかったの。やっと、そこにたどりついたと思ったのに、どうしてわたしばっかり正しいことをしないといけないの？　ほかのみんなよりわたしのほうが、よっぽどめちゃくちゃな目にあってきたんじゃん！　わたしのわがままは、だれがきいてくれるっていうの⁉」

わたしは駄々っ子のように泣きわめいていた。いままで蓋をしてきた感情が一気にあふれて、大粒の涙がとめどなくこぼれた。夜安もイーゴリもなにもいわなかった。どうして人間ではない彼らのほうが、まともなんだろう。わたしのまわりにいる人間たちも、このふたりみたいだったらよかったのに。

「夜安、教えて」

わたしは涙声のまま話しかけた。鼻水を垂らしていたし、火災の熱で髪が濡れるくらい汗をかいていた。たいして、夜安は汗ひとつかいていない。吸血鬼なのだから、それが普通なのかもしれない。彼もずっと永《なが》いあいだ、普通というものに苦しめられてきたのかもしれない。

「――いまも寒い?」

「ああ、とても」

わたしはうなずいて、先ほど傷つけた手のひらをイーゴリの頭上に掲げ、思いっきり握りしめた。痛みとともに傷口がひらいて、血がこぼれ落ちる。最初の一滴が上唇に当たり、つぎの一滴が下唇をかすめて顎《あご》に垂れた。もどかしさに、わたしは杭の先端でもう一度手のひらを切りつけた。十字になった傷から、赤い血が勢いを増して彼の口に流れこんだ。

イーゴリの喉が鳴ったと思った瞬間、なにかが顔の前を横切ってわたしは気を失った。

9 SIDE:C

その日、わたしが目を覚ましたのは正午過ぎだった。

ポリエステルの無機質なカーテンの隙間から差しこむ太陽の光が眩しくて、思わず手のひらでさえぎったことを覚えている。顔をそむけた先にあるのは、この町に来てから毎日目にしているはずなのに、いまだに見慣れない天井だった。

いろいろなことがどうでもよくなっていたし、もう少し眠っていたかった。しかし、わたしを起こしたノックの音が、そのあともしつこくつづいたので、対応するしかなかった。

ドアをあけるとスーツ姿の男性がふたり立っており「お忙しいところ申し訳ありません。われわれは山形県警のものです。坂井すみれさんですね?」といった。

彼らはわたしに、都合のいいときでかまわないが、できれば早いうちに参考人として話をきかせてほしいと求めた。無断欠勤しているうちに、もう仕事には行きたくない気分になっていたから、わたしはこのあとすぐでもかまわないと答えた。なんの話かきくと、〈MUST・GET〉で起きた器物損壊や窃盗、それに付随するいくつかの事件についてということだったので、てっきり強盗か空き巣の仕業《しわざ》だろうと思った。だから、警察署へ行ってくわしい話をきいたときは本当に驚いた。

刑事によると、楓ちゃんはクラスメイトに傷害を負わせ、〈MUST・GET〉で客に商品を無料で配り（あとからきいたところによると、その後回収されたらしい）、店舗の一部を損壊し、社用車を盗んで無免許運転の果てに暴走。そして、養蜂場の廃墟に突っこんで全焼させたらしい。彼女がそんなことをするなんて、とても信じられなかった。

質問されたのは、楓ちゃんの普段のようすや、わたし自身が三日も店を無断欠勤していた事情についてだった。わたしは楓ちゃんが悪い子ではないことを強調し、わたしの欠勤の件とあわせて、店長のパワハラめいた言動や、返品に来ていたクラスメイトからいじめを受けていた可能性（これもあとからわかったことだけれど、傷害を負わされたクラスメイトというのは、まさにあのクレーマーだったようだ）について話した。警察はわたしと事件との関係を疑っているわけではないようだったから安心したけれど、楓ちゃんが入院しているときいて心配になった。

最後に刑事は奇妙な質問をした。それは、ポークパイハットをかぶった背の高い外国人を知らないか、というものだった。養蜂場の坂道をおりたところで楓ちゃんといっしょに倒れていたそうなのだが、発見者が救急車を呼んでいるあいだに、どこかへ消えてしまったらしい。着衣——

とりわけポークパイハットがぼろぼろで足も引きずっていたことから、事故現場にいあわせたものと思われるが、歩行中に巻きこまれたのか、あるいは暴走車に同乗していたのかは不明なのだそうだ。

もちろん、わたしに心当たりはなかった。マッチング・アプリなどで知りあった男性がいるなど話していなかったかときかれたとき、わたしは楓ちゃんが好きなのは女性であることを伝えるべきか迷って、結局いわなかった。それはとても個人的なことだし、わたしは彼女の交友関係を把握しているわけではないのだから。それに、レズビアンときいてよくないイメージをいだく人間は、残念ながらいまだに多く存在する。

取調室を出たところで、ひとりの女性とひとりの少女に会った。わたしが「楓ちゃんのお母さんですか?」ときくと、女性は伯母だと答えた。楓ちゃんの両親は飛行機の事故で亡くなっているのだそうだ。そんなこと、ぜんぜん知らなかった。病院にお見舞いに行きたいというと、少女のほうが「怪我だけじゃなくて精神的にもショック受けてるから、家族以外しばらく無理っぽいよ」と、あまりにもあっけからかんとした口調でいった。人形のように可愛らしい子だったから、もしかしたら楓ちゃんの想《おも》い人かもしれないと思ったけれど、だとしたら相当傷つくことになったのではないかという直感があった。

もう〈MUST・GET〉には行かないつもりだったけれど、どうなっているのか気になって事情聴取のあとに立ち寄った。駐車場に店長がいて、うっかり目をあわせてしまったが、スマートフォンで忙しそうに通話していたから、これ幸いと無視して通りすぎた。店には規制線が張られ、何人かの警察官がなかのようすを調べていた。ガラスの壁の店名ロゴには赤いスプレーで文字が書き足されており、〈MUST・GET・OUT《ここを出ていくべき》〉になっていた。その言葉に、わたしはなぜか胸を打たれた。

楓ちゃんの居場所はこの町になかったのだ。わたしにしても似たようなものだ。わたしたちは、もっとおたがいについてたくさん話すべきだったのかもしれない。わたしがはぐらかしてきたようなことを、もっと踏みこんで話していれば、彼女は事件を起こさなかったかもしれない。そう思うと気持ちが重くなった。

お店に行ってひとつだけ面白かったのは、店長が逮捕される瞬間が見られたことだ。店内を確認していた警官が、たまたまトイレに仕掛けられた盗撮用のカメラ——楓ちゃんが買いとったネットワークカメラより二段階も上の価格帯のもの——を発見したのだ。あっさり店長の仕業であることが判明し、警察はわたしの目の前で、なにやら見苦しい弁解をわめき散らす彼をパトカーに乗せた。最悪に気持ち悪かったし腹も立ったけれど、未成年の楓ちゃんとちがって店長には前科がつくから、そこは愉快だった。

後日、〈MUST・GET〉の本社から電話があり、店長——いや、元店長の行為について謝罪されたうえで、引きつづきお店で働く意志があるかどうか確認された。おそらく本社は元店長の各種ハラスメントについて、メディアに吹聴されるのを恐れたのだろう。ハラスメントが原因であることから無断欠勤は当然不問として、わたしが希望すれば新しい店長に登用するつもりもあるといった。わたしは何日か考える時間がほしいと答えて電話を切った。

結局、わたしはお店を辞めた。〈MUST・GET・OUT〉。

それから一ヶ月かけて、わたしは引っ越しの準備を整えた。荷物は少なかったから苦労しなかった。東京で苦い思いをしたのちこの町に来たのは、ここが生まれ育った場所だからだけれど、生家が残っているわけでも、家族が残っているわけでもない。考えてみれば、友だちだっていなかった。曖昧《あいまい》でうしろむきな理由で生きる場所を選んだのが、そもそもの失敗だった。

だから、今度は新しいところへ行ってみようと思った。なるべく遠くて暖かくて海のあるところがよかったから、鹿児島湾の沿岸を転居先に選んだ。海のむこうに火山が見える景色が気に入ったのだ。それだって曖昧な理由かもしれないけれど、少なくとも前向きではある。

引っ越しの日。わたしはレンタカーを借りた。ワンウェイ利用といって、返却を移動先の系列店ですませることができる方式だ。目玉焼きの黄身のような色をしたステーションワゴンの荷室に、数少ないダンボールはきっちり収まった。

雑事に時間をとられて夕方近くになっていたけれど、出発を明日にするつもりはなかった。真夜中のドライブだって悪くない。眠くなったら適当なところに駐めて車中で眠ればいいし、いい感じのホテルが見つかれば泊まってもいい。起きたときの気分次第で、ついでに観光していってもいい。ひたすら高速道路を進んでもいいし、どこかからフェリーに乗ってもいい。目的地までのペースはわたしが決める。

そういえば、〈MUST・GET〉の仕事のあとに楓ちゃんを乗せて夜道を走ったっけ。

町を出ていくにあたって、唯一の心残りは楓ちゃんだった。インターネットでは、飛行機事故の遺族の少女が起こした事件として、彼女のことが少なからず書きたてられていた。なかには実名まで記載されているものもあった。そこで見た断片的な情報によると、店長のハラスメントにくわえて、クラスメイトからのいじめ（傷害はいじめっ子にたいする正当防衛的な側面もあったらしい）や、特殊な家庭環境などが明らかになり、これらは楓ちゃんの少年審判において有利な材料になるようだった。おそらく保護観察処分となり、女子少年院には行かずにすむだろう。そうなったときに、またあの伯母や従妹と暮らすことになるのかどうか、よくわからないが……。

彼女はいまも麓の駅前の総合病院に入院していた。何度かお見舞いに行ったけれど、すべて断られてしまった。一度、ロビーで例の伯母をつかまえて楓ちゃんのようすをきいたけれど、言葉を濁されてしまってどのくらい回復しているかさえわからなかった。

差しいれだけでもしたかったから、なにがいいと思うかと尋ねると、楓ちゃんはうわごとのように、慣用表現の本がほしいとつぶやいていると答えた。うわごとのようにとはどういうことだろうか？　従妹の子も精神的なショックについて話していたし、彼女は本当に無事なのだろうか？　問い詰めると、伯母はわたしがはいれない病棟のエリアに逃げてしまった。後日、ことわざと慣用表現について書かれた本を買ってきて病院のカウンターに届けてみたところ、それも拒否された。

わたしはだめでもともとの精神で、最後にもう一度だけ病院に寄ってみることにした。日も落ちていたし、面会の可能性がかぎりなくゼロに近いことはわかっていたが、なんとか電話番号だけでもわたすことができればと思ったのだ。

救急外来用の入口からはいると、受付の女性がわたしを見るなり面倒くさそうな顔をした。服を着た神経質といった雰囲気の彼女とは、これまでもたびたびやりあっている。それも今日でおしまいだと思うと、少し寂しかった。

「また来られたんですか？　面会も差しいれも無理ですよ？」

「どうしても、だめ？」

　上目づかいで、首をかしげてみせる。可愛げを総動員する作戦だ。

「だめです。あまりしつこいようなら警察を呼んでもいいと、ご家族の方からいわれています」

「なあ、頼むよ」わたしは策を弄《ろう》するのをやめた。最後だし、本気でお願いするべきだと思いなおしたのだ。「今日、この町を出ていくんだ。せめて電話番号だけでもわたしたいんだよ。いまの彼女には、きっと話し相手が必要だから」

　受付の女性は長いあいだ黙ってから、ため息をひとつついた。

「おわたしできるかどうか、約束できませんからね」

　そういってカウンターの上のメモ用紙を手にとり、ノック式ボールペンの芯を出す。

　ありがとう、恩に着るよ！　わたしの電話番号は……といいかけたところで、彼女が首から下げている携帯電話から、いやに明るいメロディの着信音が鳴った。ストラップに病院名が書かれており、本体に部署名のシールが貼られていることから、プライベートではなく院内の業務連絡用につかわれている携帯電話だとわかる。

　女性は携帯電話に耳をつけて「はい、はい……」と相槌を打ったのち、わたしにけわしい表情をむけて「すいません。やっぱり帰ってください」と告げ、あわてて奥へ引っこんでいった。

「ちょっと、待てって！　電話番号だけだから！」

　わたしが叫ぶと、入口付近にいた警備員がこちらに走ってきた。強制的に放り出すつもりか？　と身がまえたが、警備員はなにやら無線で話しながら、わたしを無視して通りすぎていった。

なにが起こっているのかわからないが、なにやら慌ただしい雰囲気だった。いままで気づかなかったが、ロビーの隅のほうに神父の格好をした数人のグループがいた。彼らは一様に図面などをいれる筒型のケースを肩にかけており、警備員のあとを追いかけるように足早に病棟へむかっていった。

とり残された患者たちは、みんなきょとんとしていた。わたしもそうだ。

「ねえ、ちょっと……すみませーん」

受付の奥に声を投げても、返事はかえってこなかった。

わたしはあきらめて病院をあとにした。

ステーションワゴンに乗って、南へむかう道路を進んだ。病院の駐車場を出て三分もたつと、すぐに明かりはまばらになり、夜が本来の静けさをとりもどしていく。車のなかにいても、澄んだ空気の心地よさを感じる。暗闇には恐ろしさと、おなじくらいの穏やかさがある。

先ほどの病院でのことを思い出して、あれはなんだったのだろうと考える。あと少しで電話番号をわたせそうだったのに、タイミングの悪いことだ。入院患者が脱走でもしたのだろうか。でも、だとしたらあの神父のグループはなんなのだろう。楓ちゃんとは関係のないことだろうと思って出てきてしまったが、もうしばらくようすを見たほうがよかったかもしれない。いまとなっては、どう想像をめぐらせようと遅いが。

ぼんやり考えていたせいで、わたしは不注意になっていたのかもしれない。その瞬間まで、フロントガラスのすぐ前を横切る大きな黒い影に気づかなかった。あわてて急ブレーキを踏んで、車をとめる。

鹿《しか》か猪《いのしし》でも飛び出してきたのだろうか？　しかし、黒い翼が見えたような気もする。あんなに大きなカラスなんているものだろうか？　ぶつかった感触はなかったが……人間だったら大変なことだ。車を降りて、暗い道を二〇メートルほどもどってみたが、ブレーキ痕以外のものは見当たらなかった。スマートフォンの懐中電灯機能をつかって周囲を照らしてみても、動物の影すらない。

なにかの思いちがいか、大きめのカラスに驚いただけだったのだろう。そう納得して、真夜中にぽっかりと浮かんだ太陽のようなステーションワゴンにもどろうとしたとき、頭上から風の音がした。

見あげると、星空の下を信じられないくらい大きな二匹の蝙蝠が、西の空へ飛んでいくところだった。どちらも人間ほどのサイズがあったが、大きいほうの蝙蝠が優雅に上空を滑空しているのにたいして、すこし小さめの蝙蝠は、まるで今日はじめて飛んだかのようにばたばたと翼をはためかせながら、ふらふらとあがったり下がったりしていた。

呆然とながめているうちに、小さめの蝙蝠も飛行に慣れたのか空中で美しくターンして、大きめの蝙蝠のいるところまでひらりと舞いあがった。そして一声だけ、獣らしいがどことなく安らぎを感じる鳴き声をあげた。

彼らの姿は次第に小さくなり、やがて包まれるように夜の闇のなかに消えた。

『アタック・オブ・ザ・キラートマト』を観ながら

『アタック・オブ・ザ・キラートマト』を観ながら

1

じんじんと両手が痛む。

とくにひどいのは指のつけ根にある骨のあたりだ。裂《さ》けた皮膚からのぞいた鮮やかなピンク色の肉にうっすらと血がにじんで、空気にしみる。手首から先が心臓になったかのように、どくんどくんと脈を打つ。まるで、世界を直接感じているみたいだ、とぼくは思う。

ぼんやりとした熱と、ぼんやりとした痺《しび》れがある。薬局で買ってきた消毒液をドレッシングのように満遍《まんべん》なく手の甲にかけて応急処置をしたけれど、じゅうぶんではなかったのかもしれない。かといって病院に行きたくはないし、家に帰りたくもない。医者や母さんからなにがあったのかきかれるのは、ひどく億劫《おっくう》なことだ。とくに母さんは、ぼくに話す気があるかどうかにかかわらず、感情にまかせて問いつめてくるだろう。

ため息をついてシートに深くすわりなおすと、柔らかな背もたれが疲れきった体を包みこむように支えてくれた。普段つかう椅子ならもう少し弾力のあるほうが好みなのだが、いまはこのクリームのようなとろりとした感触がありがたい。しかし、こんなに柔らかくてみんな上映中に寝てしまわないのだろうか？　もちろん、ぼくはこのまま夢のなかに落ちてしまえるなら、それでいっこうにかまわない。むしろ、そんなに嬉しいことはないくらいだ。頭のなかで午前中に起こったこととの残響がうるさく鳴っているから、きっと無理なんだろうけれど。

　夢の世界どころかどん底にむかって落下していくぼくの心とは裏腹に、上映開始を控えた劇場内は異様な熱気に包まれていた。そう、まさに異様な熱気だ。なにごとかを叫びながらその場で跳びはねている若いカップルもいれば、病気の猫のような裏声でおかしな歌を口ずさんでいる年長者のグループもいる。映写機のトラブルで一〇分ほど開始が遅れるというアナウンスがあっても、彼らの興奮はいっこうに冷めやらないようすだった。

　ハロウィンでもないのに仮装——いや、コスプレというべきだろうか——をしている観客が数多くいるが、どこかのパラシュート部隊らしい兵士や、シュノーケルをつけたダイバー、スポーツマスコットのような赤と黄色の着ぐるみの鳥など、そこにはあるべき統一性がまったく存在していないように思える。

　都心を離れた板橋《いたばし》区の南端。最寄りの〈れもん台駅〉を自宅と反対方向に出て、国道２５４号線を西に四〇〇メートルくらい歩いたところ。なんでもいいから時間をつぶしたいと、ふらりはいった小さな映画館《ミニシアター》がこんなに盛りあがっているなんて想像もしていなかった。

　平日の昼間だというのに八〇席ほどのシートはほとんど埋まっていて、かろうじて空いていた最前列の左端にすわるしかなかったほどだ。いまさらほかのくつろげる場所をさがすような気力もないが、この映画館においてぼくはあきらかに場ちがいな存在だった。たまたま薬局の向かいにあったというだけの理由でここを選んだから、なんの映画が上映されるのかさえわかっていないのだ。はいるときにちらりと見えたポスターには、トマトのイラストが描かれていたようだったけれど。

痛む両手を肘掛けの上で休ませようと考え、そっと目の端で右隣の席を見た。ここは左端の席だから左手はだれにも遠慮することなく肘掛けに載せることができるけれど、右手はそうもいかない。たとえば、右端の人が右側の肘掛けをつかい、みんながその人に倣って右側の肘掛けをつかったなら、左端の席にすわるものは特権的に両方の肘掛けを利用できることになる。しかし、そうでもなければ左端のものが右側の肘掛けをつかうことは許されないのだ。それはこの世界の仕組みそのものでもある……ような気がする。

しかし、そんな宇宙の果てへの思索は一瞬にして霧散《むさん》することになった。なぜなら、右隣の女性が突き刺すような鋭い目つきでぼくをにらみつけていたからだ。女性はとても背が高く（一七二センチのぼくよりも大きかった）、まるで外国のコレクションモデルのように体のあらゆる部分が細長かった。胸元の大きくあいた黒いプランジ・ネックのイヴニング・ドレスに身を包んでいるが、下に黒い長袖タートルのカットソーを重ね着しているのでデコルテは露出していない。深いスリット入りのスカートの下には黒いスウェット・パンツまで穿いている。顔面と手のひら以外は、断固として肌を見せないという決意があるのかもしれない。でも、だったらどうしてイヴニング・ドレスなんて着ているのだろう。よく見るとヒールではなくスニーカーだし、もしかしたら彼女のちぐはぐな格好もほかの観客と同様になんらかのコスプレなのかもしれない。

「その手の傷、どういう意味があるの？」彼女はいった。

「意味？　ああ、いや、ここに来る前に怪我をしちゃったんだ」

「ふうん。『ファイト・クラブ』のエドワード・ノートンみたいね。でも、それと今日の映画にどういう関係があるのかしら？」

『ファイト・クラブ』というタイトルも、エドワード・ノートンという名前もきいたことがあるような気がする。きっと有名な映画と、有名な映画俳優なのだろう。

「これはそういうのとはちがうんだ。ここにはコスプレの人がずいぶんたくさんいるみたいだけれど、正真正銘《しょうしんしょうめい》、本物の傷だよ」

「は？」女性の声には、ある意味で誠実といっていいほどの、ひたむきな怒りがこめられていた。「わたし、別にエルヴァイラのコスプレなんてしてないわ」

ぼくには彼女がなにをいっているのかよくわかなかった。

「ごめん」つい、謝罪してしまった。「エルヴァイラってなに？」

「エルヴァイラは『エルヴァイラ』のエルヴァイラよ。もしかしてあなた、エルヴァイラを『ファイト・クラブ』のマーラと混同しているんじゃないの？」

「だから、ぼくのは『ファイト・クラブ』のコスプレじゃないって……それに、混同するほど映画に詳しくないんだ。通りかかったら、ちょうど残りあと数席ですっていう声がきこえたから、ついふらふらと迷いこんだというか。こういう小さな映画館にはいるのもはじめてなんだよ」

「あなた、ずいぶん変わっているのね？　いっておくけれど、エルヴァイラはドレスの下にカットソーやスウェット・パンツなんて着ない。スニーカーを履いてもいない。だから、これはコスプレじゃない。たとえ、わたしが彼女に憧れていたとしても。いいわね？」

「わかった。コスプレじゃない」

いいたいことはいろいろあったけれど、面倒になってそう答えた。それが自分の悪い癖《くせ》であることは、いやというほど承知している。でも、一日に二回も感情を爆発させるようなことを、ぼくはしたくなかったのだ。

「わかったならいいわ」

彼女はそういうと、たちまち無表情になって正面をむいた。その横顔に先ほどまでの怒りは微《み》塵《じん》も感じられない。異常に切り替えが早いか、あるいは情緒の仕組みが普通と少しちがっているのかもしれない。

「それじゃあ、これからやる映画のことも知らないの？」彼女はいった。

「うん。たしか、トマトの映画だった気がするけれど」

「『アタック・オブ・ザ・キラートマト』よ」

「『アタック・オブ・ザ・キラートマト』？」

「Z級映画の」

「Z級映画？」

B級映画という言葉は知っているけれど、Z級映画というのははじめてきいた。それだけすごい映画ということなのだろうか。それなら観客の異様な盛りあがりも納得できる。

「あなた本当になにも知らないのね。普段、映画を観ないの？」

「小さいころはよく観ていたんだけど」

かつて休日といえば、父さんが選んだ映画のDVDを、家族そろって鑑賞するのがわが家のならわしだった。離れて暮らすようになる、小学校二年生までのことだけれど。

「最後に観た映画は？」

「『ショーシャンクの空に』かな。このあいだ、たまたまテレビをつけたらやっていたんだ。最初のシーンから惹きこまれて、ついついラストまで観ちゃったよ。すごくよかった」

「完璧な映画ね。あまりにもいい映画だから、好きと表明するとベタだのなんだのって揶揄《やゆ》するような愚かで傲慢な人間もいるけれど。わたしはまちがいなく、完璧な映画のひとつだと思う。じゃあ、いちばん好きな映画は？」

「『スター・ウォーズ／ジェダイの復讐』」

「あなた、いいわね。帰還じゃなくて復讐っていうあたりがとくに。わたしもウルトラマンジャックのことは、帰りマンとか新マンって呼ぶ派よ。それにイウォークを小馬鹿にするような卑小で不見識な人間もいるけれど、わたしはストーム・トルーパーの頭に岩を叩きつける彼らが好き。『イウォーク・アドベンチャー』も『エンドア／魔空の妖精』も最高だわ」

なにをいっているのかよくわからない部分もあったけれど、ぼくはだんだんと彼女に好感をいだきはじめていた。世のなかには映画に詳しくない人間が好きなタイトルをあげたときに、あからさまに見くだしてくるようなタイプのマニアもいる。好きなものを否定されるのは、人格を否定されるのとおなじくらい苦しいことだ。子供のころ好きだったイウォーク――『スター・ウォーズ』に登場する、凶暴なテディ・ベアのような生きもの――を肯定してもらえて、ぼくは嬉しかった。

「――で、ジャー・ジャー・ビンクスのことはどう思っているの？」

彼女の瞳は好奇心で爛々《らんらん》と輝いていた。

「ごめん。そのジャー・ジャー？　というのは知らないんだ」

「そう」

またも一瞬で無表情にもどる彼女に、ぼくはあわてて話をもどした。

「それで、いまからやるトマトの映画はどんな感じなの？」

「だから、Z級映画よ」彼女の瞳が早くも輝きをとりもどす。「『アタック・オブ・ザ・キラートマト』は完璧からほど遠い作品よ。『ファイト・クラブ』や『ショーシャンクの空に』とちがって」

「Z級ってすごくすばらしいって意味じゃなかったんだ」

「B級よりもさらに下。これ以下がないくらい下だからZ級なの」

「でも、みんなこんなに盛りあがっているし、なにかしらの突きぬけた魅力があるんだろうね」

「ある意味で突きぬけているかもしれないけれど、それ以上にとても不完全な映画よ。それでいて、一九七八年に公開されてから、いままでのあいだに二千万ドル以上も売りあげている。カンヌ国際映画祭に招待されたことだってあるわ」

「わからないことだらけだけれど、楽しみになってきたよ」

「まあ、自分の目でたしかめてみることね」

ちょうどそのとき、優しそうなおじいさんの声でアナウンスが劇場内に響いた。

《シネマ一文《いちもん》にお越しのみなさま、お待たせして申し訳ございません。映写機が復旧しましたので、まもなく上映開始となります。お席についてお待ちください》

歓声があがり、ぴょんぴょん跳びはねていた若いカップルなどもそそくさと席についた。

照明が消えてスクリーンに映像が流れはじめるまでのひとときを。静まっていく劇場のなかで、ぼくはしばらくのあいだ両手の傷の痛みを忘れていたことに気がついた。先ほどまでは、上映中に眠ってしまってもかまわないと思っていたけれど、少なくともいまは映画を楽しんでみようじゃないか、という前向きな気分になっていた。いくらZ級映画といっても、これだけの人たちが楽しそうに待ちかねていたのだから、そこまでひどいということはありえないだろう。そこには二千万ドルを売りあげるだけの、なにかがあるはずだ。

そして、ぼくはすぐに思い知ることになる。

『アタック・オブ・ザ・キラートマト』は、たしかにZ級映画だった。

2

『アタック・オブ・ザ・キラートマト』について話しておきたいと思う。といっても、事情があっていまのところ最初の三〇分しか観ていないから、あくまで途中までの感想でしかない。これから印象が変わる可能性だってじゅうぶんある。たとえ、その予感がまったくなかったとしても。

その点を踏まえたうえで正直にいうと、ぼくはこの映画に困惑していた。

冒頭にヒッチコック——ぼくでも名前を知っているむかしの映画監督——の映画を引き合いにした、どんなに馬鹿馬鹿しく思える話でも、実際に起ってしまえばだれも笑わなくなるといった意味のメッセージが流れたけれど、この映画にそのような示唆が本当にあるのか、いまのところ疑わしく思える。

簡単にいうと、人間を食らう殺人トマトの話なのだが、いたって普通のトマトが転がってくるだけなので、とくに迫力はない。保安官たちが殺人トマトの群れと交戦するシーンでは、墜落《ついらく》するヘリコプターのリアルな映像に驚かされたけれど、緊迫感があるのはそこだけだった。

善良な市民が、なにやらぶつぶつつぶやきながら転がってくるトマトを見て悲鳴をあげ、つぎのカットではすでに死体になっている。だいたいそういう演出だ。口も歯もない普通のトマトがどうやって人間を食い殺しているのかわからないが、想像で補うことはできるし、CGのない時代に低予算でつくられたものだと思えば、こういった表現もじゅうぶん理解できる。人食いのモンスターを描いた映画ではあるが、キレのいいアクションやスリリングな映像、ホラー的な描写が売りというわけではないらしい。

では、この映画の肝《きも》はなにか。それはどうやら、ゆるい登場人物たちが織りなす、ゆるいコメディ・シーンのようだった。片脚しか完成していないアンドロイドが明後日の方向にジャンプしたり、四畳半くらいの異様に狭い会議室に九名もの政府や軍の要人、科学者らがぎっちぎちに詰めこまれて対策会議をしたり、あきらかにサンフランシスコなのにテロップにニューヨークと書かれていたり……。

それらはいずれも脱力を誘うようなものばかりで、お世辞にも完成度の高いコメディとは思えなかった。倫理的にいって眉をひそめざるを得ないジョークもいくつかあるくらいだ。

音楽は意外とよかった。無駄に声のいい男性の歌う無駄に勇壮なオープニング・テーマが流れたときには、客席から映画館の音響に負けないほどの大合唱も起こっていた。しかし、それだけで二千万ドルを売りあげられるとは、やはり思えない。

ぼくの知識や経験が不足しているせいで理解できない部分もあるだろう。理解できないことを否定したいとは思わない。それに今日は気分がどん低まで落ちこんでしまった日でもある。観る側のコンディションによって作品の評価が変わるなんていうのは、よくあることではないだろうか。しかし、そういったことを差し引いて、自分なりに公正に考えた結果として『アタック・オブ・ザ・キラートマト』は出来のいい作品ではないと思うし、なんなら、ふざけてつくられているような気さえする。黒いイヴニング・ドレスの女性のいっていたとおり、完璧からほど遠い不完全な映画なのだ。でも、だったらどうして人々はそんなにも『アタック・オブ・ザ・キラートマト』に惹きつけられるのだろう。

最初の三〇分しか観ていない理由は、突然のミュージカル・シーン（やはり音楽だけはいい）がおわったところで、唐突に映像と音が途切れてしまったからだ。その原因となったのは、たった一度きりの巨大な衝撃だった。マグニチュード八・〇もかくやという震動が、雷鳴のような爆発音とともに劇場を激しく揺さぶったのだ。

体が一瞬宙に浮いて、ぼくはスクリーンとシートのあいだのスペースに転がるように倒れこんだ。両手を床についたときに傷口がひらいてしまったらしく、痺れるような痛みが脳天まで駆けあがった。それでも頭や腰を打たなかったのだから、まだましなほうだったのかもしれない。場内からは「ぐえっ」とか「ぼぐっ」という複数のうめき声があがっていた。

「えっ？　戦争？」

そうつぶやいたのは、ひとつうしろのシートの下から這いあがった青ジャージの女性だった。

彼女は画用紙でつくった金メダルを首からさげていた。いまならわかる。これは映画に登場する元オリンピック水泳選手のコスプレだ。非常灯の薄明かりしかないのでよく見えないが、どうやら彼女は口のなかを切ってしまったらしく、あごまで血を垂らしていた。

元オリンピック水泳選手は小声で「戦争？　戦争？」とくりかえした。案外、ありえない話ではないかもしれない。海のむこうのとある国は実験や訓練と称して、この一年で数十発もの弾道ミサイルを発射しているのだから。そのうちのひとつが東京に落ちてきたとしても、驚くにはあたらな——いや、驚くに決まっているが。

通常の照明がついて、客席じゅうから安堵《あんど》のため息が漏《も》れた。ぼくは黒いイヴニング・ドレスの女性をさがしてきょろきょろと周囲を見まわした。彼女はスクリーンの逆側の端あたりに立って、無表情でドレスについた埃《ほこり》を払っていた。どうやら、怪我はしていないようだ。

ぼくは黒いイヴニング・ドレスの女性のそばへ行って声をかけた。立っていると、背の高さとすらりとしたスタイルのよさがよくわかる。もしかしたら、一八〇センチ以上あるかもしれない。

「大丈夫？」

「戦争でもはじまったの？」

彼女は水泳選手とおなじ疑問をかえした。

「どうだろう」

地震の可能性について考えてみたけれど、揺れは一度だけだったし、外からきこえてきたのはなにかが爆発するような音だった。地震ならこういう風にはならないような気がする。

「あるいは隕石かもしれないわね」

「なるほど」

たしかに、いいところをついているかもしれない。一〇年くらい前にロシアかどこかに隕石が落ちてきたときは、上空で爆発して広範囲に衝撃波の被害を与えたときいたことがある。

《現在、状況を確認しております。お席についてお待ちください。お怪我をされた方は、救急セットの用意がございますので、ロビーにて劇場スタッフまでお申しつけください》

上映開始前にきいたアナウンスとおなじおじいさんの声だった。観客たちは、やれやれ、とぼやきながらシートにすわりなおした。ちょっとした出血をハンカチで拭《ふ》いたり、打撲《だぼく》の痛みに顔をしかめたりする人はいても、いますぐ医者を必要とするような重傷者はいないようすだった。急なことだったからびっくりしてしまっただけで、もしかしたらぼくが思っていたほど大きな揺れではなかったのかもしれない。

観客たちは、各々のスマートフォンをタップしたりスワイプしたりしはじめた。ぼくのスマートフォンは電源を切ってバッグに入れてあるけれど、それは映画鑑賞のマナーのためというよりは、おそらく会社から――もしかしたら警察からも――届いているであろう、着信やメッセージの通知を見るのが怖いからだった。

ぼくはスマートフォンをしまったままにして、周囲の観客の会話に耳をすました。きこえてきた言葉は「なんなの」「どういうこと」「わからない」などなど。どうやらニュースはおろか、SNSにも有力な情報はないらしい。

「豊島《とし》区《ま》のあたりでなにかあったみたいね。停電はかぎられた範囲でしか起きていないみたいだけれど、都内全域の電車が安全のため運転を見あわせているそうよ」

唯一、具体的な情報を簡潔に伝えてくれたのは、黒いイヴニング・ドレスの女性だった。

「ミサイルじゃないのならよかった」

「ミサイルじゃないとはいってないわ。なんならミサイルなんて真実味があるほうよ。ネットはもっとありえないデマであふれかえっているし」

「デマって？」

「人工地震がどうとか、時空の裂け目がどうとか。しばらくデマが飛びかうでしょうから、本当のことはもう少し待ってみないとわからないわね」

「ずいぶん冷静なんだね」ぼくは感心していった。

「どうせ世界は変わらないもの。ちょっと大騒ぎしたと思っても、またすぐにくだらない日常がもどってくる。期待したってしかたないわ」

ぼくがトラブルをかかえてここにたどりついたように、彼女にもいろいろあるのだろう。少なくとも、これまでの人生のどこかでかかえこんでしまったものが。おかしな格好をして、おかしな映画を観にくることに、特別な理由なんていらないかもしれない。けれど、だからといってすべての人間に理由がないわけじゃない。あるところには理由がある。彼女のことをなにも知らないぼくがあれこれ考えても、しかたのないことだけれど。

《お知らせします。本日の上映は中止とします》

ふたたび流れたアナウンスに観客たちは残念そうな声を漏らしたが、かといって混乱もなかった。こういう状況ならしかたないというあきらめはもちろん、アナウンスの響きに劇場スタッフの苦渋の決断の色がにじんでいたからだろう。

《――先ほどの現象についてまだ詳しい報道は出ていないようですが、もし状況が落ち着くようなら上映を再開したいというのがわたしどもの考えでした。しかし、揺れで映写機が倒れてしまいまして、もとから調子はよくなかったのですが、今度こそ完全に壊れてしまったようです。悔しいですが上映を中止せざるを得ません。ロビーにて返金いたしますので、後方の座席の方から押しあわず、ゆっくりとご退場ください。本日は〈シネマ一文〉にお越しいただき、ありがとうございました》

黒いイヴニング・ドレスの女性と目があったので、ぼくは肩をすくめてみせた。最後まで映画を観られたら、彼女の意見をきいてみたかったけれどしかたない。

「いろいろ教えてくれてありがとう。おかげで楽しかった」

「別に」

彼女はスマートフォンに視線を落として、忙しそうに画面の操作を再開していた。どうやらぼくとの会話どころではないらしい。少し残念だったけれど、会釈《えしやく》をしてその場を離れた。

こぢんまりとしたロビーに出て、返金の列の横をすり抜けてトイレへむかった。両手の傷が脈を打つように痛みを発している。倒れたときに床に手をついてしまったし、もう一度消毒しなおしたほうがよさそうだ。

トイレにはいる前にふりかえって見てみると、客たちはぼんやりスマートフォンを見ているか、笑顔で会話しているかのどちらかだった。戦争なんて起きるわけがない。そんなものは遠いどこかの国の出来事でしかないのだから。先ほどの衝撃もガス管の事故だとか、おそらくそんなところが関《せき》の山だ。黒いイヴニング・ドレスの女性がいっていたとおり、今日も世界は変わらないだろう。

3

男子トイレにはいると、ふたりの先客が小用を足していた。ぼくは目立ちたくなかったから、個室にはいって彼らが出ていくまでの時間をつぶすことにした。われながら、なにをしているのだろうと思う。個室の床には水たまりができていた。おそらく、先ほどの衝撃で便器の水がこぼれたのだ。汚水ではないようだけれど、さらに気分が落ちこんでしまった。

便座に腰かけて目を閉じると、いやでも今日起こったことの断片が瞼《まぶた》の裏側に浮かんだ。粉々に割れた陶器《とうき》の破片。カーペットにしみる琥珀《こはく》色の液体。怒号。軋《きし》む骨。裂ける肉。怒号。甲高い音をたてて変形する金属。痛みと血。そして、怒号。あんなのは二度とごめんだ。

扉のむこうの気配が消えるのを待って、ぼくは外に出た。だれもいないトイレの洗面台で二月の冷たい水道水にそっと手をくぐらせてから、ペーパータオルをあてて傷口の血を拭きとった。つづいて、バッグからとりだした消毒液を手の甲に片方ずつかけると、刺すような痛みがして思わず息を吸いこんだ。鏡に映っている自分の顔を見てうんざりする。頭突《ずつ》きでもしてやりたい気分だ。心も体もくたくたに疲れていた。

ロビーにはすでにだれもいなくなっていた。思っていたよりも長いあいだトイレに籠もっていたらしい。お金が惜しいわけではないけれど、黙って出ていくのはやましい感じがして、ぼくは劇場スタッフをさがした。パンフレットの見本やグッズのTシャツが飾られたカウンターのなかにも、関係者以外立入禁止の立て札が置かれた短い廊下にも人影はなかった。

不意にだれかが大きな声を出すのがきこえて、ひらきっぱなしの防音扉からスクリーンをのぞくと、そこに何人かの人間が残っていた。

劇場スタッフだけではなく、一般客もいるようだった。上映前に見たスポーツマスコットのような着ぐるみの鳥を含めた数名がシートにすわり、また別の数名がスクリーンの前で立ち話をしていた。

ぼくは立ち話をしているグループのなかに、先ほどの黒いイヴニング・ドレスの女性を認めた。いっしょにいる白髪《はくはつ》のロングヘアをうしろで束ねたおじいさんのジャンパーには〈シネマ一文〉と書かれている。

近づくと、彼らは不思議そうな顔でこちらを見た。こんなに長くトイレに籠もっていた客がいるなんて思ってもみないだろうからしかたない。ぼくは申し訳ない気持ちになりつつ、声をかけた。

「すみません。返金がまだなんです」

「ああ、そうだったんだね。まだ残っている人がいるとは思わなかったから」おじいさんはいった。「すぐに事務所に行ってお金をもってくるから……いや、ひとり分くらいなら財布にあるかな。ちょっと待ってくれるかい?」

何度か耳にした場内アナウンスとおなじ声だった。彼はお尻のポケットからコンパクトな橙《だいだい》色の財布をとりだして、なかから千円札を二枚抜き出し、ぼくに手わたした。

「今日はすまなかったね。時間を無駄にさせてしまって」

おじいさんは照れたような笑みを浮かべつつ、優しい声でいった。サンタクロースが本当にいるなら、きっとこんな感じだろうというような温かい話し方だった。

「しかたないですよ」ぼくは黒いイヴニング・ドレスの女性をちらりと見ていった。「みなさん、残ってなにをされているんですか？」

「ええと、それがね——」

「ちょっと！　そっちの返金はおわったんでしょう？　早くこっちの結論を出してくださる？」

おじいさんをさえぎったのは、四〇代くらいの女性だった。ピンポン玉を数珠《じゅず》つなぎにしたような、大きな真珠のネックレスをしている。女性は腕を組んで片眉を吊りあげ、苛立ちを隠そうともしていなかった。うしろには高校生くらいの男の子がふたりと、中学生くらいの女の子がひとり。女性の子供たちだろうか？　男の子はどうやら双子らしく、おなじ顔をしておなじダッフルコートを着ていた。ふたりそろって母親の真似《まね》をして、腕を組んで片眉を吊りあげている。女の子だけが両眉を八の字にして、あわあわと体を震わせていた。

「ですから、すでにお伝えしたとおり映写機の修理は無理だと思います。わたしたちが話していたのは、あくまで記念にいじってみようということでして、万が一それで直るようなことがあれば再上映も可能ではありますが、どれくらい時間がかかるかもわかりませんし、そもそもまずありえないんです」

「だったら、最初からそういいなさいよ！」

「最初からそういっていたでしょう。あなたが理解するまでに時間がかかっただけよ」

烈火《れっか》のごとく怒鳴る女性にむかって、冬のつららのように冷たくいいかえしたのは黒いイヴニング・ドレスの女性だった。

「なによ、変な格好して⁉　子供たちが興味あるっていうから来てみたけど、もうどうでもいいわよこんなクソ映画！」

「そういうあなたはクソ人間ね」

この言葉はもちろん女性をさらに激昂《げきこう》させたけれど、映画館のジャンパーを着たおじいさんがあいだにはいってくりかえし頭を下げたおかげで、つかみあいにまでは発展しなかった。おじいさんがいなければ、まずまちがいなく暴力沙汰《ざた》になっていただろう。真珠のネックレスの女性は口から唾《つば》をまき散らして、いまにも獲物《えもの》に飛びかからんとする野獣のような雄叫《おたけ》びをあげていたし、黒いイヴニング・ドレスの女性は見たこともない格闘技のような構えをとっていたから。

おじいさんから返金を受けた女性は「死ね」「つぶれろ」といった暴言をつぶやきながら映画館を出ていった。双子の男の子たちも母親を真似ておなじようなことをつぶやいていた。末の妹らしい女の子だけが「あのっ、あのっ、ごめっ、ごめんなさいっ」と震えながらこちらにむかって謝罪の言葉を述べたけれど、母親はそんな彼女に「あけび！　こんなゴミみたいな連中に謝るのはよしなさい！」と叱責《しっせき》の言葉を浴びせた。女の子はますます震えて、今度は母親に謝罪しはじめた。見ていてあまりに不憫《ふびん》だった。

親子連れが帰ってようやく劇場が静かになると、おじいさんが肩をすくめてにっこり笑った。

「やれやれ。でも、星乃《ほしの》さんのクソ人間はケッサクだったな」

どうやら、黒いイヴニング・ドレスの女性は星乃さんというらしい。

「あいだにはいる必要なんてなかったのよ。せっかく『スカイライン ―奪還―』を観て習得したシラットを試すチャンスだったのに」

「シラットは礼節や思いやりを重んじる格闘技ですよ？　くだらない喧嘩《けんか》につかってはだめでしょうよ」

おじいさんのうしろから、ベージュのジャケットを着たぽっちゃり目の男性がひょっこり出てきていった。

「忍成《おしなり》さんは虚《むな》しくならないの？　わたしたちがクレーマーに立ちむかっているときはなにもせず、あとになってつまらないツッコミをする自分に」

「まあ、なりますね。しかしながら、わたしは怖くて動けなかったのですから、許していただきたいところです。人間にとっていちばん大切なのは許すことですから」

星乃さんはベージュのジャケットの男性――忍成さんを無視して、スマートフォンを操作しはじめた。

「あの、すみません」ぼくはおじいさんにいった。「さっき、記念に映写機をいじってみようっていっていたのは？」

「ああ、そのこと？　まあ、最後だからね。メーカー修理に出すつもりもないし、試しにやってみようかってみんなで話してたんだ。そうしたら、さっきの女性がからんできてね」

「最後、ですか？」

「〈シネマ一文〉は今日で閉館なのよ」星乃さんがいった。

「ひっそり閉めようと思っていたから、お知らせは出してなかったんだけれどね。ここに残ってる人たちは、どういうわけか勘づいてお別れをいいにきてくれたんだよ」

「今後の上映予定が出てないんだからばれればれよ。平日の昼間にくだらない映画をやっておわりにしようなんて、一文さんの考えそうなことだし」

「最高にくだらない映画をね」おじいさんは照れくさそうに笑った。そして、ぼくのほうをむいて会釈をした。「あ、申し遅れましたが、支配人の一文です」

「一文さん、ぼくもいっしょに待っていていいですか？　映写機が直ったら上映を再開するんですよね？」

　ほかに行くあてもなかったから、しばらくここで休ませてもらえるならそれがいちばんありがたかった。先ほどの星乃さんは痛快だったし、一文さんの優しい話し方は心を穏やかにしてくれる。ぼくはいつのまにか、今日でおわりをむかえるというこの映画館――〈シネマ一文〉のことが好きになりはじめていた。

「まあ、直ったらねえ」一文さんは少し考える顔をした。「でも、さっきの女性にもいったけれどまず無理だと思うよ。デジタルになってから、手を出せるところがずいぶん減っちゃってね。わたしらの経験なんてほとんど歯が立たなくなってるんだ。ここから先は趣味みたいなものだし、時間だって決められない。すぐに面倒くさくなってやめてしまうかもしれないし、逆に夢中になって真夜中までいじってみるかもしれない。だから再上映といっても、あくまで私的な上映会のようなものになるんだけれど、それでもいいの？」

「ここから先はじゃなくて、これまでどおりでしょ？　趣味でやっているのは」

星乃さんの表情からは、親愛の情をこめていっているのか、あるいは冷静に訂正をうながしているだけなのか読みとれなかったけれど、そういわれて一文さんは嬉しそうに笑った。

「たしかにそのとおりだね。だから、最後まで趣味でやらせてもらうよ」

「ぼくはかまいません。私的な上映会に参加させてもらってもいいなら、ですけど」

「ああ、いいとも。でも、本当に期待しないでね？」

「すわってのんびりするだけですから。それに、ここのシートが気に入ったんです。まるでクリームみたいに柔らかくて」

「シートはイタリアから取り寄せたものでね、うちの映画館の自慢だったんだよ。それじゃあ、わたしは玄道《げんどう》氏といっしょに映写機をいじりに行ってくるよ」

少し離れたところで腕組みして立っていた、スキンヘッドのおじいさんが黙ってうなずいた。おじいさんといっても非常に筋肉質で、背筋がピンと伸びていた。しかも、冬だというのに〈シネマ一文〉と書かれたTシャツ一枚しか着ていない。

「それから――」一文さんはしばらくぼくを見つめてから、言葉をつづけた。「きみの手はきちんと手当したほうがいいな。化膿《かのう》してしまったら大変だからね。忍成さん、頼めるかい？」

「かしこまりました。わたしが真価を発揮するのは、争いではなく癒やしですからね。いわば、戦場の天使というわけです。ええと――あなた、名前は？」

「犬居《いぬい》です」ぼくは答えた。

「犬居さん。もう心配いりません。わたしにすべてをゆだねてください」

この人も星乃さんに負けないくらい変わっているみたいだ。

4

ぼくはシートにすわって忍成さんから傷の手当を受けた。劇場後方の映写窓のむこうに、復旧作業をおこなう一文さんと玄道氏の影がちらちらと見える。テレビやスマートフォンのように画面そのものが映像を出力するのではなく、映写機があの窓からスクリーンに映像を投影しているのだと思うと、なんだか面白く感じた。

忍成さんは自分のことを戦場の天使といっていたけれど、救急セットのさまざまな薬や道具を見てしばらく固まっていたし、包帯を巻くのもからっきし下手だった。けれど、軟膏《なんこう》を塗ったりガーゼを当てたりするたびに、ぼくを気づかって「大丈夫ですか？　わたしがここにいますからね」などと声をかけてくれたので、悪い人ではないのだと思う。ここの人たちといると、不思議と午前中のうんざりした気分を忘れられるような気がしてくる。

ぼくが手当を受けているあいだも、星乃さんはずっとスマートフォンで情報収集をしていた。彼女によると、現在も政府なり警察なりの公的機関から公式発表はなく、メディアは憶測にもとづいたいい加減な情報ばかり流しているらしい。わかっていることは、どうやら豊島区でなんらかの爆発があったらしいということ。爆発の中心地から半径二〜三キロメートルにわたって電波障害が発生しているらしいということ。そして、いまもまだ都内の公共交通機関が止まったままだということくらいだ。電波障害のせいでＳＮＳにも現地からの投稿がほとんどなく、稀《まれ》にあったとしても要点を得ない意味不明なものであるか、過去のニュース画像のコラージュやAIが生成した画像をつかったデマであるかのどちらかだった。

「結局、なにもわからないままなんだね」ぼくはいった。

「電波障害のせいでドローンも飛ばせないみたいね」星乃さんは静かな口調でいった。「さっきからどこの報道も渋谷《しぶや》の駅前にできたタクシー待ちの大行列ばかり映してるわ。だけど、テレビ局ならヘリコプターくらい出せるはずよ。それをしないのは政府がなんらかの規制をかけていると考えるのが自然でしょうね。案外、ミサイル説がいい線いってるかもしれない。核兵器を上空で爆発させると、地上の広い範囲で電子機器が使用不能になるというし」

「豊島区からここまで五～六キロくらいしかないよ。核ミサイルならこのあたりにも、もっと被害が出てるんじゃないかな？」

「低出力核兵器ならこんなものかもしれないわよ？」

「低出力の核兵器なんてあるんだ」

「本当になにも知らないのね、あなた」

そのとき、ぼくをのぞいた全員のスマートフォンから、あまりきいたことのない警報のような音が鳴りわたった。緊急地震速報とはちがう、もっとねっとりとした恐怖を煽《あお》るような響きだった。

「えっ、なんの音？」

「Ｊアラートよ。《緊急情報。当地域に危険がおよぶ可能性があります。すみやかに屋内に避難してください。すでに屋内にいる方は、扉や窓を閉めて施錠《せじょう》してください。雨戸やシャッターがあれば、すべておろしてください》――だって。どういうこと？」

「扉も窓も閉めきったら、屋外の人も避難してこれないのに」

「もしかして、放射性降下物？　本当に核ミサイルだったってわけ？」

星乃さんは興奮しているみたいだった。

「いま核ミサイルっていいました？」

救急セットを返してもどってきた忍成さんが、青い顔をしていった。

一文さんと玄道氏も、そろって映写室から客席に移動してきた。もちろんふたりとも手にスマートフォンを握っていた。

「Jアラート見たかい？　いったいなにが起こってるんだ」

「わからない」星乃さんが答えた。「本来なら弾道ミサイル情報だとか、テロ攻撃情報だとか、もう少しわかるように書くはずだけど」

「ふむ……ひとまずシャッターを閉めよう。みんなも手伝ってくれるかい？」

それから場内にいるほかの人たちといっしょに、一文さんと玄道氏を手伝って扉や窓を閉めてまわった。ロビーにつながる正面の入口にはシャッターもおろした。そのとき外のようすを見たけれど、人々はJアラートの内容に半信半疑なようで、走ったり騒いだりするものもなく、のんびり歩いてななめむかいのスーパー・マーケットなんかにはいっていった。

一文さんはだれかが劇場に避難してくるかもしれないからと、シャッターを途中までおろしたところでしばらく道路を見張っていたけれど、わざわざこんなときに〈シネマ一文〉を選ぶ人はぼくたちのほかにひとりもいなかった。

結局、ぼくたちはすべての出入口と窓を閉めきって客席にもどった。さっきまで思い思いのシートにすわっていたみんなが、今度は前から一列目と二列目の席に集まった。みんな落ち着いているように見えて、不安を感じていたのだと思う。スポーツマスコットのような赤と黄色の鳥はこんなことになっても着ぐるみを脱《ぬ》がなかったから、どんな表情をしているのかわからなかったけれど。

「本当に戦争だったらどうしましょう」忍成さんはいった。

「勘弁してもらいたいね」一文さんは頭を掻いた。「こう見えて、わたしは戦後生まれなんだよ。戦争のない時代を生きてこられたことが、わたしの自慢のひとつだったんだ」

「あの、よかったらみんなで自己紹介しないっスか？　しばらくここから動けなさそうですし」

そういったのは二列目にすわっていた金髪の女性だった。頭頂部の髪が黒いのでカラメルの載ったプリンのようになっている。彼女は提案を疑問形で投げかけたけれど、だれの返答も待たずにそのまま話をつづけた。

「ほいじゃあ、あたしから。名前はフカピョンといいます。フルネームはフカ田ピョン子です。フカはフカヒレとかのフカですね。あっ、もちろんハンドルネームっスけど……〈シネマ一文〉には、彼氏と何回も来てます。最初は『シャークネード』とかサメから映画にはいったんですけど、最近は恐竜にもハマってて、好きな映画は『必殺！　恐竜神父』っス」

そんなタイトルの映画があるんだ、とぼくは思った。どんな内容なのか、まったく想像がつかない。

つづいてフカピョンさんの隣にすわる痩せた眼鏡の男性が立ちあがり、丁寧にお辞儀した。

「自分はウォー・チーフです。フカピョンとは結婚を前提に交際しています。好きな映画は『スーパーバッド 童貞ウォーズ』です。タイトルにウォーズがはいっていたので戦争映画だと思って観賞したのですが、じつにすばらしい青春映画でした」

「おお、『スーパーバッド』」一文さんが嬉しそうにいった。「あれは本当にいい映画だねえ」

「スピルバーグの『プライベート・ライアン』が戦争映画の最高傑作《マスターピース》であるように、『スーパーバッド』は青春映画の最高傑作のひとつであると思います。ラストのエスカレーターは映画史に残る名場面ですね」

このふたりの自己紹介に引きずられて、ひとりずつ自分の名前と〈シネマ一文〉への訪問歴、そして好きな映画を述べる流れになった。玄道氏はあいかわらず黙って腕組みしたままだったけれど、かわりに一文さんが紹介してくれた。ちなみに彼は『ベイビーわるきゅーれ』という映画が好きなのだそうだ。

ひとこともしゃべらないのは着ぐるみの鳥もおなじだった。しかし、一文さんは「彼のことはいいんだ」といって自己紹介の順番を先に進めた。忍成さんが『続・猿の惑星』を好きな映画にあげたのち、ようやく一文さんの口からぼくも知っているタイトル――『ゴジラ』があがった。

「といっても、いちばん好きなのはローランド・エメリッヒの『GODZILLA《ゴジラ》』なんだけれどね」

「わかるわ」星乃さんはいった。「デザインが気に入らないって人もいるけれど、わたしは好き。ゴジラの最期《さいご》はとても悲しかったわ」

「わたしはずっとアメリカに憧れて生きてきたからね。ゴジラがニューヨークを歩きまわっているのを見たときに、なにか夢が叶ったような気持ちになったのさ」

「だったら、最後に『ＧＯＤＺＩＬＬＡ』を上映したらよかったのに」

「いいんだよ」一文さんは笑った。「エメリッヒの映画は、もっと大きなスクリーンでやったほうがいいからね。うちでやるのなら『アタック・オブ・ザ・キラートマト』くらいがちょうどいい」

そういわれて、ぼく以外の全員が納得したような顔つきになった。

「じゃあ、つぎはわたしね。星乃よ」彼女はいつもより早口でいった。じつは自己紹介が苦手なのかもしれない。「〈シネマ一文〉に来るのは今日がはじめて。好きな映画は『地獄のデビル・トラック』よ」

「えっ？　はじめてなの？」

ぼくは思わず声を出した。彼女は一文さんのことを知っているみたいだったし、上映スケジュールにも詳しいようだったから、確実に常連なのだと思いこんでいたのだ。

「そうよ。でも、情報はネットで把握しているから」

「わたしもびっくりしたよ」一文さんがいった。「初対面なのに、まるで長年の常連みたいに話しかけてくるからね。映写機を直してみたらって提案してくれたのも、じつは彼女なんだよ」

「どうせメーカー修理に出さないなら、なかをいじって保証の対象外になっても関係ないでしょう？　わたしのことはいいから、『地獄のデビル・トラック』の話をしましょうよ」

「わたしもけっこう好きです」忍成さんがいった。「ユーモアがありつつホラーとしてもしっかり怖いですからね。ＡＣ／ＤＣの音楽も楽しいです」

星乃さんはうなずいて、ぼくのほうを見た。「さっきあなたがいっていた『ショーシャンクの空に』の原作者――スティーヴン・キングが監督・脚本を務めているのよ」

「そうなんだ。それなら感動もできそうだし、観てみたいな」

「じゃあ、最後はきみの番だね」一文さんがいった。

「あっ、はい」ぼくは唾を飲みこんだ。自分だけみんなのような映画ファンではないということが、ぼくを少なからず緊張させていた。「犬居といいます。ぼくも〈シネマ一文〉に来るのははじめてです。ええと、好きな映画は『スター・ウォーズ／ジェダイの復讐』です」

「復讐っていう派っスか！」フカピョンさんが叫ぶようにいった。

「そこは『ジェダイの帰還』といったほうがいいでしょうよ」忍成さんがいった。「原題も最終的に『リターン・オブ・ザ・ジェダイ』で公開されたわけですし。『ロード・オブ・ザ・リング』三作目の原題が『ザ・リターン・オブ・ザ・キング』だから『王の帰還』になるのとおなじですよ」

「わたしは復讐といっているわ」星乃さんはいった。「『ナポレオン・ダイナマイト』も『バス男』と呼ぶ派よ」

「いや、それも『ナポレオン・ダイナマイト』のほうがいいでしょうよ」

「あははは！　『ナポレオン・ダイナマイト』もラストが最高だったっスよね！」

あいかわらずよくわからなかったけれど、映画の邦題ひとつとってもいろいろな意見があるのだなと思った。みんながとても楽しそうに話すので、ぼくはうらやましい気分だった。

自己紹介がおわり、それぞれ雑談したりスマートフォンをいじったりするようになってからも、ぼくはみんなの名前と好きな映画のタイトルを忘れないように頭のなかでくりかえした。

　黒いイヴニング・ドレスの星乃さんは『地獄のデビル・トラック』、ベージュのジャケットの忍成さんは『続・猿の惑星』、支配人の一文さんは『GODZILLA』、劇場スタッフの玄道氏は『ベイビーわるきゅーれ』、カップルで来ているフカピョンさんとウォー・チーフさんは、それぞれ『必殺！　恐竜神父』と『スーパーバッド　童貞ウォーズ』。名前と好きな映画がわからないのは、スポーツマスコットのような着ぐるみの鳥だけだった。

　ぼくをいれて全部で八人。ウォー・チーフさんがぼそりと「『ヘイトフル・エイト』ですね」といっていたけれど、きっとそれも映画のタイトルなのだろう。

「ねえ、ちょっと。みなさんにこれ見てほしいんスけど」

　フカピョンさんがそういって、スマートフォンの画面をみんなにむかって掲《かか》げてみせた。そこに映しだされていたのは、街をゾンビが走りまわり民衆が逃げまどう映像だった。

「なんか、豊島区から避難してきた人がSNSにアップした動画なんですけど、ゾンビが出たっていってるんスよ」

「この投稿はわたしも見たわ」星乃さんが落ち着いた声でいった。「これは『ワールド・ウォーZ』のワンシーンよ」

「えっ、じゃあデマなんスか⁉」

「そりゃそうでしょう。ブラッド・ピットが映ってるんですから気づいてくださいよ」忍成さんはフカピョンさんのスマートフォンを指でつんつんとつついた。「というか『必殺！　恐竜神父』を観ていて『ワールド・ウォーZ』を観ていない人なんていいるんですか」

「あたし、サメと恐竜が専門なんで。でも、ほかにも動画がたくさんあがってるんですよ。ほら、これなんて完全にハンディカムで撮ってる感じだし、本物じゃないっスか？」

「これは『ダイアリー・オブ・ザ・デッド』ね」星乃さんは即答した。

「だいたい、どう見ても日本じゃないでしょう」忍成さんがため息をつく。

「じゃあ、こっちはどうっス？　これは日本っしょ？」

「『新感染　ファイナル・エクスプレス』ね。韓国の映画よ」

「なんと!?　じゃあこっちなら日本っスよね？　大泉洋《おおいずみよう》映ってるし！」

「『アイアムアヒーロー』ね。日本の映画であってるわ」

「よっしゃ！」フカピョンさんはガッツポーズした。

「いや、よっしゃじゃないでしょうよ。大泉洋が映ってたらだめでしょうよ。いまは映画をつかったデマ映像かどうかを検証しているわけですから」

たしかに忍成さんのいうとおりだったけれど、そのあともフカピョンさんがSNSに投稿されているデマ動画をつぎつぎと見つけてくるので、結果的にゾンビ映画のタイトルを当てるクイズ大会のようになり、みんなかなり盛りあがった。星乃さんはどんなに短く切り抜かれた動画であってもすべて一秒以内に正解を出してしまうので、途中から一文さんの提案で審判をやることになった。みんながわからなかったり自信がなかったりするときは、彼女が答えを教えてくれるという寸法だ。

『ナイト・オブ・ザ・リビングデッド』、『ゾンビ』、『死霊のえじき』、『バタリアン』、『28日後…』、『ショーン・オブ・ザ・デッド』、『ドーン・オブ・ザ・デッド』、『バイオハザードⅡ　アポカリプス』、『ゾンビーノ』、『28週後…』、『プラネット・テラー in グラインドハウス』、『ゾンビランド』、『ロンドンゾンビ紀行』、『アーミー・オブ・ザ・デッド』などなど……ぼくは世のなかにゾンビ映画がこんなにたくさんあるなんて知らなかった。

「ゾンビは癒やしだからよ」星乃さんはいった。「嚙まれればだれもがゾンビになるし、ゾンビになってしまえば人種も民族も性別も貧富も関係ない。着飾って自分を特別に見せようとしたり、なにかを所有してだれかに差をつけようとしたりする必要もない。他人とのちがいに傷つくこともない。空腹が満たせるならそれで満足。それって、ある意味で理想的だと思わない？」

そういわれると、ゾンビになるのも悪くないような気がしてくる。感情にふりまわされることの根本的な原因は、感情が存在することそのものにある。みんながなにも考えなくてよくなるのなら、それもいいのかもしれない。

「じゃあこれはわかるっスか？」

フカピョンさんも、もはやデマかどうかではなく映画のタイトルがわかるかどうかをきくようになっていた。みんなつぎこそ自分が当てるぞと気合を入れて、フカピョンさんのスマートフォンに視線を落とした。

動画には都心の歓楽街をふらつきながら歩く、頭部が二倍くらいの大きさに膨れあがった女性が映っていた。しかも、頭部の皮膚はところどころ裂けていて、吹き出した血が胸元まで真っ赤に濡らしている。首から下は普通の人間と変わらないのが、かえって恐ろしかった。

女性は画面の右端から歩いてきて、やがて道のまんなかに立つヘッドホンをした男性の首に嚙みついた。周囲の人たちが驚いて悲鳴をあげ、走ってその場から離れていく。

画面が奥のほうにズームすると、おなじように膨らんで真っ赤に染まった頭部をもつものたちが、ほかにも何体かいることがわかる。見覚えのある景色は池袋《いけぶくろ》だろうか？　ぼくの会社からすぐのところにある通りのように思える。

「うーん。これはたしかに日本の作品みたいですが……」

「邦画なら『ＳＴＡＣＹ』とか……いや、こんなシーンはなかったな」

フカピョンさんの手の上でリピート再生される動画を見つめて、全員が首をかしげた。

「降参だ。星乃さん、正解をお願いするよ」一文さんがいった。

「こんな映画はない」星乃さんは目を見ひらいていった。「これは本物よ」

5

星乃さんが高らかに笑いはじめたので、みんな驚いた。

「あ～ははっ、はははっ！　世界なんて、現実なんて、どうせ変わらないと思っていたけれど……ゾンビだなんて常識がひっくりかえるわ……はははっ、最高よ！」

「待ってください」ウォー・チーフさんはいった。「自主制作映画ということはないですか？」

「ないわね」星乃さんはすばやく切りかえした。「映っているのは池袋のサンシャイン60通りよ。こんな大規模ロケは自主制作映画には無理」

「ＣＧってことはないっスか？」フカピョンさんがいった。

「それもないわね。クオリティが高すぎる」

「それって……それってヤバいんじゃ？」

「最高よ」

「いやいや、いくらなんでも非現実的な」忍成さんは引きつった笑みを浮かべた。「核ミサイルといっていたと思ったら、今度はゾンビって……おつぎはなんです？」

「わたしに知らない映画があるとでもいいたいの？」

「そんなつもりはありませんが……でも、知らない映画がないってこともないでしょう？」

「ないわ。このレベルのゾンビ映画なら、確実に観てる」

「では、ゾンビではなくなんらかの病気だとしたらどうです？」ウォー・チーフさんはいった。「先ほどの動画に映っていたのは、あくまで頭が赤く腫《は》れあがった女性が、通行する男性の首を噛んだということだけです。たとえば循環不全などで脳室に髄液が溜まれば頭は膨らみますし、狂犬病に感染すれば錯乱して攻撃的な行動に出ることもあります」

「あの動画には真っ赤な頭のゾンビがうしろにも何人か映っていたでしょう？　あなたはあれが全員脳脊髄液の循環不全で、さらに狂犬病だっていうわけ？」

「まあまあ」一文さんは星乃さんをなだめるようにいった。「ここで話してたって結論は出ないよ。わたしが外のようすを見てくるから、みんなはここで待っていてくれないか」

「ようすを見にいくのっていかにも死亡フラグじゃないスか？　マジでゾンビがいたらマズいっスよ」

　フカピョンさんの言葉に一文さんはにっこりと微笑《ほほえ》んだ。一文さんの笑った顔はいつも優しいから、たしかにいわゆる死亡フラグのようなものを感じないこともない。

「大丈夫。なにもシャッターをあけて外に出ていこうっていうんじゃないんだ。事務所の窓から少し外をのぞいてみるだけだよ」

「なら、わたしも行くわ」星乃さんがいった。

「だったら、ぼくも行きます」

ついうっかり、彼女につられていってしまった。映画の話題で遅れをとったから、少しくらいは役に立ちたいと思ったのかもしれない。もちろん、ぼくが行ったからといってどうなるものでもないけれど。それに、もし本当に世界が変わってしまうのなら、ぼくもそのようすを見てみたかった。

「じゃあ、あたしも！」

「フカピョンが行くなら、自分も」

フカピョンさんとウォー・チーフさんがいうと、玄道氏と着ぐるみの鳥も手をあげた。忍成さん以外の全員が同行を希望したことになる。一文さんは笑いながら頭を掻いた。

「納戸《なんど》を事務所にしているから、とても狭いんだよ。そんなに来たら、それこそ『アタック・オブ・ザ・キラートマト』の会議室シーンみたいになってしまう。まずは星乃さんと犬居さんとわたしだけで行ってみるから、ほかのみんなはここで待機していてくれないか。もし、一〇分たってもどらなかったら……そうだな、そうなったときもここに隠れて待機していたほうがいいだろうね。もし本当にゾンビが出たのなら、警察だとか自衛隊が来るのを待つしかないんだから」

一文さんのいうとおり、事務所はとても小さかった。ひとそろえの事務用机と椅子が、積み重ねられた大量のダンボールにかこまれている。たしかに、この狭さなら一度に部屋にはいるのは三人が限界だろう。色褪《いろあ》せて独特の匂いを放っているダンボールには《チラシ類・1998年前半》だとか《夏祭り用・その③》だとか、そういった分類が黒いマジックで書かれていた。

「採光用の窓でね。普段はこんなところのぞかないんだが」

そういって一文さんが指さした先を見ると、事務用机の接する壁の上辺に沿って細長いはめ殺しの窓が設置されていた。

「ちょっと失礼するよ。机の上に乗らないと見えないからね」一文さんは靴を脱ぎ、椅子を踏み台にして机の上にのぼった。お年寄りとは思えないような軽やかな動きだった。「犬居さん、机がひっくりかえらないように押さえててくれるかい？」

「あっ、はい」

ぼくはいわれたとおり机を両手で押さえた。あまり高級そうな机ではなかったし、ずいぶん年季がはいっていたから、一文さんの重心が移動するたびにがたがたと音を立てて揺れた。押さえていればひっくりかえることはないだろうが、その前に机そのものがばらばらに壊れてしまいそうな気さえする。そう思った瞬間、星乃さんがぼくの横をすり抜けて机の上にあがった。ぼくより背が高いのに、その動きはネコ科の動物のようにしなやかですばやかった。映画好きというのは、みんなこんなに身軽なものなのだろうか。

「なによ、平和そのものじゃない」窓をのぞいて星乃さんはいった。

「平和がいちばんだからね。なによりだよ」

一文さんは安心したようすで、今度はゆっくりと慎重に机からおりた。ぼくが机を押さえたままでいると、星乃さんから「犬居さんは見ないの?」ときかれた。

「机に乗るのはひとりずつにしたほうがいいんじゃないかな……それに、なにごとも起きてないんだろう?」

「わたし、見た目より軽いから問題ないわ。万が一机が壊れたとしても、安物だからたいしたことないし。それに、平和ではあるけれど普段あまりない光景が見られるわよ」

一文さんが苦笑いしつつ「どうぞ」とうながしたので、ぼくも靴を脱いでおそるおそる机に乗った。ぎしぎしといやな音が鳴る。

事務所はロビーに隣接しているから、窓の向こうには映画館の正面——国道254号線が見えた。向かい側にならぶ薬局やスーパー・マーケットは、どこもシャッターをおろしている。自動車は道路に行列をつくったまま停車していて、どうやら運転手もいないようだった。どこかで流れが詰まってしまって、みんな車を置いて避難するしかなかったのだろう。警察が通行止めをおこなった結果なのかもしれないし、単に人々の混乱でこうなったのかもしれない。

歩道や停車している車列のあいだを、豊島区のある東側から練馬《ねりま》区や埼玉《さいたま》県につながる西側へむかって、たくさんの人たちがとぼとぼと歩いていた。電車は止まっているし、この状況ではタクシーもつかえないから歩いて帰るしかないのはわかるが、彼らはJアラートを見ていないのだろうか。

「詳細がわからないままだから、屋内で待機するのをやめてとりあえず家に帰ることにしたんでしょうね。わたしたちは放射性降下物の可能性を考えてここに籠《こ》もる判断をしたけれど、原因次第では爆発のあった場所から遠ざかるほうが正解かもしれないし」

「どこもシャッターが閉まっているから、避難しようにもできないのかも」

「その可能性もあるわね。あら、見て。さっきの家族じゃない？」

星乃さんがあごをむけたほうを見ると、『アタック・オブ・ザ・キラートマト』の上映中止後に一文さんたちにクレームをつけた母親と、彼女のうしろをついていく高校生くらいの双子の男の子と、あのときただひとり謝罪した中学生くらいの女の子——たしか、あけびちゃんと呼ばれていたはずだ——の姿があった。

ここで揉めたあとに買いものにでも行ったのだろうか。母親は駅前のショッピング・センターの紙袋を手にさげていた。時間的にいって、彼女たちも星乃さんがいっていたように、Ｊアラートで一時屋内待機したのち、やっぱり歩いて帰ろうと出てきたのかもしれない。

そのとき、東のほうから悲鳴とも雄叫びともつかない声があがった。窓にぴったり顔をつけて道路の向こうに視線をやると、歩道に倒れている人たちや、そのあいだを縫《ぬ》うようにこちらにむかって走ってくる人たちが見えた。

走っているのは逃げている人ばかりではないようだった。彼らのうしろには追ってくるものたちがいた。それらは動画で見たのとおなじ、人間ではない——あるいは人間ではなくなってしまったなにかだった。膨張した頭部は通常の二倍くらいの大きさがあり、オーブンで焼いたパンが膨らんでひび割れるようにところどころ皮膚が裂けて、血で真っ赤に染まっていた。

首から下は普通の人間であるにもかかわらず、走るフォームはでたらめで奇妙だった。関節をおかしな方向に曲げて、全身を上下にも左右にも激しく揺らしている。それでいて、オリンピックの短距離走選手のようにすさまじく速い。

「やっぱり本当だったのよ」星乃さんは興奮を抑えきれないようすでいった。

それらのうちの一体が向かいの薬局のあたりまでやってきて、逃げ遅れたグレーのパンツ・スーツの女性に飛びかかった。前のめりに倒れた女性の髪をつかむそれに表情と呼べるようなものは、なにひとつ浮かんでいない。それはうつろな目をしたまま、カップケーキでも食べるように口を大きくひらいて女性の後頭部に噛みついた。甲高い悲鳴が響きわたる。

「どうしたんだい？　なにが起きてるの？」うしろで一文さんがいった。

「真っ赤な頭の、真っ赤な頭の――」ぼくは動揺してうまく言葉を見つけられなかった。いったい、真っ赤な頭のなにといえばいいのだろうか。「とにかく、動画とおなじやつが人を襲ってるんです」

交代して一文さんにも見てもらうべきだと思ったけれど、ぼくの体は動かなかった。窓の向こうの景色から目を離すことができなかったのだ。

逃げまどう人たちのなかには、スーパー・マーケットのシャッターを叩いてなかに入れてもらおうと懇願《こんがん》するものもいたけれど、当然のようにそれは固く閉ざされたままだった。いまひらいてしまったらあの真っ赤な頭のやつらを店内に招き入れることになってしまうのだから無理もない。もし、この映画館に助けを求めてくる人がいたら一文さんはどうするだろう？　彼ならシャッターをあけてしまうかもしれない。なんとなくそんな気がする。そのとき、ぼくは一文さんを止めるべきなのだろうか？　それとも一文さんを手伝うべきなのだろうか？

「見て！　さっきの家族！」星乃さんが叫んだ。

自動車と自動車のあいだに、一文さんを怒鳴りつけていた例の母親が倒れこんでいた。急いで逃げようとするあまり転んでしまったのだろう。末娘のあけびちゃんが腕をつかんで彼女を起こそうとしている。しかし、当の母親は落としてしまったショッピング・センターの紙袋からこぼれたいくつかの小さな箱——宝石かアクセサリー、あるいは香水でもはいっているような美しいデザインだった——のほうが気になるようで、娘の手をふりはらって拾い集めようとしていた。双子の男の子たちも、母親の指示なのかそれらを回収する手伝いをしていた。

「クソッ！　早く逃げなさいよ！」吐き捨てるように星乃さんがいった。

親子のうしろのほうで、先ほど後頭部を噛まれたパンツ・スーツの女性が歩道に横たわったまま何度も痙攣《けいれん》していた。いつのまにか頭がぱんぱんに膨らんで、裂けたところから血が吹き出ている。痙攣がおさまったかと思うと、彼女は体をななめに傾けた不自然な姿勢で立ちあがった。うつろな目とだらしなくひらいた口がすべてを物語っている。やはり彼らはゾンビなのだ。ゾンビに噛まれたものはゾンビになる。彼らはそうやって数を増やしていく。映画に詳しくないぼくだって知っていることだ。

新しくよみがえったゾンビが目をつけたのは、母親と双子の男の子と、そしてあけびちゃんの家族だった。自分たちのおかれた状況をようやく理解したのか、親子はショッピング・センターで購入した商品をその場に捨てて逃げだそうとした。しかし、母親は先ほど転んだときに足をくじいてしまっているようだった。先に走っていった双子の男の子たちが頭を抱えてなにかを叫ぶなか、あけびちゃんだけが母親のところに残り、ふたたび倒れかけた彼女の体を支えた。

しばらくのあいだゾンビはそんな親子のようすをうつろな目で見守るばかりだったが、やがて自分のなすべきことを思い出したかのように走りはじめた。近づいてくるゾンビを見て、母親は子供たちにむけてなにかをいった。それは逃走経路についての指示だったのだろう。双子の男の子たちは、すぐ近くに停車していた白いセダンのボンネットに飛び乗った。そのままルーフに駆けあがり、そこから隣にならんでとまっていたトラックの荷台の縁《ふち》をつかんで、その巨大なアルミ製の箱の上まで一気によじのぼった。

これはすばらしい計画だった。周囲を見わたしてみれば、ゾンビたちは道路を平行に移動するのみで、どこかにのぼったりするような垂直の移動をまったくしていなかったからだ。ただし、足をくじいた母親と、それを支える娘にとっては、双子を追って荷台の上に行くだけの時間が絶望的に足りなかった。

「だから、早く逃げろっていったのよ!」

星乃さんのいうとおりだった。しかし、いまさらなにをいっても遅いのだ。彼女たちのたどるであろう悲惨な最期――つまり、母親と娘がそろって膨張した頭から血を吹き出させるようす――を想像して、ぼくは比喩ではなく胸に強い痛みを感じた。激しい動悸《どうき》がして、呼吸がうまくできなかった。

ところが、ぼくと星乃さんはここで信じられないものを目にすることになった。それはいわゆる火事場の馬鹿力というものだろうし、あるいは奇跡といってもいいのかもしれない。とくに力強い印象もない十人並みの体格の母親が、子供とはいえすでに中学生くらいの娘を抱きあげて、バスケットのセットシュートでもするかのように白いセダンのルーフに放り投げたのだ。すぐに双子の兄たちが手を伸ばし、あけびちゃんをトラックの荷台に引っぱりあげた。おそらくほんの数秒の出来事だったが、ぼくには一連の光景がスローモーションのように感じられた。映画ならこういうとき、きっとそういう演出をするのではないだろうか？

しかし、そんな救出劇の興奮もすぐにどこかへ吹き飛んでしまった。ゾンビに馬乗りにされて、おでこをがぶりとかじられた母親が尋常ではない声をあげたからだ。母親は悲鳴とともになにか恨《うら》みごとのような言葉を吐いているようだったが、窓で隔《へだ》てられたぼくたちのところには正確な音が伝わらず、なにをいっているのかまではわからなかった。トラックの荷台の上では、三人の子供たちが大声で泣き叫んでいた。地獄だった。

言葉を失っていると、うしろから一文さんがぼくと星乃さんに事務用机からおりるようにいった。ぼくたちはなにもいわず指示にしたがった。かわりにふたたび机にあがった一文さんは、しばらくのあいだ外のようすをながめていたが、やがて無言でそこからおりた。

6

客席にもどり、一文さんとぼくは外のようすについてみんなに説明した。

真っ赤な頭のゾンビたちが豊島区方面から走ってきたこと。ゾンビに噛まれると頭が膨らんで、彼らとおなじゾンビになってしまうこと。ここで上映中止後にトラブルになった親子連れがいて、母親が犠牲になったこと。子供たちはトラックの荷台の上に避難していること。一文さんは最後に、ほとんどの人は逃げられたんじゃないかと思う、とつけくわえた。一部のゾンビは逃走する人々を追って西へ走っていったが、大半は目的を失ってこのあたりを徘徊《はいかい》しているらしい。

「それから、少なくともやつらは建物に侵入しようという気はないようだったよ。シャッターのない店や普通の住宅なら窓を割ってはいったりもできると思うんだけれど、そういうゾンビはいなかったんだ。通りから人がいなくなったら、やつらはもうどうしたらいいかわからないようだったね。政府がどこまで知っていたのかわからないが、Ｊアラートの屋内避難指示はそれなりにいいところをついていたということになるなあ」

「そんなに頭の悪いゾンビなら、引きつづきここに籠もって警察なり自衛隊なりが助けに来るのを待っていれば大丈夫じゃないですか？」忍成さんはいった。

「うーん」フカピョンさんが腕組みをして唸った。「でも、ゾンビたち走ってきてたんですよね？　さっきの動画だとふらふらよろよろ歩いてるだけだったのに……もしかして、進化とまではいわないまでも、学習して改善する能力はあるのかもしれないっスよ」

「たまたまさっきの動画が歩いてるところしか映してなかっただけかもしれませんよ？　もう一度、その点に注意しつつ見なおしてみますか」

「あたしもそうしたいところっスが、ついさっきから電波が圏外になってるんスよ」

フカピョンさんにいわれて、ぼく以外の全員が自分のスマートフォンを確認した。通信キャリアに関係なく、みんな圏外になっていた。

「まあ、どちらにしてもここで待つことしかできないね」一文さんが疲れた声でいった。

「女の子――あけびちゃんでしたっけ？　彼女と双子のお兄さんたちはこのままで大丈夫なんでしょうか？」

そういって眼鏡の位置を直したのはウォー・チーフさんだった。そのことは、ぼくも気になっていたけれど――。

「そうはいっても、どうしようもないでしょう。子供たちのいるトラックのまわりには、いまもゾンビがうろついているんですから」

忍成さんにそういわれると、なにもいうことができなかった。なぜなら、まったくそのとおりだからだ。どうしようもないという言葉を、だれひとり否定できなかった。

外のようすの説明と、今後の――なにもしないという――方針についての話しあいがひと段落したところで、ぼくは星乃さんに「大丈夫?」と声をかけた。彼女は客席にもどってから、うつむいたままひとこともしゃべらなかった。こんなとき、いちばん冷静にものごとを分析して、意見や見解を述べてくれそうな人だと思っていたから意外だったけれど、あんな光景を目にしたあとなのだから無理もないのかもしれない。

「はははははっ、はははっ、ははぁ」

星乃さんは笑った。なにかをいおうとして、声が言葉になる前に笑いに変わってしまったようだった。

「ははっ、ははぁ……わたしトマトみたいって思ったの」星乃さんの目には涙が浮かんでいた。

「あのゾンビ、ははっ……真っ赤な頭を見て、トマトみたいだなって思ったのよ」

たしかに、とぼくは思った。真っ赤に膨らんだゾンビの頭はトマトに似ているといってもいいかもしれない。裂けて流れ出ているのは、血ではなくトマト汁というわけだ。

「そう思ったら、わたし、最高だなって感じてしまったの。やっと現実が壊れてくれたんだなって。日常がめちゃくちゃになってくれたんだなって。でも、人が死んでいくのを見るのは最低だった。死んでトマト頭のゾンビに変わってしまうなんて最低だった。わたしはいま、最高で最低の気分なの」

ぼくはなにもいえなかった。ただ、彼女の隣にすわっていた。

「——ねえ、どうする？　この現象がわたしたちのせいだったとしたら。わたしたちが『アタック・オブ・ザ・キラートマト』みたいなZ級映画を大喜びで上映して、そのせいでトマト頭のゾンビをこの世界に召喚してしまったんだとしたらどうする？　わたしたちが大盛りあがりでオープニング・テーマを合唱したことが、神降ろしの儀式になってしまったんだとしたらどうする？」

「神降ろし……」ぼくは困惑しながら言葉をさがした。「もしそうなら、ゾンビは最初に豊島区じゃなくてここに出現するんじゃないかな」

「ええ、そうね。理屈ではわかっているけれど、でも、そういう風に考えてしまうのよ。わたしはずっと世界なんて壊れてしまえばいいと思って生きてきたから。わたしのせいなんじゃないかって、天罰なんじゃないかって考えてしまうのよ」

ぼくは深くため息をついた。星乃さんの話に呆れたからじゃない。むしろ、似たようなことを自分も考えていたからだ。

「天罰だっていうなら、きっとぼくのせいだよ」

「どういうこと？」星乃さんは、ようやくうつむいていた顔をあげた。

「ぼくの両手の怪我のことだよ。みんな事情をきかないでいてくれたけれど、これは転んだり、ぶつけたりしてできた傷じゃないんだ」

「だって、あなたがどこでどうして怪我したかなんて、どうでもいいことだもの」

「みんなのそういうところが、ぼくにはすごく優しく感じられたんだ。ここにきて救われた気分にさえなれた。でも、救われた気分になんてなっちゃいけなかったんだ。ぼくはひどいことをしたんだから。許されないことをしたんだから」

「なにをしたの？」

ぼくは胸に手を当てて、呼吸を整えてから午前中のことを話しはじめた。

「ぼくが勤めているのは——いや、勤めていたといったほうがいいだろうね——いわゆるコンサルティングの会社で、仕事はどれも空虚だった。もちろんすべてのコンサルティング会社がそういうわけではないと思うけれど、少なくともうちは、それっぽさみたいなものを高値で売りつけるようなことばかりしていた。うちのクライアントは言い訳や建前《たてまえ》を求めてコンサルティングを依頼するような企業がほとんどだったし、そこに夢や豊かさのようなものはなかったんだ。だから、ぼくは毎日が虚しかった」

「社会ね。よくわからないけれど」

「ぼくの上司は、そんな商売をゲームのようにとらえている人だった。実のないものを右から左に動かして、自分の評価をあげることだけに血道をあげていた。そのためなら、自分のミスを部下になすりつけて、部下の功績を自分の手柄にすることも厭《いと》わなかった。ぼくは彼のことが嫌いだったし、彼もぼくのことが嫌いだった。でも、上司と部下だからね。そこに発生したのは、一方的なパワー・ハラスメントだけだった。毎日、怒鳴られたり小突かれたりしながら、それでも会社に通ったよ」

「でも、そこまで相容《あいい》れないのなら、退職するなり、しかるべき窓口に通報するなりしようとは思わなかったの？」

「辞めてしまったら、母さんが悲しむと思ったんだ。母さんは自分のことは全部あきらめて必死に働いて、ぼくを大学に行かせてくれた。それなりに名前を知られる有名な会社に就職できたのも、母さんのおかげだよ。ハラスメントの通報窓口はたしかに社内にあったけれど、利用するのははばかられた。上司はぼくだけじゃなく、ほかの部下にもいやがらせをしていた。セクシャル・ハラスメントまでしていたよ。でもね、社内窓口に通報すると、なぜか通報した側が会社を辞めることになるんだ。同期が半分くらいそれでいなくなったけれど、上司はなんのペナルティも負っていないようだった。それは、上司の生みだす利益とあるべきモラルを天秤《てんびん》にかけたうえでの、会社の判断なんだと思う。だから、ぼくは通報しなかった。彼のハラスメントに耐えながら、ある意味でそれを許したんだ。いつか限界をむかえるってわかっていながら、それでも彼の下で働きつづけた」

「つまり、予想どおり限界が来たのね？　それで上司を殴り、手に怪我を負った」

　そういって、星乃さんは鋭い目でぼくを見た。

「会社でつかっていたマグカップがあったんだ。なにかの記念品でもない、だれかからもらったわけでもない、一〇〇均で買った安物だよ。上司に怒鳴られているときは、いつもそこに描かれていたきょとんとした表情の猫に目をあわせてやり過ごしていたんだ。でも、今日の午前中、上司にうしろから頭をはたかれたときにはずみで落ちてしまってね、粉々に割れてしまった。これまで我慢してきたんだから、いまにして思えば一〇〇円のマグカップが割れたからって、気にし

ってしま

ないですませることもできたかもしれない。でも、気がついたときには、ぼくは手を出してしまっていたんだ」

「最高じゃない。で、上司はどうなったの？」

星乃さんはあきらかにわくわくしはじめていた。そんなつもりで話しているわけじゃないけれど、彼女が元気になるのなら、この最低の思い出にも価値はあるのかもしれないと思った。

「ぼくが叫んで殴りかかると――」

「ちょっと待って。なんて叫んだのか教えて」

「あんまり覚えてないんだ」

「よくもマグカップを！　とかそういう感じ？　あるいは、マグカップの仇《かたき》！　とか？」

「だから、覚えてないんだって……それで殴りかかったんだけど、上司はとっさにそこにあったステンレス製のゴミ箱を盾にしたんだ。ぼくの拳《こぶし》は右も左もゴミ箱に阻まれた。それでもぼくはゴミ箱を殴りつづけた。喧嘩なんてしたことなかったから、防がれたらどうしたらいいかわからなかったんだ」

「は？　じゃあ、あなたが殴ったのはゴミ箱だけ？」

「上司が腰を抜かしたみたいに尻もちをついたから、ぼくは馬乗りになった。そして、上司が抱いたままにしていたゴミ箱をさらに殴った。ふと、われにかえってまわりを見たら、みんな信じられないって表情をしていたよ。仲のよかった後輩ですら、けだものを見るような目つきだった。でも、それはしかたないよね。暴力なんていちばんやってはいけないことなんだから。それで、ぼくは同僚たちをふりきって会社から逃げてきた。身を隠すようにこの映画館にはいったんだ。

だから、いまの状況が天罰だとするなら、それはぼくのせいなんだよ」

「なによそれ。ゴミ箱を殴ったって天罰なんかくだらないわよ。むしろ、そんな胸くそ悪い上司をぶちのめそうとしたんだから、神さまはご褒美をくれたっていいくらいよ。わたしが母親なら誇りに思うわね」

「でも、これで会社はクビだろうし、警察に行くことになるかもね。母さんは失望すると思う」

「あなた本当にその会社で働きたかったの？」

星乃さんの言葉は、ぼくが心のうしろのほうに隠してきたことをするりと刺した。本当は大学進学にも、いまの会社への就職にも興味なんてなかった。

「ちがう、と思う」

「じゃあ、あなたのしたいことってなに？」

「……料理の勉強がしたかった。子供のころから、イタリアンのシェフになるのが夢だったから」

「むしろトマトを狩る側ね。いまからでも勉強しなさいよ。お母さんがどう思ってるかなんて関係ないわ。あなたは子供じゃないんだし、あなたが生きてるのはあなたの人生なんだから」

「ありがとう」ぼくはいった。「星乃さんが母さんならよかったな」

「気持ち悪すぎるから前言撤回するわ」

ぼくと星乃さんは目をあわせて、少しだけ笑った。

「いつもの星乃さんにもどったね」

「上司を殴るエピソードには栄養があるのよ。というか、いつものっていうほど、わたしのこと知らないでしょう？　名前だって教えてないのに」

「星乃って……名前なのかと思ってた」

「わたしは星乃が苗字《みょうじ》だとも名前だともいってない。フカピョンさんやウォー・チーフさんみたいに、ハンドルネームかもしれないわよ」

「そのいい方だと、きっと苗字だよね？」

「そういう風にききだそうとするのって、ずうずうしいわ。というか、あなたずうずうしいのよ。ゴミ箱を殴ったくらいで天罰だなんて、世界はあなたを中心にまわってるわけじゃないのよ。そんなことというなら、わたしのほうがよっぽど天罰に値するわ」

「そうなの？」

　今度は星乃さんが深いため息をついた。

「はぁ……じゃあ、話してあげる。本当はいやだけれど、あなたの自己中心的な考えを正すためだから特別よ。それから、絶対にほかの人にはいわないって約束すること」

「約束する」ぼくは星乃さんの目を見てうなずいた。

「わたしのお父さん、わたしが中学一年生のときに死んだの。食べることが大好きな人でね、いつもお母さんに注意されてたのに、糖分や、塩分や、脂肪分の多いものをたくさん摂《と》っていたわ。それで病気になったんだけれど、そのあとも隠れてカロリーの高いものを食べつづけた。だから、当然のように病状は悪化して、入院することになった。つらかったわ、食事を管理されて、好きなものを全部とりあげられたお父さんを見るのは。いつもにこにこしていたのに、ふさぎこんでばかりいるようになった。お父さんの体重はどんどん減っていった。でも、それは健康的ではまったくない、精気を失ってしぼんでいくみたいな痩せ方だった。入院した時点で、すでに内臓がいくつもだめになっていたのね。ひとりで歩けなくなって、最期には目もほとんど見えなくなっていた。半年くらいの入院だったけれど、お父さんは一〇歳も二〇歳も年をとってしまったみたいに見えた。そして、そのまま死んでしまったわ」

「そうなんだ……お悔やみをいうよ」

「お葬式がおわって火葬場で遺体を焼く前に、棺をあけてたむけの品をいれるのを知ってる?」

「副葬品のことだね。親戚のお葬式で、亡くなった子のぬいぐるみを入れたことがあるよ」

「故人の好きだったものや、思い出のあるものをいれるの。だから、わたしは家族でBBQをしたときに食べたお父さん特製のステーキがいいと思った」

「お肉をもってきて、棺にいれたってこと?」

「ちがうわ。BBQのとき、お父さんはいつも出かける前に牛肉をハーブやスパイスといっしょにオリーブオイルに漬けこんでいた。自慢のレシピで、いつも嬉しそうに準備してたの。わたしはそれを再現したかった。ローズマリーを数枝、すりおろしたにんにく、ブラックペッパー、クレイジーソルト、そしてオリーブオイルをジッパーつきの食品用ポリ袋に入れてもっていって、火葬場で棺をひらいたときにお父さんの遺体にかけたのよ」

　ぼくはしばらくのあいだ黙っていた。自分の耳が信じられなかったのだ。驚きが頭のなかをひとしきり駆けめぐると、つづいて笑いがこみあげてきた。

「……ぷっ、あははははっ」

「ちょっと、なに笑ってるのよ」

「ごめん、ごめん。驚いたもんだから。お母さんだとか、ほかの大人たちは止めなかったの?」

「バッグからとりだしてすぐにかけたから、だれにも止められなかったわ。それにみんな、さっきのあなたみたいにあぜんとしてた。いっとくけど、別にふざけてやったんじゃないの。わたしは子供のころから、やっていいことと悪いことの判断がうまくつかないのよ。でも、お母さんはものすごく怒っちゃって、大喧嘩になった。それから火葬場の人にも手伝ってもらって、棺からローズマリーやらブラックペッパーやらを欠片まで拾いあげて、オリーブオイルも可能なかぎり拭きとって、本当に大変なことになった。でも、完全にとりのぞくことはできなかったから、火葬のあと遺骨からほんのりいい香りがして、わたしは悪い気分じゃなかった」

星乃さんが真剣に話していることが、声の調子からわかった。それは彼女なりにお父さんを思ってやったことだったのだ。ぼくは笑ってしまったことを後悔した。

「たぶん、お父さんも天国で喜んでくれたんじゃないかな。びっくりはしたかもしれないけれど」

「そうだといいなと思ってる」

「きっとそうだよ。だから、そんなことで天罰はくだらない」

「でも、お母さんはわたしのことを呪いの子だっていったわ。家族で背が高いのはわたしだけだし、本当にそうなのかもしれない」

「呪いなんて存在しないよ。さっきぼくにいってくれたろう？　お母さんがどう思ってるかなんて関係ないって。星乃さんはいい人だよ」

「でも、笑われたし。あなただって、わたしのこと変だと思ってるんでしょう？」

「さっきは本当にごめん。もう笑わないよ」

ぼくは謝罪した。面倒になったからではなく、心から謝りたかったからだ。

「いや、変かどうかでいえば、かなり変でしょう」

突然、忍成さんが星乃さんのうしろから顔を出してきた。

「は？　あなたきいてたの？」

「いや、つもりがなくてもきこえますよ。ここは小さな映画館なんですから。とにかく、あなたたちふたりの行動が天罰の原因になっている可能性があるのですから、もう少し反省していただいてですね――」

「忍成さんだって失敗のひとつやふたつくらいあるでしょう？　というか、むしろめちゃくちゃありそうだけれど」

「いやいや、ないですよ。あえていうとすれば、衣料品のチェーン店で店長をしていたときに、本社の営業さんからバックヤードの在庫を捌《は》かせるようにいわれて、全品一二〇円均一セールをやったことくらいでしょうか。ライバル店の人たちまで買いにきて一日で在庫がなくなったのに、なぜかひどく怒られてしまって」

「それは単に馬鹿なだけでしょう？　わたしのとはちがうわ」

「一〇〇円ぴったりにすればよかったとは、わたしも思います」

「なんだか、ぼくのしたことなんてたいしたことない気がしてきたよ」

「は？　あなたのは傷害罪でしょうが」

「そうですよ。ゴミ箱はサンドバッグじゃないんです」

そんなやりとりをしていると、しばらく客席にいなかったフカピョンさんが、にこにこしながら近づいてきた。

「過去の失敗談で盛りあがってるところすいませんっス。じつは提案がありまして……」

「別に盛りあがってないけど。なに？」

「『アタック・オブ・ザ・キラートマト』のつづき観ません？」

「おやおや、映写機が壊れているのをお忘れですか？」

　忍成さんの疑問はもっともだった。

「それなんですけど、映写機を見せてもらったらあたしとウォー・チーフで直せそうだったんスよね。もともと調子悪かったのは、おそらくソフトウェアのほうの問題だったみたいで——ああ、つまりあたしたちそういうのが得意分野っていうか、ぶっちゃけ本職なんです。一文さんが記念にいじってみるっていってたんで、邪魔しちゃいけないと思っていいだせなかったんスけど」

「それはすばらしいですね……しかし、ねえ？」

「そうね——」星乃さんは忍成さんの意を汲んだようにうなずいた。「こんなときに『アタック・オブ・ザ・キラートマト』を観るの？」

　それは、ぼくも思ったことだった。しかし、フカピョンさんの表情に迷いはなかった。むしろ、満面の笑みすら浮かべていた。

「こんなときだからっスよ」

7

こんなときだから『アタック・オブ・ザ・キラートマト』を観る。

フカピョンさんにそういわれて、星乃さんも忍成さんも納得したようだった。おかしなことのようにも思えるけれど、なんとなくわかるような気もした。『アタック・オブ・ザ・キラートマト』を最後まで観れば、その理由がより深く理解できるかもしれない。だから、ぼくもしっかりと結末を見届けたいと思った。

ぼくたちのところに来る前に、フカピョンさんは全員の了承を得ていた。一文さんと玄道氏は、すでにウォー・チーフさんといっしょに映写室で復旧作業をはじめていた。スポーツマスコットのような赤と黄色の着ぐるみの鳥も、力強くうなずいて彼女の提案を支持したのだそうだ。

作業が進んでいるあいだ、星乃さんと忍成さんとぼくの三人はお金を出しあって、ロビーに設置されているお菓子の自動販売機の商品をすべて買い占《し》めた。ドリンクの自動販売機からは、みんなの希望をきいたうえでひとりにつき二本ずつお茶やジュースを購入した。着ぐるみの鳥は翼をはためかせてほしい飲みものを表現していたけれど、よくわからなかったので緑茶と珈琲をひとつずつにしておいた。お腹が空いてきたというのもあるし、せっかくならみんなで食べたり飲んだりしながら映画を楽しみたかったからだ。

自動販売機は電子マネー非対応だったから、現金が足りない場合は破壊して奪いとると星乃さんが意気ごんでいたけれど、忍成さんが異様な量の硬貨をもっていたおかげでそうならずにすんだ（星乃さんは残念そうだった）。一文さんはポップコーンがないことを侘《わ》びていたけれど、そんなことはもちろんだれも気にしなかった。

作業開始から二時間ほど。客席で待っていたぼくたちのところにフカピョンさんが小躍りしながらやってきて、嬉しそうに「映写機、ばっちり直ったっスよ～！」といった。みんなで映写室に行って、肩を組んで喜びあった。

「――というわけでして、こんなときではありますが〈シネマ一文〉最後の上映を再開したいと思います」

一文さんはスクリーンとシートのあいだのスペースの中央に立って、マイクもなしにみんなに語りかけた。小さな劇場だし、観客は彼を含めても八人しかいないから、それでなんの支障もなかった。むしろ、そこには小さいからこその温かみのようなものがあった。

一文さん自身は、当初こうした挨拶をするつもりはなかったそうなのだが、忍成さんやフカピョンさんが「スピーチ！　スピーチ！」と煽るので「しかたないなあ」と頭を搔きながら前に出たのだった。けれど、渋々とはとても思えないくらい一文さんの挨拶は堂々としていた。

「〈シネマ一文〉のオープンから、二五年になりました。老舗《しにせ》とまではいきませんが、こんな小さな映画館としてはそれなりにがんばってこられたんじゃないかと思います。初日からずっと、わたしの道楽につきあってくれた玄道氏に心から感謝します。告白しますと、わたしは三〇年前に起きた日本の巨大な不景気を利用して、逆にたくさんのお金を儲《もう》けました。わたしとしては日本の再生のためによかれと思ってやったことではありましたが、不景気でみんな落ちるところまで落ちていましたから、ちまたではハゲタカなんて呼ばれていたようです。思ってもみないような恨みもずいぶん買ってしまって、わたしはわたしで疲れ果ててしまいました。そういうわけで、当時の仕事からすっぱり手を引いて、この映画館をつくったのです。

なるべく世俗から離れたまぼろしのような映画や、不真面目でくだらない映画にこだわりました。それまでのわたしを知る人からは意外だとか、時間とお金の浪費だとかいわれました。けれど、わたしは〈シネマ一文〉をはじめてから、今日までずっと楽しかった。たぶん人間には、不完全なものを必要とするときがあるんです。自分でいうのもなんですが、ここには夢があったと思います」

そういってお辞儀《じぎ》をした一文さんに、みんな惜しみない拍手を送った。ぼくにいたっては、涙さえ流してしまった。映画ファンでもない、〈シネマ一文〉を知っていたわけでもないぼくが泣いてしまうなんて、ちょっと恥ずかしかったけれど。あるいは、いまはもうぼくも映画ファンのはしくれで、〈シネマ一文〉を少しは知っているといってもいいのかもしれない。そう考えると、嬉しいような、寂しいような気分になった。

「それでは、いよいよ『アタック・オブ・ザ・キラートマト』の上映を再開します。いまだけは外で起きていることを忘れて、みなさんどうぞお楽しみください」

一文さんはもう一度お辞儀をして、それから劇場のうしろのほうにいた玄道氏に合図した。玄道氏が奥に消えると、劇場の照明が落ちた。

「ねえ、気になってたことがあるんだ」ぼくは映像が流れはじめる前の、ひときわ暗い闇のなかでいった。「自己紹介のとき、だれも好きな映画に『アタック・オブ・ザ・キラートマト』をあげなかったね」

「Z級だからよ」と星乃さん。

「Z級だからでしょう」と忍成さん。

「Z級だからっスよ」とフカピョンさん。

「Z級だからですね」とウォー・チーフさん。

「Z級だからさ」と一文さん。

みんながいっせいにそう答えたので笑ってしまった。だれの声にも軽視や嫌悪の響きはなく、むしろ愛情や親しみがこめられているように感じられた。着ぐるみの鳥もくりかえし穏やかにうなずいていた。

「でもほら、最初のヘリコプター墜落のシーンはけっこう迫力があったよ」

そういったのはフォローのつもりだったのだけれど、みんなくすくす笑いはじめた。

「あれ、本物の事故よ」星乃さんはいった。

「えっ?」

「撮影中に本当にヘリコプターが堕《お》ちたの。でも死人が出なかったから、そのままつかったのよ」

「そんなことあるんだ」ぼくはまた笑ってしまった。「Z級って、すごいね」

「しかし、そういうことならフカピョンさんのあげた『必殺！ 恐竜神父』も相当でしょうよ。なんなら、『アタック・オブ・ザ・キラートマト』よりふざけているのでは……?」

忍成さんは眉間に皺を寄せて、フカピョンさんを見た。

「いやいや、『必殺！　恐竜神父』は壮大な中国ロケとかもあるんスから」

「あれ多分、近所の裏山ですよ」

「ほらほら、ふたりとも静かに。もう、はじまるよ」

一文さんがそういったところで、ちょうど玄道氏がもどってきた。映像はパラシュート部隊の男性が、街なかのコンクリートで舗装《ほそう》された道路にテントを固定する杭を打とうとするシーンから再開した。主人公は呆れた顔をして、ホテルに泊まるからテントは不要だと伝える。

くだらないやりとりだが、ぼくは不思議と楽しい気分になった。脱力するジョークに安らぎを感じるようになっていた。みんなといっしょに観ているからだろうか。それとも、ぼく自身の心境の変化だろうか。おそらくどちらも正解だけれど、きっとそれだけではない。一文さんは人間には不完全さを必要とするときがあるといった。もしかしたらZ級映画とは、『アタック・オブ・ザ・キラートマト』とは、容赦のない現実に、残酷なこの世界に、余白のようなものをつくってくれる存在なのかもしれない。

しかし、映画がクライマックスにむかうにつれて、ぼくの気持ちはさらに変化していった。中盤からトマトのサイズは膨れあがり、サッカーボールくらいの大きさになって人を襲うようになる。被害は全米に広がり、ロサンゼルス、ボストン、シアトル、シカゴがパニックに陥る《おちい》（なお、映像では四都市ともおなじ背景で、おなじ人々が逃げ惑っている）。ついに自動車くらい巨大なトマトによる攻撃がはじまり、軍は敗北。全米の都市という都市が壊滅する。テレビ局がトマトに家族を奪われた女性にカメラをむけ、インタビュアーが無神経な質問を投げかける。女性は絶望の叫びをあげる。こんなことが許されていいのか？　……ふざけるな！

もちろん、ふざけていることは知っている。しかし、否応なしにぼくの頭には外の世界で起きている悲劇が浮かんでしまう。国道254号線で、母親をゾンビに殺された子供たちの泣く声がきこえてしまう。そんなこと、許せるはずがない。現実を相対化するはずの映画が、現実に絶対化されようとしている。これではまるで、現実がZ級映画を侵食しているみたいじゃないか。Z級映画こそ、現実を侵食するべきなのに。ぼくは現実をZ級映画にしたいと思った。

まだ映画はつづいていたけれど、これ以上ぼくは耐えられなかった。だから、立ちあがってスクリーンの前で両手を高くあげてふった。

「あの、話したいことがあるんです！　一回、止めてもらえませんか？」

突然のぼくの行動にみんな驚いていた。忍成さんやフカピョンさんなどは、目をまんまるにして口をあんぐりとひらいていた。顔色ひとつ変えていなかったのは、星乃さんくらいだった。スポーツマスコットの鳥については、着ぐるみの下でどんな表情をしていたのかわからないけれど。

「オーケー、少し待ってね」

一文さんは席を立ち、小走りで出ていった。玄道氏もすぐにそのあとを追いかける。ややあって映像と音響が止まり、照明が場内を照らした。

「急だったから、びっくりしたよ。話したいことって、なんなんだい？」

もどってきた一文さんの質問に、ぼくは答えた。

「みんなで外の子供たちを助けに行きませんか？」

しばらくの沈黙。どうするべきか考えているのか、あるいはどう切りだすべきか迷っているのか。ぼくはみんなの反応を待った。

「危険だわ」

最初に発言したのは、星乃さんだった。

「そうですよ」忍成さんがつづいた。「なにもせず警察や自衛隊の救助を待つのがいいって話したじゃありませんか。それにゾンビが水平移動しかできないのなら、トラックの荷台の上にいる子供たち――あけびちゃんと、双子のお兄さんたちでしたっけ――は安全なのでは？」

「安全とはいい切れないと思います」ウォー・チーフさんはいった。「移動が歩き《ウォーク》のみから走り《ラン》も可能になったように、ゾンビは垂直方向への移動も学習する可能性があります」

「あの、みんな知ってると思うンスけど……このままだと子供たちはどっちにしてもやばいッスよ。すでに外の気温は四度くらいっス。夜中になれば一～二度まで下がる予報だから、救助が遅ければ低体温症で死ぬ可能性もあるっスよ」

「そんな……いつになったら救助はくるんでしょう？　警察や自衛隊はいったいなにをやっているんでしょうか？　まさか、全滅してるなんてことはないでしょうね？」

忍成さんは震えているようだった。

「感染が思った以上に広がってるのかもしれないっスね。ゾンビは個体として見ればそれほど強くなさそうだし、自衛隊が負けるとは思えない。ただ、数があまりに多いのなら、都心から駆除《くじょ》していくだろうから――」

「板橋区はあとまわし、というわけか」一文さんがフカピョンさんの言葉を継いだ。

「懸念点はまだあります」ウォー・チーフさんはいった。「ゾンビが学習、進化するなら、屋内なら安全という現状も変わってくるかもしれません。危険をおかして子供たちを助けても、ゾンビがこの映画館に侵入できるようになればおなじことです」

「たしかにそうかもしれません」ぼくはいった。「でも、ゾンビの進化については、よくわからない、というのが実際のところではないでしょうか？　トラックの荷台の上にいつづければ凍《こご》えてしまうことにまちがいはないんです。ぼくは、子供たちを助けに行くべきだと思います」

「それをいうなら救助がじきに来る可能性だって考えられるわ。早まって行動して、犠牲者を出してしまったところで自衛隊が到着したら、『ミスト』のラストみたいなことになる」

星乃さんの言葉に一文さんがうなずいた。

「原作とちがうあの絶望的なラストシーン、わたしはとても好きだけれどね。自分があいう目にあいたいとは思わないな。まあ、可能性の話をするなら、すでにゾンビが垂直移動を覚えて子供たちを襲ってしまったあとということも考えられる。もう一度、外のようすを見てこよう。結論を出すのはそれからにしようじゃないか」

それから二〜三人ずつで事務所に行って、窓から外のようすを見た。ちょうど夕暮れがおわり、世界が暗闇に沈みはじめる時間だった。最後に残ったかすかな橙《だいだい》色の光を反射するアルミバンの荷台の上には、いまも三人の子供たちがゾンビに変わることなく、いつ来るとも知れない助けを待っていた。肘をついて寝転がる双子の兄たちも、膝を抱いてすわる妹も、等しく絶望の表情を浮かべていた。

子供たちは空腹と寒さに耐えながら、ゾンビの恐怖にさらされつづけているのだ。しかも、そのうちの一体——それも、彼らのすぐ近くを徘徊しているのは、数時間前まで母親だったゾンビだ。

事務所の細長い窓からだけでも、大体二〇体ほどのゾンビが確認できた。あらためて彼らの真っ赤に膨れあがった頭部を見ると、あまりの不気味さにぞっとする。反対側の歩道に血でつんつんに固まった短髪が果実のへたのように見えるゾンビがいて、星乃さんがトマトを連想したのもしかたないと思った。ぼくたちはトマト頭のゾンビに囲まれながら『アタック・オブ・ザ・キラートマト』を観ていたのだ。

どのゾンビもいまのところ走ってはおらず、自動車と自動車のあいだをぐるぐる歩いたり、歩道で立ちどまったり、またぐるぐる歩いたりしていた。走らないのはゾンビたちの視線の先に獲物がいないせいかもしれないが、詳しいことはやはりまだわからない。うつむくばかりで顔をあげることがないからか、少なくとも荷台の上にいる子供たちに気づいているようすはなかった。

ときどきカラスが地上に降りてくると、何体かのゾンビがそちらにむかった。しかし、すぐにカラスが飛び去ってしまうので、ゾンビたちはうろうろと目的のない徘徊にもどった。その姿に知性と呼べるようなものはまったく感じられなかった。

全員が外のようすを確認して、ぼくたちはあらためて現状と今後の方針について話しあった。ゾンビはそれほど学習や進化をしていないのではないか、という見方が多数になったものの、それでも危険をおかすことに変わりなく、そこまでして知らない子供たちを助けるべきかどうかということが議論の焦点となった。

「知らない子供たちといいきってしまっていいのかどうか……」忍成さんはいった。「妹さん――あけびちゃんでしたよね。名前をきいてしまった以上、知っている子供といってもいいのかもしれません。いえ、なにもしないほうがいいというのがわたしの意見ではあるのですが……」

「名前を知っているかどうかで決めることじゃないわ」

星乃さんの口調はきっぱりとしていた。しかし、彼女は救助するか、あるいは救助しないのかについては、まだ決めかねているようでもあった。

「多数決でもして決めますか？」フカピョンさんがいった。「もしくは、全員一致でないかぎり救助はしないってことでもいいっスけど」

一文さんは深いため息をついて、少しあいだをおいてから口をひらいた。「全員一致にするなら、もう救助はしないということになるだろうね。なぜなら、わたしは反対するから。だが、わたしがそうだからといって、それで子供たちが死ぬことになってしまってもいいものか、正直わからないんだ。責任を負えるのか、それとも負えないのか。それさえわからないんだよ。だから……いいよ、多数決にしよう」

一文さんに異議を唱《とな》えるものはいなかった。みんなもおなじように考えていたからだと思う。ぼくらがなにかを選びとるとき、それが正しいかどうかなんてあとになってみないとわからないのだから。

「ほいじゃあ、いまから救助に賛成か反対か、みんなに手をあげてもらうっス。みんなで八人っスから、同点だったときは救助中止ってことにしましょう。あと、これだけはいっておきたいっスけど」フカピョンさんはひとりひとりの顔を見て、そしていった。「救助することになっても、しないことになっても、それがどんな結果を招くことになろうとも、あたしたちは真剣に考えて決めるのだから後悔しない」

その落ち着いた口調に、ぼくはどきりとした。だれにでも知られざる過去があり、さまざまな経験の末にここへたどりついている。ぼくたち――ウォー・チーフさんはのぞくとしても――が知っているのは、彼女のほんの一部にすぎないのだ。

それからフカピョンさんはにっこり笑って、いつものトーンでいった。

「まずは、救助に賛成の人～？」

ぼく、フカピョンさん、ウォー・チーフさんが手をあげた。

「ほいじゃあ、救助に反対の人～？」

忍成さん、一文さん、玄道氏が手をあげた。

星乃さんと着ぐるみの鳥を残して、三票対三票。

「どうするっスか？」

フカピョンさんにきかれて星乃さんは腕を組み、うつむき、そして天井を見あげてから「賛成にするわ」といった。これで四票対三票。しかし、同点だった場合は救助中止になるから、まだ確定ではない。全員の視線が赤と黄色の着ぐるみの鳥に集まった。

鳥はしばらく動かずにいたが、意を決するように座席から立ちあがってスクリーンの前――一文さんがスピーチをしたのとおなじところに行き、着ぐるみの頭部を両手でつかんで一気に引きあげた。

「おれの票で決まりなんだろう？　これ以上気温が下がる前に、急いで作戦会議をしよう」

首から下は赤と黄色の鳥のままだが、いまその胴体の上に載っているのはまごうことなき人間の頭だった。それも、特別整った人間の頭だ。古代ギリシアの彫刻のような彫りの深い顔立ちが、美しい影をみずからの表情に落としていた。

「あっ、あっ、あなたはっ……⁉」

忍成さんが動揺の声をあげて立ちあがった。

白い歯を見せて微笑みながら、ゆったりとカールした髪を指でいじる仕草《しぐさ》が、ぼくに確信をいだかせた。そう、ぼくは彼を知っている。あの仕草をテレビで何度も見たことがある。

「どうした？　おれは救助に賛成するといっているんだが？」

低くて温かみのある声。彼は俳優の奈良坂《ならさか》ダニエルだった。

8

「ええ～～っ⁉　モノホンの奈良ダニっスか⁉」

「その略し方は好きじゃないな。でもまあ、そのとおり。おれは奈良坂ダニエルだよ。一文さんにはむかしから世話になっていてね。このなかじゃ、おれがいちばんの〈シネマ一文〉常連だろうな。好きな映画は『リターン・オブ・ザ・キラートマト』。芸能の道に進んだのも、主人公のルームメイト役のジョージ・クルーニーへの憧れからだ」

奈良坂ダニエルは日本人ならだれもが――といってしまうと大袈裟《おおげさ》かもしれないが、しかしおそらくほとんどが知っている俳優だ。スペイン出身の母と埼玉出身の父のあいだに生まれ、その端麗《たんれい》きわまる容姿でモデルとして人気を博したのち、俳優に転向。大河ドラマでフランシスコ・

ザビエル役を好演して、お茶の間の人気ものとなった。

　しかし、何年か前にマリファナ所持で逮捕され、涙ながらの謝罪会見を最後に表舞台から姿を消した。その後、保釈中にもマリファナを所持しているところを見つかり、実刑判決を受けたはずだ。

「で、ですが、奈良坂ダニエルの一人称は〈ぼく〉だったはずでは？」忍成さんが声を震わせていった。「わたしはファンだったのでわかります」

「プライベートでは〈おれ〉なんだよ」

「すごい、新情報だ……というか、『リターン・オブ・ザ・キラートマト』のジョージ・クルーニーを見て、役者になる人なんているんですね……たしかに、ものすごくハンサムな役どころでしたけど」

「リターン・オブ……？　それって、いったい？」

「『アタック・オブ・ザ・キラートマト』の続編よ」星乃さんは、ぼくの疑問に即答した。「スターになる前のジョージ・クルーニーが出演しているの」

「続編、あるの⁉」

「続編どころか、シリーズ四作目までつくられているわよ。くわえていえば、テレビアニメやゲームにもなっている」

　思っていた以上の人気ぶりに、ぼくは目眩がした。しかし、いまはそれより奈良坂ダニエルだ。

「よかったのかい？　顔をさらしてしまって」一文さんはいった。

「いいんだよ、いまさら。それより、せっかく一文さんが反対したのに、おれの賛成票で決めてしまって悪かったな。あとから手をあげるのは公正でないとも思ったんだが」

一文さんは黙ってかぶりをふり、奈良坂ダニエルの肩を優しく叩いた。

「で、作戦はあるのか？」彼はため息の出るような、深みのある声でいった。

「計画《プラン》なら、すでにあります」

立ちあがったのは、ウォー・チーフさんだった。

「ウォー・チーフはオンラインの戦略《ストラテジー》ゲームでギルド・リーダーをしてるんスよ」

フカピョンさんは自慢げに腕を組んだ。

ウォー・チーフさんはうなずいて、みずからの考えを丁寧に説明してくれた。以下に要点をまとめる。


第一に、トマト頭のゾンビの感知能力について。

ウォー・チーフさんによると、ゾンビはおそらく視覚のみで標的を認識しており、視線が確保できない相手を襲うことはないらしい。トラックの荷台の上にいる子供たちが無事なのも、閉鎖された屋内に侵入してこないのも、その習性によるものだ。

「先ほど、カラスが道路に降りてきては飛び去っていくようすを観察していましたが、ゾンビは視線の外でカラスたちが大声で鳴いていても、そちらを見むきもしないんです。ゾンビ映画の定《セオ》番《リー》からは外れますが、彼らには聴覚感知がないと考えてまちがいないでしょう」

「だったら」と星乃さん。「わたしたちが事務所の窓から外を見ていたのって、かなり危なかったんじゃない？」

「窓が細く、なにより高い位置にあったことが幸運したのでしょう。ゾンビは常時うつむいていますからね。うっかり視線が交わってしまっていたら、あぶないところでした。わたしたちから見えるところになかったというだけで、シャッターを降ろしていないガラス張りの店や、カーテンを閉めていない窓のある民家などは襲われている可能性が高いと思います。なにがゾンビの学習や進化をうながすきっかけ《トリガー》になるのかもわかりませんし、いずれにしても今後は事務所からの偵察は最低限にしておきましょう」

第二に、このビルの構造と立地について。

〈シネマ一文〉は四階建てビルの一階にあり、ロビー奥の扉から屋上へ通じる内階段に出ることができる。内階段の一階部分には国道に面したテナント用の通用口があり、こちらは内側から施錠ずみだ。トラックまで距離があるため、ここをあけて救出に行くのは至難のわざといえる。くわえて、正面の歩道を徘徊するゾンビをビル内に招きいれてしまう危険性も高い。内階段を最上階までのぼると塔屋があり、こちらは施錠されていないため自由に屋上に出ることができる。

そして、今回の作戦における要所となるのが隣のビルだ。インドカレーや中華など、複数の飲食店がはいっている隣のビルは五階建てで、非常階段が屋外に設置されている。この外階段はビルの側面——つまり〈シネマ一文〉のビルとのあいだに位置しており、下は空調設備の室外機がならぶ細い路地につながっている。ウォー・チーフさんと一文さんが屋上から見おろしたところ路地にゾンビは侵入しておらず、おそらくそれらの室外機が障害物の役目を果たしているのではないかということだった。さらに、この路地を国道側に出れば、子供たちのいるトラックは目と鼻の先だ。

「隣のビルの非常階段とこのビルの屋上のあいだは、目測で一メートルほどしかありません。その気になれば、飛びうつることが可能です」

「なるほど」奈良坂ダニエルが興味深そうにいった。


最後に、ここまでの観察結果からウォー・チーフさんが導きだした計画について。

「まず、〈シネマ一文〉のビルの内階段をつかって屋上まであがります。屋上からは隣のビルの非常階段、ちょうど五階の踊り場部分が目の前に見えますから、そこへ飛びうつります。階段を一階まで降りたら、室外機のならぶ路地を国道側へ出ます。あとは一〇メートルほど先にトラックがありますから、子供たちを確保して来た道をもどるだけです」

「国道にいるゾンビはどうするんです……？」

反対票を投じた忍成さんは救出作戦に消極的なようすで、とても困った顔をしていた。

「救助チームとは別に陽動チームを編成します。つまり、ゾンビがカラスに引き寄せられていたのとおなじ状況をこちらでつくるんです。陽動チームには、ビルの屋上からものを投げてゾンビを非常階段のある路地やトラックとは反対方向に誘導してもらいます。投げたものは地面に落ちる直前までゾンビの視界にはいりませんから、こちらの狙いに気づかれることもありません。安全におびき寄せることが可能です」

「そういうことなら」一文さんはいった。「むかし、地域の夏祭りに協力したときに、うちのロビーでスーパーボールすくいをやったことがあるんだよ。そのときのスーパーボールがダンボールひと箱分くらい残ってるんだが、それがつかえるんじゃないかな？」

「いいですね。地面でバウンドしてくれますから、ゾンビの注意《アテンション》を引くのにもってこいです」

「チーム分けはどうする？」奈良坂ダニエルは髪の毛をいじりつつ質問した。「救助チームと陽動チームで危険度がちがいすぎる。おれは賛成票を投じた責任もあるし、救助チームをやらせてもらうつもりだが」

「もちろん、みなさんの希望次第ではありますが、いちおうわたしのほうでも考えてあります。というのも、屋上から非常階段へ飛びうつるのは、おそらくそれほどむずかしいことではないのですが、かといって簡単なことでもないからです」

そう前置きしてから、ウォー・チーフさんはつぎのような振り分けを提案した。

・チーム編成（案）
救助チーム　……　ウォー・チーフ、奈良坂ダニエル、犬居（ぼく）
陽動チーム　……　一文、玄道、忍成、フカピョン、星乃

ざっくりいうと、男性陣は賛成票を投じたものが救助チームに、残りが陽動チームに割りふられているのにたいして、女性陣はふたりとも陽動チームに割りふられたかっこうだ。一文さんと玄道氏については、年齢的な配慮もあるのかもしれない。

「は？　救助チームが三人は少ないでしょ？」星乃さんが喧嘩ごしでいった。「子供たちは三人いるのよ？　大人ひとりが子供ひとりについたとして、あとひとり先導役が必要だわ。もし、わ

だけれど？」

たしが女だからはずしたっていうなら、あなたをぶん殴ってどちらが動けるか証明してもいいん

「いえ、そういうつもりはないのですが……」ウォー・チーフさんは言葉を濁らせた。

「あたしのせいっス」フカピョンさんがいった。「あたし、高所恐怖症なんスよ。だから、飛びうつったりとか絶対無理で……なんなら屋上に出るのもヤバいくらいなんス。でも、だからって賛成派のなかからあたしだけ陽動チームに割りふったら、あたしがウォー・チーフの恋人だから特別あつかいされてるってみんなに責められるから、それで……」

「はあああ〜〜〜ぁぁ」星乃さんは叫び声くらいの声量でため息をついた。「あのね、そんなの正直にいえばいいのよ。だれも高所恐怖症の人間に曲芸やらせようなんて思わないわよ。じゃあ、わたしが救助チームにはいるから、あとはさっきの振り分けでいいわね？」

「いや、星乃さんは陽動チームをやるべきだよ」一文さんはいった。「わたしと玄道氏はこう見えて鍛《きた》えているし、どうせ老い先短い身なんだ。わたしたちが救助チームをやるよ」

「は？　年寄りは黙っててくれる？」

星乃さんが本気でキレていることに、ぼくは不謹慎ながら少し笑ってしまった。もちろん、こんなことで心をなごませている場合ではない。

「そろそろはじめないと。こうしているあいだも外の気温はどんどん下がっていくぞ」

奈良坂ダニエルのいうとおり、子供たちには一刻の猶予《ゆうよ》もないのだ。

結局、だれも星乃さんの決意を曲げることはできず、彼女の提案どおりの振り分けになった。

・チーム編成（確定）
救助チーム……星乃（NEW）、ウォー・チーフ、奈良坂ダニエル、犬居（ぼく）
陽動チーム……一文、玄道、忍成、フカピョン

屋上に出たぼくたちを震えあがらせたのは、凍えるような風の冷たさではなく、豊島区の方角――南東の空にはいった亀裂だった。空に亀裂がはいるなんてありえないことだけれど、実際に亀裂がはいっているのだからほかにいいようがない。日が落ちてすっかり暗くなった空の一面、その空間そのものが蜘蛛の巣のようにひび割れていた。

亀裂は地面から天空にむかって伸びているように見えた。根元は周辺に建ちならぶ高層ビルよりも太いが、枝わかれして上空に広がっていくほどに細くなっている。見ようによっては枝ぶりのいい樹木のようでもある。枝の先端はサンシャイン60や東京スカイツリーでは比較にならないほどの、宇宙にも届きそうな高さにまで達していた。

トマトの木ってどんな感じだっけ――ふと、そんなことを思う。トマト頭のゾンビと、空間の亀裂とを別々に考えることはできない。

亀裂は虹のような七色の光で満たされており、向こう側になにがあるのかを見通すことはできなかった。光は生きもののようにゆらゆらとうごめいていて、ぼくは小学校の理科の授業のときに、絵の具を溶かした水を温めて観察した対流のようすを連想した。

「あの光、ゲーミング・キーボードみたいじゃないですか？」

ウォー・チーフさんはいった。たしかに、そうともいえるかもしれない。いろいろな比喩を駆

使したくなるのは、実際にはあの光る亀裂がこの世界のどんなものにも似ていないからだろうと思う。

「――あれだけは説明しようがなかったので、実際に見てもらってからと思いまして。わたしと一文さんも、先ほど屋上にあがったときにはじめて確認しました。事務所の窓は北をむいていますから、角度的にわかりませんでしたね。驚いたことにカメラで撮れないんですよ。レンズを通すと、なにもないように見えるんです」

その言葉に、スマートフォンを光る亀裂にむけていた忍成さんがすばやく小刻みにうなずいた。

「あんなの、シャッターを閉めに外に出たときにはなかったのに」ぼくはいった。

「電波が生きていたときも、SNSにあれのことを投稿している人間はいなかったわね」

「いつのまに、あらわれたんだろう」

「発生源……といっていいのかわからないけれど、根元は池袋のあたりのようだから、最初の揺れのときから存在していたのかもしれないわね。むしろ、あの爆発のような衝撃は、空間が裂けるときに生じたものだったのかもしれない」

「でも、SNSにもなかったって」

「亀裂の枝の先をじっと見ていると、いまも広がりつづけているのがわかるわ。この数時間で指数関数的に成長したんじゃないかしら。植物が地中から芽を出して、めまぐるしい速度で四方に枝を伸ばすタイムラプス動画のように」

星乃さんの言葉に、ウォー・チーフさんは重々しくうなずいた。

「わたしもそう思います。これは推測《ゲス》――というより、ほとんど空想《ファンタジー》みたいなものかもしれませんが、トマト頭のゾンビは尖兵なのではないでしょうか。異次元がわたしたちの世界に進軍し、その領域を広げようとしているのだとしたら。あの光る亀裂——次元の裂け目がますます枝を伸ばして、いつかわたしたちの世界を飲みこんでしまうのだとしたら——」

ウォー・チーフさんの発言に、ぼくたちはしばらくのあいだ言葉を失ってしまった。いくらでも映画でたとえられそうな状況なのに、だれひとりそうしなかった。自衛隊が助けに来てくれたとしても、世界そのものが変わってしまうのならどこへ逃げればいい？

「目の前のことからやろう」奈良坂ダニエルがいった。

ほかにできることもなかった。


星乃さん、ウォー・チーフさん、奈良坂ダニエル、そしてぼくの四人は屋上の西側に立って合図を待った。亀裂から発せられる異次元の光にぼんやりと照らされて、懐中電灯をつかう必要がないのは不幸中の幸いだった。

ぼくたちの前には、一メートルほどの谷間をはさんで隣のビルの非常階段の踊り場がある。こちらのビルには落下防止用の柵が設置されていないが、非常階段のほうは金属の棒が連なる欄干《らんかん》に囲われている。だから、飛びうつるときはまず伸ばした片足を外側にわずかに突きでている踊り場の床に乗せ、つづいて片手で欄干の上部をつかみ、引き寄せるようにして残った半身を移動するイメージだ。そこまで来たら、あとは欄干を乗り越えるだけ。だから飛びうつるといっても、跳躍はほとんど不要なはずだ。

とはいえ、やはりこうしてビルの縁から下を見ると身がすくんでしまう。ゾンビの姿が路地にないとはいえ、だ。星乃さんだけは、なぜか嬉しそうな表情を浮かべているけれど。

奈良坂ダニエルに肩を叩かれてふりむくと、ビルの東側でフカピョンさんが手をふっていた。作戦開始だ。彼女のうしろで、一文さん、玄道氏、そして忍成さんがダンボールからスーパーボールをとりだして、下にむかって放り投げている。国道側のゾンビの動きはこちらからはわからないけれど、ぼくたち救助チームは陽動チームを信じて進むしかない。

最初にウォー・チーフさんが非常階段に飛びうつった。思ったとおり、跳躍は最小限でこと足りるようだ。欄干を乗り越えたウォー・チーフさんは、踊り場からこちらにむかって手招きした。つづいて星乃さんがビルの縁に立った。事務所で机にのぼったときとおなじく、彼女の身のこなしは背の高さからすれば意外なほど軽やかで敏速だった。まるで都会の空を舞う美しき黒豹のように。

奈良坂ダニエルも危なげなく向こう側にわたり、いよいよぼくの番になった。踊り場の床にむかって片足を伸ばす。あまりいきおいをつけてしまうと、欄干に跳ね返されて落ちてしまうかもしれない。そうなれば、ぼくはビルとビルのあいだにまっさかさま。ゾンビをわずらわせることもなく、脳漿《のうしよう》をぶちまけて死ぬだろう。そう思った瞬間、体がこわばってしまった。すでに重心がもといたビルから離れているというのに。

あわてて伸ばした手が欄干を握るより早く、ぼくの右足は空を切った。左足でビルの縁を蹴るが、体重がどこにも乗っていないのでいきおいがつかない。まずい。全身が斜め下に傾いていく。全身がずるりと谷底に引っぱられる感覚。これが引力というものなのだろう。落ちる――思わず目をつぶったところで、ぼくの腕をウォー・チーフさんと奈良坂ダニエルがつかんだ。ふたりに踊り場まで引っぱりあげられて、ようやく息をつく。

〈シネマ一文〉のあるビルのほうに目をやると、フカピョンさんが青い顔をしてこちらを見ていた。きっと、ぼくが死んだと思ったのだろう。ぼくもおなじことを思ったのでよくわかる。申し訳なくて、ぼくは両手を合わせて《ごめんね》のジェスチャーをした。ゾンビは聴覚をつかわないらしいから口でいってもよかったのだけれど、彼女のいるところまで届く声量で叫ぶのは、やはりためらわれた。

しばらくして、フカピョンさんがふたたび手をふったので、ぼくたちは警戒しつつ非常階段を路地まで降りた。二回目の合図が出たということは、このあたりを徘徊するゾンビは、すべて東側に誘導できているということだ。ぼくたちは、星乃さんを先頭にして（彼女が買って出たのだ）空調の室外機をまたいだり、隙間を縫ったりしながら進み、いよいよ国道２５４号線に出た。

〈シネマ一文〉のビルの東側で、トマト頭のゾンビの群れは勢いよく跳ねるスーパーボールに夢中になっていた。つかまえようと手で叩いては、さらに道路を跳ねていくスーパーボールを追いかける。自分たちの習性がつくりだす檻に、彼らは完全にとらわれていた。

見あげると、一文さんたちがビルの縁に立ってつぎつぎスーパーボールを投下している。いましばらくのあいだ、救助チームの安全は確保されているといってよさそうだ。

ぼくたちは身をかがめて、歩道から自動車の列のあいだにすばやく潜りこんだ。自動車の陰から陰へ。目的のトラックはすぐそこだ。荷台の上では異変に気づいた子供たちが、降りそそぐスーパーボールと追いかけるゾンビたちを驚きとともに見守っていた。

奈良坂ダニエルがトラックの隣にとまっている白いセダンのボンネットを、こんこんとノックするように叩いた。子供たちがこちらをふりむき、さらに驚きの表情を見せる。

「なっ、奈良っ⁉　ダっ、ダっ、ダらっ⁉」

突然の奈良坂ダニエルにパニックを起こし、末妹のあけびちゃんが歓喜の叫びとも悲鳴ともつかない声をあげた。

「ゆっくり降りておいで。うしろの男の子たちも、順番にひとりずつ降りるんだ」

生まれつきなのか、演技の経験によって培われたのか、あるいはその両方なのか。奈良坂ダニエルの声には信頼できる落ち着きのようなものがあった。彼の声が持つ鎮静効果のおかげで、子供たちはそれ以上パニックになることなく、指示どおりひとりずつ荷台からセダンのルーフを経由して道路に降りた。

子供たちが三人とも降りたのを確認すると、星乃さんは先行してゾンビの動向をさぐった。ビルの角のあたりでこちらをふりかえり、両手を頭上に掲げて丸をつくる。道路の西側にも、路地にもゾンビは見あたらないという合図だ。

ぼくたちは子供たちを路地の方向へ誘導した。双子の男の子はすぐに走りだしたけれど、あけびちゃんは足に力がはいらないのか、よろよろとふらついて倒れそうだった。そのようすを見た奈良坂ダニエルが、すぐにしゃがんで彼女をおんぶした。ぼくは彼のことを素直にすごいと思った。こんなにも頼もしい人が、違法薬物に頼っていたなんて信じられなかった。

自動車のあいだを抜けて、歩道から路地にはいろうとしたそのとき、ぼくは視界の隅に小さな動くものをとらえた。目をむけると、アメリカの星条旗を模したと思われる星と紅白のストライプ柄のスーパーボールがころころと転がってくるところだった。スーパーボールは側溝に落ちて勢いを失い、ゆるやかに静止した。

「まずいわ！　みんな走って！」星乃さんが叫んだ。

一体のゾンビが、赤黒い血にまみれぱんぱんに膨れあがった顔でこちらを見ていた。首から下の服装――とりわけピンポン玉のような真珠のネックレスに見覚えがある。ゾンビは子供たちの母親だった。ゾンビは星乃さんの叫びに応えるかのように奇声を発した。ゾンビの声を正確に表現することはむずかしいが、あえていうならば「るるううるるうう」といったような感じだった。

急いで路地にはいるぼくたちをゾンビは恐ろしい速さで追いかけてきた。母親ゾンビが走る背中を見て、ほかのゾンビたちもこちらへむかってくる。路地には障害物になる室外機がいくつもあるし、非常階段までたどりつけば垂直移動の概念がない彼らから逃げきれるはず――そう思っていた。しかし、現実はそうならなかった。

室外機をまたぐぼくのすぐ前で、先に行かせた双子の男の子のひとり――兄だったのか弟だったのか、それは永遠にわからない――の頭に野球ボールくらいの直径の穴が、トマトの潰れるような水っぽい音とともにあいた。ふりかえると、母親ゾンビがすぼめた口から黄色っぽい液体を垂らしていた。テレビの健康番組かなにかで見た胆汁《たんじゅう》が、ちょうどあんな色だったような気がする。

なにが起こったのか考える間もなく、別のゾンビの口から黄色い飛沫《しぶき》がほとばしった。プシャッ、プシャッと短い間隔で二回音が鳴り、双子のもうひとりとウォー・チーフさんが倒れた。信じられないことだけれど、ゾンビたちは体液に高圧力をかけて弾丸のように発射しているらしかった。

ゾンビはまちがいなく進化している。だとしたら、垂直移動を克服している可能性もあるのではないだろうか？　トラックの荷台の上で子供たちが無事だったのは、疲労で動けなかったことが幸運しただけだったのかもしれない。あっという間に三人も死んでしまった。生きて〈シネマ一文〉にもどれるなんて、到底思えなかった。

「早く！」

星乃さんの声でわれにかえったぼくは、急いで非常階段にいる彼女に追いついた。あけびちゃんを背負う奈良坂ダニエルを先に行かせて、ぼくが最後尾をつとめるべきだった、と思う。けれど、室外機がならぶ路地は順番を入れ替えるには狭すぎた。言い訳にしかならないけれど、実際にそうだったのだ。

ぼくが非常階段を三階までのぼったところで、階下からまたもプシャッという音が鳴った。

「なっ、なっ、奈良っ！　奈良っ、ダニっ、死んだっ！」

半狂乱で叫びながら踊り場にすわりこむあけびちゃんのとなりに、奈良坂ダニエルが倒れていた。あんなにも美しい顔があったところに、いまは空洞があいていた。

ぼくはあけびちゃんのいるところまでもどり、腕をつかんで立ちあがらせた。彼女は軽くて、まだ本当に子供だった。ぼくは彼女を勇気づけたり、あるいは慰めたりするような言葉をさがしたけれど、結局「急いで」としかいえなかった。

その言葉のおかげではないと思うが、あけびちゃんは突然ぼくを追いこして、ものすごい速さで非常階段をあがっていった。必死であとをおいかけると星乃さんが五階部分の踊り場を乗り越えて、いままさにもといたビルに飛びうつろうとしているところだった。彼女は軽くしゃがんでから大きく跳躍し、向こうの屋上に前転しながら着地した。あちら側には柵がないから、こちらから跳ぶときは思いきり勢いをつけるのが正解のようだ。

星乃さんの動きを見てこつがわかったのだろう。あけびちゃんもすぐに隣のビルに飛びうつった。こうなると、問題なのはむしろぼくのほうだ。ぼくの運動能力はあきらかにふたりにくらべて劣っている。欄干を乗り越えてわずかに突きだした床にゆっくりとしゃがみ、深呼吸した。

そのとき、階下からおびただしい金属音がきこえてきた。ゾンビが非常階段をのぼっているのだ。もはや、垂直方向に逃げても安全は確保されなくなった。ウォー・チーフさんが学習や進化をうながすきっかけ《トリガー》について話していたことを思い出す。この状況をつくりだしたのは、ぼくたち自身なのかもしれない。

近づいてくるゾンビの足音に、ぼくはあわてて踊り場の床を蹴った。うまく前転できず肩を打ったが、それでも〈シネマ一文〉のビルの屋上に着地することができた。あとは内階段から劇場にもどればいい。しかし、そこにくりひろげられていた光景は、ほんのわずかなひと息さえつかせてくれないものだった。

ウォー・チーフさんが死んで泣き叫ぶフカピョンさんと、呆然と膝をつく忍成さんの向こうで、玄道氏がなにか赤いものを揺さぶって言葉にならない声をあげている。それは、顔面に穴のあいた一文さんの遺体だった。おそらく一文さんは、危機に陥ったぼくたちからゾンビを少しでも遠ざけるために、屋上から身を乗りだしてスーパーボールを投下していたにちがいない。そこをゾンビの高圧体液に狙撃されてしまったのだ。

ゾンビが五階の踊り場にのぼってくるまで、もう時間がなかった。このまま屋上にいれば、かっこうの狙撃の的になるだろう。ぼくと星乃さんは、みんなを引っぱって内階段の入口である塔屋に連れていった。玄道氏は一文さんの遺体を引きずっていこうとしていたけれど、死体が痙攣をはじめて、穴のあいた頭部がふっくらと膨らみはじめたのであきらめざるを得なかった。高圧体液にも、ゾンビに感染するウイルスのようなものが含まれているのだ。

みんなが塔屋にはいり、扉を内側から閉める寸前、隣のビルの五階の踊り場にゾンビたちがあがってきた。そのなかには母親と双子の兄弟、そしてウォー・チーフさんや奈良坂ダニエルも含まれていた。

ぼくたちの作戦は失敗におわった。

9

ぼくたちはクリームのように柔らかい劇場のシートに、ただ黙って体を深く沈めていた。あちこちの筋肉と関節が悲鳴をあげていた。一生分の運動をした気分だった。肘掛けをつかおうとして、手の甲に軽い痛みが走った。そういえば怪我のことなんてすっかり忘れてしまっていた。ぼくは今日の午前中に上司(が盾にしたステンレス製のゴミ箱)を殴り、会社からここに逃げてきた。もう、どうだっていいことだ。そんなのはたいしたことでもなんでもない。

足もとに置いておいたバッグから、スマートフォンを取り出して電源を入れた。電話とメッセージ・アプリの通知バッジが、おびただしい数を表示している。いまは圏外だから、これらは事務所の窓からはじめてトマト頭のゾンビを見たときよりも以前に寄せられたものだ。

履歴を見ると、予想していたとおりほとんどの通知は会社からのもので、残りのいくつかは非通知、発信者不明、そして、母さんからだった。母さんのメッセージには、ぼくの安否を心配する内容が書かれていた。ぼくはいまごろになって母さんのことが気がかりになってきた。ここから母さんのいる家まで一キロくらいしかない。ちゃんと戸締まりをしているだろうか。ゾンビはどのあたりまで広がっているのだろう。

ぼくは泣いた。考えれば考えるほど、嗚咽《おえつ》を止めることができなかった。鼻の奥あたりがひくひくと鳴った。あけびちゃんと忍成さんも声を出して泣いていた。星乃さんとフカピョンさんと玄道氏は、ただ黙って涙を流していた。

いまのところ、劇場は安全なようだった。とはいえ、ゾンビの高圧体液の威力があれば、塔屋の扉なんていつ破壊されてもおかしくはない。おそらくまだ、彼らは遮蔽物《しゃへいぶつ》のこちら側のことを認識できないのだ。しかし、救助作戦のときに起こったことを考えれば、ゾンビがそういった弱点を克服するのは時間の問題だろう。

「ひゃっ、ひゃひっ、はひゃっ」あけびちゃんが涙声のまま笑いはじめた。「みんなっ、死んだっ。ひゃひひっ、あたしのせいで、みんなっ、死っ、ひゃっ、ひゃひっ」

いまここに一文さんがいたら、あけびちゃんに寄りそって慰めてくれていただろう。奈良坂ダニエルがいたら、優しい声で温かい言葉をかけてくれていただろう。ウォー・チーフさんがいたら、なにか新しい解決策を提案して安心させてくれていただろう。だけど、みんな死んでしまった。いつものフカピョンさんなら、あけびちゃんを励ましてくれていたと思うけれど、いまの彼女からは一切の表情が消えていた。ただうつろな目で宙をにらみ、涙を流しているだけだった。

だから、ぼくは自分の力量不足を自覚しつつも、立ちあがって星乃さんと忍成さんの前を通りすぎ、その隣にすわるあけびちゃんの前に膝をついた。

「あけびちゃんのせいじゃない」ぼくは自分の涙をぬぐいながらいった。

「わっ、わたしのせいっ、なんですっ」あけびちゃんは答えた。

「そんなことない。悪いのはゾンビだよ。全部ゾンビのせいなんだ」

「でっ、でもっ、生き残ったのはわたしでっ。かわりに、ごっ、五人も死にました。わたしっ、わたしは――そういうのやめてほしかったですっ。みんなが死んだら、わたしのせいになるんですっ。だって、わたし生き残ったから。あっ、五人じゃなかった。お母さんもだから六人だった。ひゃっ、ひゃっ、ひゃひっ」

あけびちゃんは白目になっていた。

「お母さんだって、あけびちゃんのせいだなんて思っていないよ」

「思ってますっ。だって、お母さんわたしを助けたあとにいったんですっ――《わたしが死ぬのはあんたのせいよ》って」

「そんな……」

「お母さんはっ、ひどいお母さんでした。いつもトラブルを起こして、わたしのことをいじめて。でも、お母さんはわたしにいつも美味しいごはんをつくってくれたし、最期に命まで助けてくれたんです。ひゃっ、ひゃひっ、ひゃひひっ。憎めばいいのか感謝すればいいのか、わからない」

ぼくはうつむくことしかできなかった。

突然、忍成さんが立ちあがった。

「本当に全部ゾンビのせいでしょうか？　だいたい、あの多数決は無効だったんじゃないですか？　星乃さんと奈良坂ダニエルは、あと出しだったじゃないですか⁉　なのに救助することに決めたのが、そもそものまちがいだったんじゃないですか⁉」

「わたしは決めるのが遅かっただけよ！」すごい剣幕《けんまく》で星乃さんがいいかえした。「別に途中経過を見て判断したわけじゃない！」

「でも、途中経過を見たあとに決めたのは事実ですよね⁉　まったく影響がなかったなんていえますか⁉　だったら、それはあと出しでしょうよ！　だいたい、最初は一票でも反対票が出たら中止するっていってたじゃないですか！　それをみんな、一文さんの言葉に流されて変えてしまったんです！　わたしは全員一致じゃないのなら、やりたくなんてなかった！　信頼する人間の言葉に、みんな無責任に乗ったんです！　多数決なんて、民主的でもなんでもないんですよ！」

「だったら、あのときそういえばよかったじゃない！　失敗してから批判するのと、途中経過が出てから投票するのと、どうちがうっていうのよ⁉」

「ふたりともやめよう。あけびちゃんもいるんだし」

「なに善人ぶってるんですか⁉　いっときますけど、あなたがいちばん悪いんですからね！　あなたが子供たちを助けに行こうっていいだしたんですから！　待っていれば自衛隊が来たかもしれないじゃないですか！　一文さんたちも、子供たちも死なずにすんだかもしれないじゃないですか！　これは全部あなたのせいですよ！　あなたがみんなを――」

うしろの座席から、玄道氏が忍成さんの肩をつかんで無理やりすわらせた。忍成さんは「痛いです！」と叫んで、それきり黙ってしまった。

ぼくは自分のシートにもどって、忍成さんのいったことについて考えた。そのとおりかもしれない。全部ぼくのせいかもしれない。みんなを殺したのは、ぼくなんだ。

「ねえ、あけびちゃん」星乃さんが話しはじめた。「わたしたち、ずっと映画館のなかにいたから、外で起きていたことを知らないの。空がひび割れたみたいな、あの光る亀裂はいつあらわれたの？」

「わっ、わたしが気づいたのは、夕方の少し前くらいですっ。日が沈むのにあわせてぐんぐん広がって、あの大きさになったんですっ」

「あれって、なんだと思う？」

「わかりませんっ。でも、みなさんが来る少し前に飛行機が爆弾を落として、そうしたら上のほうのひびが少し縮んでいました。爆発がやんだら、もとにもどってしまいましたけど」

「自衛隊？　自衛隊が来てたの？」

「たぶんそうです。たまに道路のずっと東のほうで大砲の音みたいなのが響いたり、炎と煙があがったりしてましたから、戦ってくれているんだと思います」

説明をするうちに、あけびちゃんは少し落ち着いてきたようだった。

「自衛隊、おそらく苦戦してるわね」星乃さんはぼくのほうをむいていった。「航空攻撃まではじめているのに、救助に来るのが遅すぎるもの。そこまで手がまわらない状況なのよ。あけびちゃんの話のとおりなら、根元の発生源のようなものに攻撃をくわえることで、亀裂の広がりを抑えられる可能性があるのかもしれないけれど、生半可では無理でしょうね。空爆を止めたのは、もっと大きな爆弾を用意する必要があると判断したからだわ。それでも亀裂を塞ぐことができるかどうかなんて、きっとだれにもわからない。攻撃しても、攻撃しても、こちらの弾が尽きたところで、ふたたび広がりはじめるだけなのかもしれない。世界はもう、もとどおりにならないのよ」

「そうかもしれないね」

「あなたのいっていたとおり、これは罰なのかもしれない。わたしは世界なんて壊れてしまえばいい――いいえ、正直にいうとおわってしまえばいいとさえ思っていたから、神さまがじゃあどうぞって破滅を差しだしてきたんだわ。わたしが最初にゾンビを見たとき、トマトみたいだと思ったっていったでしょう？ さっき一文さんたちの顔のまんなかに穴があいているのを見て、今度はドーナツみたいって思ったのよ。『アタック・オブ・ザ・キラートマト』のオマージュ映画、

『アタック・オブ・ザ・キラードーナツ』みたいだって思ったのよ。最悪よ。わたし、最悪なんだわ。だから、これは全部わたしのせいよ」

「〝誰もが心の奥底では世の終末の到来を待ち受けてもいる〟」

ずっと黙っていたフカピョンさんが不意にそんな言葉を口にした。

「村上春樹《むらかみはるき》の『1Q84』ね」

星乃さんが即答する。

「映画だけじゃなくて、小説にも詳しいんだね」ぼくはいった。

「『マネー・ショート　華麗なる大逆転』という映画で引用されていたから知ってるだけ。ちなみに、もとの台詞《せりふ》も映画についての話よ。登場人物の青豆《あおまめ》が、終末を題材にした映画『渚にて』を

観て感じたことだから」

「すごいよ。ぼくは星乃さんのこと、最悪じゃないと思う」

「いいえ、最悪よ。映画でしか現実を実感できないの。本当の現実なんてなにも理解できてないんだわ。映画のことしか考えられないし、現実のことを映画みたいに感じてる。だから、つけくわえるけれど『マネー・ショート』の監督アダム・マッケイも『ドント・ルック・アップ』という終末映画をつくっているわ——わかるでしょう？　わたしはこういう連想でしか、ものごとを考えられないの」

「その映画では、人類はどうなるの？」

「おわるわ。『アタック・オブ・ザ・キラートマト』みたいに優しくはない」

「あっ、あのっ！」

叫んで立ちあがったのは、あけびちゃんだった。

「あのっ、『アタック・オブ・ザ・キラートマト』では、人類はおわらないってことですか⁉」

「ええ、人類はキラートマトに勝利する」

「そうなんだ……わたし観たかったです……映画でもいい、映画でもいいから、トマトに勝利する人類が観たかったです……夢でもいいから希望がほしかったです」

「観れるっスよ……」フカピョンさんがぼそりといった。「映写機なら、あたしとウォー・チーフが直したっスから」

「じゃあ、いいんですかっ？　『アタック・オブ・ザ・キラートマト』を観てもいいんですかっ？」

フカピョンさんはうつろな目のままうなずいた。

玄道氏が立ちあがり、無言で映写室へむかった。

「いいかもしれませんね。こんなときだからこそ」忍成さんがつぶやいた。


劇場の照明が落ちて、スクリーンに冒頭のメッセージが流れた。ヒッチコックの映画を引き合いにしたそれは、どんなに馬鹿馬鹿しく思える話であっても、それが現実に起こってしまえばだれも笑わなくなるといったような意味を示していた。たしかに、そのとおりだ。いまならよくわかる。結局のところ、現実に太刀《たち》打《う》ちできるものなどないのかもしれない。つづいて短いシーンがあり、馬鹿馬鹿しい映画の馬鹿馬鹿しいオープニングがはじまった。馬鹿馬鹿しい物語は、馬鹿馬鹿しいジョークとともに進行した。

ときどき、戦闘シーンでもないのに爆発音のようなものがきこえることがあった。映画館が震えて、天井からぱらぱらとなにかの破片のようなものが落ちた。〈シネマ一文〉からそれほど遠くないところで、自衛隊とゾンビが戦っているのだろう。

ついに映画は、未見のシーンに到達した。人類大敗ののち、主人公はキラートマトの弱点を発見する。劇中に登場するひどく調子の外れた曲をきかせると、キラートマトをただのトマトにもどすことができるのだ。人類は攻勢に転じ、まるで大学の文化祭かアニメイベントの参加者のような、コスプレ混じりの浮かれた集団がキラートマトたちを追いつめていく。そこにはスポーツマスコットのような赤と黄色の着ぐるみの鳥もいた。

登場人物のひとりがいう。

「《The only people left will be crazy people》《残ったのは頭のおかしいやつらだけ》」

そうかもしれないと思う。

ぼくたちはみんな、笑いながら泣いていた。泣きながら笑っていた。

外からきこえてくる爆発音の間隔が小さくなり、そのたびに劇場がどすんどすんと揺れた。衝撃で映像と音が途切れそうになることもあったけれど、『アタック・オブ・ザ・キラートマト』はなんとかもちこたえつづけた。

スクリーンでは、ついに勝利をおさめた人類が歓喜に湧いていた。主人公とヒロインが反撃の地となったスタジアムに立ち、おたがいのファースト・ネームを明かす。ふたりは抱きしめあい、美しい音楽が流れ、歌い、そして踊る。そこには、あふれんばかりの希望があった。不完全だからこそ、多くのものを救えるのかもしれない。それは可能性そのものだからだ。魔法であり、夢だからだ。なんだ、とても素敵な映画じゃないか。Ｚ級かもしれないけれど、ぼくは『アタック・オブ・ザ・キラートマト』が大好きだ。

これまでにない大きな衝撃が、すさまじい音とともに劇場を激しく揺さぶった。かなり近くで大きな爆発があったようだ。忍成さんの体がスクリーン前のスペースに投げだされた。フカピョンさんがうしろで床に倒れていた。ぼくとほかのみんなは、シートの手すりや背もたれをつかんで耐えていた。

高圧体液による攻撃でもゾンビに感染してしまうのだから、自衛隊は二次被害を出さないために近接戦闘を避け、犠牲を承知で無差別空爆する可能性があるのではないだろうか。ふと、そんな考えが頭に浮かんだ。光の亀裂にたいして、アメリカから借りた核兵器を試してみるようなことだってあるかもしれない。

もしそうだとしたら、その空爆に、その核攻撃に巻きこまれたとしたら、ぼくたちは人生のおわりをここでむかえることになる。すごくつらいけれど、とても悲しいけれど、そうなってしまったらそうなってしまったで、いいことがひとつだけある。それはあの世でだれかから「死ぬ直前になにをしてた？」ときかれたときに「とんでもなく馬鹿馬鹿しいけれど、とんでもなく素敵な映画を観ていたよ」といえることだ。

右手の傷口に痛みを感じる。星乃さんがぼくの手を握ったからだ。

そして、星乃さんはひとつの名前をいった。ききかえすと、それは彼女のファースト・ネームなのだそうだった。優しい祈りがこめられたような、愛らしい名前だった。ぼくもおかえしに自分のファースト・ネームを叫んだ。星乃さんは「変な名前ね。嫌いじゃないけれど」といった。

この小さな映画館などいつばらばらになってもおかしくないくらいの衝撃がくりかえし外から伝わってくる。そのたびに、星乃さんはさらに強い力でぼくの手を締めつけた。せっかく閉じた傷口が、激痛とともにまたひらいていく。まるで世界を直接感じているみたいだ、とぼくは思う。

スクリーンには、美しい景色のなかを手をつないで歩いていく、主人公とヒロインの姿が映しだされている。

著者あとがき

深い深い森の奥で、美しい妻と、美しい猫とともに暮らしています。

小さな家には、妻とわたしが選んだものがたくさんあります。そのひとつ、橙《だいだい》色のぬいぐるみのボールは、うちの猫――おやつくんのお気に入りのおもちゃです。

おやつくんがボールのかたわらに前足を立ててすわり、わたしをじっと見つめていたら、それは「投げて」のサインです。わたしがボールを投げると、追いかけていってつかまえます。そしてしばらくもてあそぶと、ふたたびボールのかたわらに前足を立ててすわり、わたしをじっと見つめます。「もう一回投げて」のサインです。

こちらに投げ返してくれるわけではないので、わたしはおやつくんのいる部屋の反対側まで行ってボールを拾い、元の位置までもどってからもう一度ボールを投げます。先ほどより、少し高い球です。すると、おやつくんは身をひねって跳躍し、空中で見事にキャッチします。そしてしばらくもてあそぶと、またもやボールのかたわらに前足を立ててすわり、わたしをじっと見つめます。わたしはおやつくんのいる部屋の反対側まで行ってボールを拾い、元の位置までもどってからもう一度ボールを投げます。

何回かくりかえすと、おやつくんは満足したのか、あるいは疲れたのか、前足を折りたたんでその場にすわり、ボールを投げても目で追うだけになります。わたしも部屋を何往復もしていますから、満足しつつ、疲れつつ、おやつくんの横にすわります。すると、おやつくんはごろごろと喉を鳴らしながら、わたしにおでこをこすりつけます。これは「抱っこ」のサインです。

わたしはクッションを枕にして仰向けに寝っ転がり、おやつくんを胸の上に乗せます。おやつくんの体はふわふわです。耳のうしろや、あごの下をゆっくり撫《な》でると、目を細めてさらにごろごろといいます。わたしが顔を近づけると、鼻の頭をぺろりと舐《な》めてくれます。そうして、ふたりでのんびりしているうちに、眠ってしまうこともあります。

目を覚ますと、妻が笑いながら写真を見せてくれます。そこには、おなじような寝相で眠るおやつくんとわたしが写っています。わたしも笑います。おやつくんは寝ぼけまなこでわたしたちを見ます。

そのようにして、暮らしています。


一日をおえて眠りにつき、日の出とともに目を覚ますと、妻は隣で、おやつくんはわたしの両足のあいだで寝息をたてています。

わたしはふたりを起こさないように、そっとベッドから抜け出します。小説を書くためです。わたしの好きな小説家はスティーヴン・キング氏と村上春樹《むらかみはるき》氏なのですが、おふたりとも朝早くに小説を書いているそうです。それで真似をしているというわけです。どうやらわたしにも、これが合っているようです。

珈琲《コーヒー》を入れて机にむかい、コンピューターに文字を打ちこんでいると、外からどすんどすんと音がすることがあります。森のさらに奥深くにある湖に、竜が水浴びにくるのです。よくあることではありません。そんなとき、胸は静かに高鳴ります。

わたしは竜がどんな風に湖のほとりに降り立ち、どんな風に水をすくい、どんな風に泥を体にこすりつけるのか、想像しながら耳を澄まします。家から出て、直接見ることはできません。竜は人間に見られていることに気づくと、すぐに飛び去ってしまうからです。それに魔法使いにきいたところによると、ほかの土地では、水浴びを邪魔されて癇癪《かんしゃく》を起こした竜が、街を滅ぼしたこともあるそうです。だから、こうして想像するしかありません。

どすんどすん。ざぶんざぶん。

山のような体が湖水に浸かると、大きな波が起きて、魚たちが浮きあがったり、沈んだりすることでしょう。濡れた黄金色の竜鱗は、蜂蜜のように艶《つや》めくのかもしれません。とげのある尻尾がはねあげた水飛沫《みずしぶき》にかかる、鮮やかな虹のことを思います。

ちちちち。ちちちち。

鳥たちの鳴き声もします。水浴びをおえて、のんびりしている竜の背中に集まっているのでしょうか。魔法使いのいうことには、竜は鳥たちと歌うこともあるそうです。わたしはさらにさらに耳を澄まします。

ひゅるるりり。ひゅるるりり。

木管楽器の奏でるような、深く華やかな音が鳥たちの鳴き声に混ざります。

ひゅるるりり。ちちちち。ひゅるるりり。ちちちち。

どことなく寂しい旋律は、温かいようにも、恐ろしいようにもきこえます。泣いているようにも、笑っているようにも響きます。意味があるようにも、意味がないようにも思えます。

やがて、木々のさざめきとともに歌はおわります。

ざわざわ。ざわざわ。ぶあっ——

竜は飛び去ってしまったようです。ふたたび、森に静けさが訪れます。

わたしは足元にふわふわとしたものを感じます。おやつくんがごろごろと喉を鳴らしながら、わたしにおでこをこすりつけています。わたしはおやつくんを抱っこします。耳のうしろや、あごの下をゆっくり撫でると、目を細めてさらにごろごろといいます。肉球でわたしのお腹を、パンの生地でもこねるように揉《も》んでくれます。

そろそろ、妻も目を覚ます時間のようです。

おやつくんとわたしは台所へ行って、朝食の支度をします。目をこすりながら起きてきた妻は、竜が来ていたことを知りません。わたしは竜と鳥たちの歌がどんなだったのか、妻に話します。

そのようにして、書いています。


本書の刊行にかかわってくださったすべてのみなさまに、感謝いたします。

デビューから、作品を支えてくださっている東京創元社編集部の笠原沙耶香氏。「わたしたちの怪獣」の雑誌掲載時からつづいて、目眩のするほど美しい装画を描いてくださった鈴木《すずき》康士《やすし》氏。迫力と柔らかさのある、素敵な装丁にしてくださった岩郷重《いわごうじゅう》力《りょく》氏。校正、校閲のみなさま。印刷、製本のみなさま。営業のみなさま。流通のみなさま。本書を紹介してくださったみなさま。全国の書店員のみなさま。もろもろの仕事のみなさま。本書を手にとってくださった読者のみなさま。これから手にとるかもしれない読者のみなさま。ありがとうございます。読んで、気に入っていただけたら幸いです。

そして、妻と猫のおやつくん。ふたりがいなければ、わたしはとうに竜に食い殺されていたことでしょう。こうして生きて、小説を書いているのは、妻とおやつくんのおかげです。これまでもこれからも、ずっと、ありがとうございます。

愛とともに。

二〇二三年四月　『ノック　終末の訪問者』鑑賞後のカフェで　久永実木彦

P. S.　夜安《よあん》は帰ってくる。

創元日本SF叢書

久永実木彦

わたしたちの怪獣

2023年 5月31日　初版
2023年12月 8日　再版

発行者
渋谷健太郎
発行所
（株）東京創元社
〒162-0814　東京都新宿区新小川町1-5
電話　03-3268-8231（代）
URL http://www.tsogen.co.jp

装画
鈴木康士
装幀
岩郷重力＋WONDER WORKZ。

DTP キャップス　印刷 萩原印刷
製本 加藤製本

乱丁・落丁本はご面倒ですが小社までご送付ください。
送料小社負担にてお取替えいたします。

Printed in Japan ©Mikihiko Hisanaga
ISBN978-4-488-01850-4 C0093

第42回（2021年）日本SF大賞候補作

IN YOUR BLUE EYES and THE MA.HU. CHRONICLES■Mikihiko Hisanaga

七十四秒の旋律と孤独

久永実木彦

カバーイラスト＝最上さちこ

◉

宇宙船を警備する
人工知性（マ・フ）の紅葉の葛藤と、
宇宙空間でワープする際に生じる
空白の七十四秒間のできごとを描いた
第８回創元SF短編賞受賞作
「七十四秒の旋律と孤独」をはじめ、
人類が滅亡したあとの宇宙で
人間の遺した教えと掟に従って
宇宙を観測し続けるマ・フたちの日々を綴る
連作〈マ・フ クロニクル〉の全６編を収録。

四六判仮フランス装

創元日本SF叢書

第6回創元SF短編賞受賞作収録

WALKS LIKE A SALAMANDER ■ Iori Miyazawa

神々の歩法

宮澤伊織

カバーイラスト＝加藤直之

◉

一面の砂漠と化した北京。
廃墟となった紫禁城に、
米軍の最新鋭戦争サイボーグ部隊が降り立った。
標的は単独で首都を壊滅させた神のごとき“超人”。
その圧倒的な戦闘能力に
なす術もなく倒れゆく隊員たちの眼前に、
突如青い炎を曳いて一人の少女が現れた——
第６回創元SF短編賞受賞作にはじまる
本格アクションSF連作長編。
《裏世界ピクニック》の著者、もう一つの代表作。

四六判仮フランス装

創元日本SF叢書

東京創元社が贈る総合文芸誌！

紙魚の手帖

SHIMINO TECHO

国内外のミステリ、SF、ファンタジイ、ホラー、一般文芸と、
オールジャンルの注目作を随時掲載！
その他、書評やコラムなど充実した内容でお届けいたします。
詳細は東京創元社ホームページ
（http://www.tsogen.co.jp/）をご覧ください。

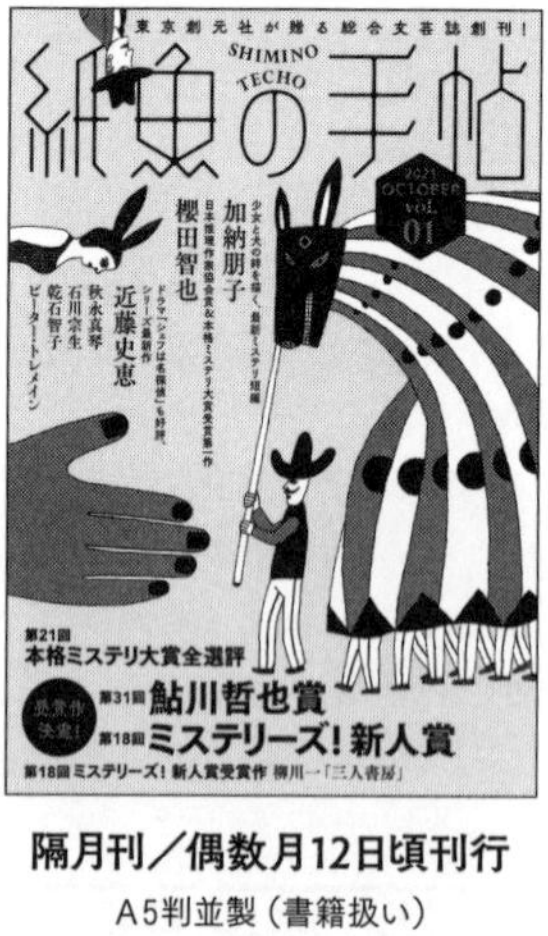

隔月刊／偶数月12日頃刊行

A5判並製（書籍扱い）